荒島七年

Seven Years on The Island

她想靠近那個女人，弄明白所有的不明白。
她想知道，那樣夾帶著慾望的情感，
是不是愛情。

鹿潭 著

第一章

「沒見過妳這種蠢貨！」

咒罵響徹便利商店。

「先生，您的零錢……先生？」

激動的斥責使櫃檯前的客人好奇的回望，連找零都忘了拿。店員的手懸在空中，表情尷尬，她順著客人的視線往角落看去，忍不住嘆息。又是那個新人。這個月第幾次了？

便利商店角落，店長依然罵得停不下來。

「妳到底要搞砸多少次？妳有腦子嗎？故意整我的吧？」

「沒有，我不是故意的，抱歉，我不會再犯……真、真的很抱歉！」

「甭道歉！妳現在、立刻、馬上給我滾！」

店長咆哮，用力揮手。那副揍人似的架勢，嚇得紀筱涵連退好幾步。但想像中的拳頭並未落下，揮出的手在面前停住，店長沉重的攤開手，要她交出制服和名牌。

紀筱涵盯著擺在眼前的手掌，好一會才抿起嘴巴，慢慢脫下制服外套。她抱著制服，小聲詢問：「店長，那我的薪水……」

「沒叫妳賠錢就不錯了！你他媽還跟我算帳！」

店長搶走制服，把她攆出店外。

叮咚——謝謝惠顧——

酷暑的熱浪迎面撲來，門在身後重重關上。一輛改裝機車發出震耳欲聾的轟鳴，從眼前呼嘯而過，引擎噴出的黑煙嗆得她不住咳嗽。

「紀筱涵，妳的東西忘了拿。」女店員追了出來，手裡抱著紀筱涵的背包。

「謝謝……」

遞還背包給紀筱涵，女店員最後一次端詳這位緣分不深的同事。

穿著牛仔褲和寬大的素色短袖，皮膚白晰，雖然臉圓了點，身材有些肉感，但還算得上五官端正，看起來像未成年。總體而言，單論外表不至於讓人反感。

只是她講話聲又細又小，目光閃躲，其他同事只要提高音量，就算不是在罵她也會被嚇得縮起身子，就像隻聽到遠雷而躲在山洞中瑟瑟發抖的兔子。做事方式也特別惹人厭煩，比如時常搞錯工作指示，卻不詢問資深同事，導致事情越弄越糟，跟客人講話老是結巴，平白增加其他人的工作量。思來想去，女同事最後也只能含蓄的給一句評語：適應不良，笨拙異常。

「唉，別怪我沒幫妳說話，妳已經三次搞錯訂單量了。」

「非常抱歉……是我自己的問題……」

「沒事，妳回家好好休息吧。店長呢，就是氣量頭，講話有些重，妳也別太在意。」

女店員說完便回去工作了。

紀筱涵抱著背包，盯著緊閉的門良久，才拖著腳步回家。

今天是星期三，儘管心情惡劣，她並未忘記去垃圾回收處尋寶。新化街轉角的路燈旁，是大型家具的定點回收處，偶爾有還堪用的東西被居民丟棄於此。比如今天，她就注意到一把實木矮凳，色澤亮麗，做工扎實，只是其中一根椅腳從中間斷裂，椅子的前主人懶得修理直接扔了，但對紀筱涵而言，這凳子斷裂的部分並不算很難修復。

紀筱涵帶著今天的戰利品回家。

「我回來了。」

「喵～」

打開家門，家裡養的貓嚕嚕蹭過來，毛茸茸的身體在腳邊打轉。紀筱涵放下矮凳抱起牠，把臉埋在柔順的貓毛中。

她所住的這間雅房格局方正，小小的外推陽臺晒著幾件衣服，角落擺了三盆翠綠的多肉植物。房間另一扇對流窗，因爲棟距太近，每到傍晚附近住戶的油煙味就會飄進房裡。

除此之外，同層房客大多是大學生，有時玩鬧到凌晨，影響睡眠品質，害紀筱涵頂著黑眼圈上班。掛在共用晒衣場的衣服偶爾也會不翼而飛，她只敢把比較便宜的舊衣服晾在共用晒衣場。

儘管有種種缺點，但空間足夠，租金便宜，又鄰近妹妹學校。因此北上工作以來，一直都在此蝸居，從未考慮過更換居所。

地上有張紙條，是房東從門縫塞進來的留言。

難以想像到了這個年代，還有不用通訊軟體或電子郵件的人，這位房東老太太便是其一。她與房客聯繫的方式，便是像這樣把紙條從門下塞進來。

紙上全是雞毛蒜皮瑣事。比如本月五號將找人換走廊那盞壞掉的燈、洗衣機內有人落下黃色襪子請自行領走，諸如此類，沒有值得在意之事。但紙條倒是提醒她眼前不可忽視的難題：又要繳房租了。而她的存款只夠自己和妹妹撐一個月，得盡快找到工作。

紀筱涵嘆氣，打開使用六年的筆記型電腦，在老電腦吃力的嗡鳴聲中登入人力銀行。

飯店接待、加油站工讀、麥當勞臨時工、網拍出貨兼職人員、保險銷售員、工廠作業員、行政助理……

為了找新工作，從寄送履歷、解釋為何只有高中學歷、記住新的工作內容、適應陌生環境、瞭解複雜的職場人際——全都要重來一遍。

紀筱涵蓋上筆電，愣愣的癱在椅上，雙眼放空。

找下一份工作前，去山上找外公好了。

去山上，鳥語啁啾，不用與人說話；去山上，滿天星空，不思考往後如何生活，那份愜意，光是想像都讓心情稍微好些。紀筱涵整頓行囊，說走就走，打算明天就出發。

裝備準備齊全，她把包包放到玄關，正要餵貓時，門口傳來鑰匙轉動的聲音，她的室友，小四歲的妹妹，紀巧卉回來了。

「咦？姊，妳怎麼在家？」

「……頭有點痛，就請兩小時假先回來了。」

「是不是昨天看《明星家的小夥伴》太晚睡了？又為了帥哥不睡覺喔？」

紀筱涵最近迷上一齣綜藝節目，主持人會拜訪有養寵物的明星，藉由拍攝明星與寵物的互動，展現藝人私底下讓人意想不到的一面，比如漂亮的女明星卻養了巨大的蟒蛇、熟男型的網紅喜歡毛茸茸的可愛倉鼠。節目播放時段偏晚，因此每逢播出日她總會追到凌晨才睡。

「我才不是為了帥哥晚睡，我是為了看豬。昨天的明星寵物是小香豬，超可愛。」

「哈哈，好，看帥哥也看豬，帥哥都是豬。」

「謝謝喔，還押韻。」

妹妹倒在床上笑得打滾，好一會才平復呼吸，「好啦，不跟妳鬧了，我還得整理行李。明天就要出發了。」

「生物研究社的暑期旅行嗎？」

「對啊。不過參加的社員只有我跟老師。學長今年要學測，沒辦法參加。唉，二年級只剩下我，如果今年再拉不到新人，我們恐怕就要廢社了，想到就頭大。」

聽妹妹叨叨絮絮，紀筱涵逐漸有了新想法。

「要我陪妳去嗎？」

「可以嗎？」妹妹抬起頭，眼睛閃亮，「姊，妳不是說沒辦法請假嗎？」

「可以了。」紀筱涵吞吞吐吐道，「店長准假了。」

妹妹高興的跳起來，抱著紀筱涵原地旋轉。

「眞的？太好了、太好了！」

紀筱涵問：「那個生態旅遊，是免費的吧？三餐都有供餐？」

「對。唉呀，妳能一起去眞好！我馬上就跟老師說一聲，一起、一起、一起出去玩！」

紀筱涵忍不住笑了，「妳怎麼樂成這樣。」

「什麼嘛，姊，妳說說，我們有多久沒一塊出去玩了？」

「找妳爬山，妳又不願意。」

「我不喜歡戶外運動嘛，搞得全身是汗，討厭死了。」

「坐船不也在戶外？」

「那可不一樣，我躲在船裡，沒晒到太陽就不算戶外，嘻。」

「哪有這樣的啊，小懶鬼。」

晚上，她們熱了即食包，滿屋子都是咖哩味道。紀筱涵開始搗鼓下午搬回來的矮凳。

妹妹撐著臉，在旁邊看她用工具修復椅腳。

「我要加朵小花。」妹妹遞手機給她，螢幕上是一朵睡蓮。

紀筱涵照著圖片，用雕刀描繪形狀，她的雕工雖然是看影片自學，居然也有模有樣。

「好看。」妹妹稱讚完，似乎還想盯著她工作。

「妳今天好黏啊，一直看我做事，不無聊嗎？」

「不會啊。」妹妹回答得理所當然，「誰叫妳最近都上晚班，我們很久沒聊天了。而且姊妳做東西的時候特別厲害，眼神專注，行雲流水。我喜歡看妳做東西。」

紀筱涵想起店長的斥罵，搖頭苦笑，「只有妳這樣說。」

「眞的啦！妳去找個小鮮肉，抓緊機會幫忙修東西，包管他立刻愛上妳！」

「妳是要害我吧？絕對不行，招數太爛了。」紀筱涵被妹妹逗笑，「我會緊張，不喜歡別人盯著。」

「我也盯著妳啊。」

「妳不是別人。」

「屁啦，妳跟我相處都很正常啊。爲什麼跟別人就不行。」

「不要說髒話。」紀筱涵敲敲妹妹的腦袋。

「屁又不是髒話。」

「還頂嘴。」

紀筱涵伸手去搔妹妹胳肢窩，姊妹倆笑鬧成一團，好一會才喘過氣。

「都這麼晚了，姊，妳來得及準備行李嗎？」

「可以啦，妳別瞎操心，把登山包稍微整理一下就行了。」紀筱涵信心滿滿。

翌日清晨。

「姊，妳準備好了嗎？我們叫的計程車是那輛嗎？姊，妳聽到沒？車好像來了！」

「聽到了，馬上就來。」紀筱涵彎腰繫緊鞋帶。

她的動作不快，出門前在妹妹聲聲催促下依然慢條斯理的一一檢查。電器關了，窗戶鎖了，鑰匙、手機都帶了。還有嚕嚕，十一個月大的貓，養貓後紀筱涵第一次跟妹妹出遠門，請好友潘瑋萱代為照顧，潘瑋萱有養貓經驗，很爽快的答應幫忙。

應該沒有需要擔心的了。

紀筱涵向妹妹微笑，露出兩個酒窩，鎖上大門。紀巧卉抱著她的手臂，跳著腳步下樓，姊妹倆一起上了計程車。

船早等在碼頭了。

那船看起來有些老舊，船身布滿鏽跡，紅色的船身嚴重掉漆，露出底下斑駁的船體。唯一嶄新的，是船首剛焊刻上去的四個字：小獵犬號。紀巧卉的老師在甲板上對她們揮手，站在登船處的人，連船票也沒仔細看便讓她倆上船了。

紀筱涵忍不住問：「妳的老師認識船長？」

「是啊，船長是老師的親戚。聽說本來是沿岸跑船的漁民，因為最近生態觀察行程特別受歡迎，乾脆把漁船改裝成觀光船，賣平價套裝生態行程，暑假老師會來當解說員，生意非常好喔。」

「難怪妳跟老師說一聲就可以登船了……」

「那當然，他可是我們社團的指導老師。」

兩姊妹進船艙時還沒有什麼人。不久後，來了輛大型遊覽車，前方的位子瞬間坐滿人，這趟生態旅遊參與者幾乎都是退休的中老年夫婦，紀家姊妹顯得特別惹眼。眼看即將出航，後方卻傳來引人側目的喧譁。

「我老公不能晒太陽！」

「好了、好了，這就幫您處理，您是張太太？我們給您換個位子，到這兒如何？」

「這位子太後面了，聽不到講解。」

「不會的，張太太，講解員會拿麥克風。」

「你能保證嗎？如果聽不到你們會退錢嗎？啊？」

一名中年婦女高分貝的爭論，足足纏了工作人員三分鐘。

「阿姨，這位子讓你們坐吧。」紀巧卉友善的舉起手，也沒等對方回應便拉著姊姊一起走到後排。

張太太沒應聲，攙著丈夫理所當然的坐上空位，嘴裡還不住抱怨：「服務態度真差！」

雖然有樁小插曲，但無損出遊的愉快，紀家姊妹很快又小聲聊起天。只是後排的位子確實比較晒，她們坐沒多久就熱得出汗，紀巧卉想喝水，向姊姊索要水壺，紀筱涵戴著帽子，把深藍色的二十五公升登山背包遞給妹妹。

紀巧卉拉開拉鍊，專心翻找，不一會她的肩膀開始輕輕抖動，漸漸笑得停不下來。她從包裡拉出一個東西，「這是什麼啦？姊，妳怎麼把它也帶來了？」

「啊！我不小心把『外公』也帶來了。」紀筱涵頗爲懊惱，「出門前我還想著要把它拿出來，後來分心做別的事就忘了，難怪背包那麼重。」

紀巧卉手上是一把沉甸甸的獵刀，刃身渾厚，沒有任何花俏的紋路，暗木色刀柄扎實的夾住刃身，上頭的止滑紋因爲多年使用被磨得有些淡了，穿繩孔綁了一條紅色尾繩。這把外表粗獷的刀出現在這艘觀光船上，確實有些突兀。

「我應該早點整理行李的。」紀筱涵有些後悔。

「哈哈，看吧！我叫妳早點整理，是誰說登山包隨便整理一下就行了？姊，妳不會連帳篷睡袋都帶出來了吧？」

「當然沒有！那麼大的東西，眼多瞎才沒看到。」

「誰知道呢？讓我再檢查一下！」

妹妹開玩笑著要拉她背包，船上的講解員已經就定位，開始講解。

「大家好，我是小吳，很榮幸爲各位做這幾天的導覽。大家都知道達爾文吧？」

「知道！」乘客熱情回應。

講解員繼續說下去：「達爾文是演化論的發明者，旅遊多國，觀察到不同地區的生態與地質變化，才啓發他創作演化論，當時他所搭的船叫做小獵犬號，與諸位現在所搭的這艘船同名。小獵犬號歷經五年航行後才歸返英國，我們這趟生態觀察之旅倒不會那麼克難，待會如果運氣好也許可以看到鯨魚，現在大家往右看……」

講解員駕輕就熟的導覽，說得十二萬分精彩，紀巧卉也停止跟姊姊玩鬧，坐到更前排的位子，專注聽講解。

船駛入海洋後不久，一道彩虹出現在很近的地方，船上的遊客們驚呼連連，拿出手機往天空一頓猛拍，紀巧卉也興致勃勃的擠在人群中。

紀筱涵沒去湊熱鬧，她一個人在船尾，靜靜靠在欄杆上，看著海面發呆。

太陽晒得身體暖烘烘的，紀筱涵戴著棒球帽，扎著小馬尾，露齒微笑，笑出兩個小酒窩。

藍天、白雲、七彩輝映。旅行伊始，處處皆是好兆頭。

✦

「謝小姐，晚上節目的安排，您看這樣可以嗎……」

「夠啦！這種小事別煩我，你們自己決定，別讓我的客人失望。我得去接人了。」

謝品擇不耐的揮手趕人，也不管對方面色爲難，舉起陽傘便往外走。

她戴著大墨鏡，穿著一襲飄逸的墨綠底花洋裝，站在登船口不停拿手帕擦汗，在滑手機的空檔，時不時抬起頭左右張望。

沒多久，一輛黑色的勞斯萊斯幻影筆直的開過來，停在接駁口。

中年男子從駕駛座下車，西裝革履，戴著白手套。他撐起陽傘，繞到另一側開門，又一人從後座下車。那是名美貌異常的女子，五官深邃，淺褐眼珠，滿頭色澤亮麗的金髮。

謝品擇趕緊拎著手提包靠過去。

「語笙，妳來了！」

柏語笙輕輕擁了下對方，便迅速往後退，避開過度熱情的擁抱，「我來晚了。」

「沒關係，誰都知道妳大忙人。總算是請到妳了。」

柏語笙輕笑，「抱歉啊。妳知道的，我前幾回眞的臨時有事。」

「我知道、我都知道。」謝品擇挽著她的手臂，「所以這回我們要好好盡興，對吧？妳該放鬆一下，比基尼都準備好了嗎？」

她的視線落向柏語笙身後，不禁皺起眉頭。柏語笙後方跟著一名特別瘦的男子。那人戴著金邊細框眼鏡，斯文安靜，推著兩個巨大的行李箱，像道影子緊隨在後。

「怎麼連他也來了？」

「那又如何。」柏語笙扔下這麼一句，蹬著高跟鞋往前走，把謝品擇甩在後頭。

謝品擇愣了下，小碎步跟上柏語笙，「這可是女生專屬的派對，說好不帶家裡人的。」

「他不是人，」柏語笙挑挑眉頭，「只是我的影子。妳當他不存在就行了，我的房間呢？」

「就是這間。我給妳最好的海景房喔，別讓江娟和她表妹知道，她們肯定會找我鬧。」

「嗯。」柏語笙輕哼，嘴角掛著淡淡的微笑，「妳眞好。」

「江家那兩姊妹也多帶好幾人，王令華也是，黃馨連她的小男友都帶來了。唉，說好的姊妹私人聚會，怎麼每個都攜家帶眷啊？算了，別讓老頭子們知道就行了……欸，妳手機拿一拿，先跟我走，我親自帶妳逛逛。」

「我先整理東西，待會再找妳。」

「……好吧。等妳喔，語笙寶貝，待會見，拜。」

門一關上，柏語笙的笑容便從臉上消失了，她雖是個美人，但不笑的時候顯得有些刻薄，似乎隨時在挑剔。她抱著手臂不發一語，打量房間，目光審視。

那影子似的男子，即柏語笙的貼身管家霍辛格已經在擦椅子了，柏語笙等霍辛格用酒精消毒過椅面才坐下。

由謝家包下的豪華遊輪皇家明尼奈特號即將啓航。壯麗的白色船身將暢行無阻，一路向東，除了船上無數享樂設施和遊戲節目，中間還會停靠數個私人海島，每個海島都布置不同的表演活動，全是謝家小姐爲了讓賓客盡歡所做的安排。

登船的人們聚集在甲板上，圍著高大的溜滑梯議論紛紛。據說這是特別訂製，即將申請金氏世界紀錄，世界最高的海上溜滑梯。謝品擇的友人們讚歎不已，許多人趁著船還停泊在港口，訊號良好時，在社交媒體上傳登上豪華郵輪的照片。

這該是一場賓主盡歡的旅程。

「大小姐，妳的手機。」柏語笙的手機正發出輕快的音樂聲。

「別理它。是謝品擇催我去甲板，看什麼世界最長的海上溜滑梯。你繼續整理。」

「好的。」

霍辛格先用手提式吸塵器仔細清理床面，再鋪上兩層保潔墊，最後換上全新床單。吸塵器吸出不少塵蟎，柏語笙皺眉別開視線。她摸著起了雞皮疙瘩的手臂無奈嘆息，抓起隨身包囑咐：「我回來前，把房間整理好。我可不想晚上睡這種床。」

她交代完畢便出門了。

甲板上。

登上明尼奈特號水上溜滑梯最高處，目光所及只有波光璀璨的藍海，從制高點快速往下滑，上空的透明設計讓滑水者宛如身處蔚藍天空的懷抱，就在這海與天的接界之處，至美景色交融之地，滑水者高聲尖叫，落入底下的泡泡泳池，水花四濺，歡笑連連。

水池區熱鬧而喧譁，兩名女子躺在稍遠些的躺椅上。

「語笙，妳不去玩水嗎？」謝品擇從侍者手上托盤拿了一杯冰鎮果汁。

「不了，妳去就好。玩得開心。」柏語笙慵懶的靠在躺椅上。

「嘿，動起來。難得放鬆，咱們別只在這兒晒太陽，寶貝，動起來！」

「我就喜歡晒太陽。」柏語笙不為所動。

「語笙寶貝，妳不做芳療按摩、也不去看表演、又不下水，妳來幹麼的呢？」

「來看妳啊。」柏語笙輕飄飄道。

謝品擇高興起來，「我知道啊。不然這樣吧，待會來我房間，我有好東西……」

柏語笙很快打斷她的話：「別了，我爸知道會不開心的。」

「拜託。這是女孩們的單身Party，誰管那些臭男人、老頭子啊？這一個月就是我們的時間！整整一個月！」謝品擇誇張的發出幾聲尖叫。

這下柏語笙終於有反應了。她推開太陽眼鏡，露出混血的漂亮五官，陽光照耀下剔透如琥珀的眼睛深沉的看向謝品擇，「一個月？」

「對啊，一個月。我還嫌少呢，妳欠我三個月的假期。語笙寶貝，妳答應過我的。」

「妳說只有五天，我才來的。」

「寶貝，別這麼愛計較，唉喲，妳老是這麼緊繃，開心點，這是我的單身派對呢！來瘋吧！」

她親暱的捧著柏語笙的臉，柏語笙沒有笑，臉色還有些沉，但這完全不影響謝品擇高昂的興致，她歡欣的把柏語笙拉起來。

「走，我們去跳水！」

一陣水花伴隨著歡鬧聲濺起，三名比基尼美女牽著手跳入水中，一名扛著繩索路過的水手被濺得半身濕，他咒罵幾聲後又繼續工作。

收好纜繩，他擦掉額間的汗，回頭往泳池望去，輕聲嘀咕：「那妞屁股真翹，真想操操看。」

水手長在他頭上用力搥了一記，「我們是高級遊輪，別讓客人聽到這種不三不四的話。」

被罵的水手叫高翰，有雙眯眯眼，短鼻朝天，眉毛特別稀疏，若是站遠些看，幾乎像是沒有眉毛似的。他五官唯一的優點是嘴角天生上翹，似乎無時無刻都掛著一抹笑，加上缺一顆右犬齒，滑稽的外貌使他有股憨厚的老實感。

高翰討好的對水手長哈腰，溫聲道：「唉呀，水手長，我是看甲板被她們弄得全是水，想到大夥之後還要清理，才隨口抱怨幾句。」

「那又怎樣？隨她們胡鬧。尤其那位。」水手長往柏語笙的方向努嘴，壓低聲量。

「她是？」

「是個好命人。柏青珠寶集團董事長的掌上明珠，她以後會嫁給威盛財團大少爺葛毅，除了把這船拆了，她想幹麼就幹麼。總之，船東吩咐過，盡可能讓這些矜貴的大小姐們滿意。」

「呿，這些二世祖……」高翰嘴裡嫌棄，視線卻緊盯穿著比基尼的柏語笙不放。

水手長拍拍高翰腦袋，「別看了，幹活去！」

水手長交代完便離開甲板，走進艦橋時，大副叫住他。

「你跟高翰很好？」

「交情還行。怎麼了？」水手長問。

「別再跟他往來。」

「陸哥，你跟高翰有仇？」

「別提了！那傢伙謊報經歷。剛剛船長跟我說，他朋友認識高翰，青少年時強暴鄰居，出獄後持續有猥褻婦女的紀錄，還是個慣竊。我才想這幾趟物資怎麼老是少東西，跟他上船的時間也對上了。這事沒讓船東知道，船長要我們私下解決，這趟結束就趕緊把他踢了。」

「居、居然有這種事？難怪陸哥你把他打發到廚房去。我看高翰跑海資歷豐富，辦事也挺牢靠，這趟大單又剛巧缺人手，才推薦他上船，真沒想到……」

「也是你推薦，我才沒要看高翰的良民證。」大副煩惱的捏著眉心，「我也沒敢讓太多人知道，不然要滾蛋的恐怕不只他。咱們要好好盯緊他，別讓他有機會擾船上貴客，否則我倆可就慘了。這趟務必要順順利利、平平安安。」

高翰溜回廚房，資深水手見他現在才回來，把抹布往流理臺一甩，問道：「又去哪裡鬼混？」

「沒啊，大哥，剛遇到水手長，幫他整理纜繩，耽擱了點時間。這就來幫忙了。」

「哼……剩下那些碗都是你的了，還有垃圾也一併處理。」

「好的，大哥，您去休息吧。」

待那人走後，高翰把所有的碗盤都扔進滿是泡泡的水槽，草草刷洗後便蹲在樓梯口抽菸，香菸蒂頭在黑暗中明明滅滅。

吱吱！

小動物叫聲引起高翰的注意，他把頭壓低，注意到樓梯下有塊黏鼠板，上頭抓住一隻不走運的老鼠。他盯著昂起腦袋，拚命掙扎的小老鼠，慢悠悠的伸手拿煙蒂燙牠。老鼠發出刺耳尖叫，掙扎得更加劇烈。

「眞吵。」高翰捏著耳朵抱怨，知道這一幕被人看到不好，便拿起黏鼠板往甲板走去。

「旅途愉快，小老鼠。」

他直接把黏鼠板扔進茫茫的大海裡。

「單身快樂！」

酒杯碰撞，做爲派對主角的謝品擇開懷異常，從早上鬧到現在沒停過，她臉上雖顯露疲態，但眼裡還是散發著光彩，身姿慵懶的靠在軟枕上，時不時與身旁人耳語，發出高亢的笑聲。

柏語笙從她身上聞到大麻的味道，不著痕跡的坐遠，手裡拿著紅酒杯輕輕晃動。

「欸，那妳的小狼狗怎麼辦?當模特兒那個小鮮肉?」

「小狼狗就繼續養著。不礙事。」

一群女人笑成一團，柏語笙沒作聲，只是繼續往已經八分滿的杯中倒酒。

「本來想放煙火，可惜下雨了。」謝品擇慨嘆，「唉，在我之後很快又有一個人要脫離單身，半年後就換語笙了。」

柏語笙並沒有接續話題的熱情，抿了一口酒。

但謝品擇猶不死心，「妳跟葛毅怎樣啦?」

「沒怎麼樣。」

「你們對婚禮有什麼想法？」

「家裡有人安排，沒什麼好操心。」

「那多無聊，女人的終身大事當然要親自操辦吧。」

「其實我的想法跟語笙差不多，有些雜事還眞不想處理，想到要讓兩邊的長輩都滿意就頭疼，但至少婚紗我得自己選。」

一群女人七嘴八舌的討論起婚禮細節，像是婚紗、賓客名單、訂婚飯店、蜜月旅行等等。柏語笙凝視桌上幽暗的燭光，漫不經心的在該回應的時候回應，該微笑的時候微笑，差不多可以退場時，也掐準時間站起身。

「我有些暈，先回房間休息一下。」

「妳的酒量眞不好，要不要我陪妳？」

「語笙吃太少了吧，龍蝦才剛上耶，妳帶點回房間吧。」

「語笙，別錯過待會的表演，記得半小時後要回來喔！」

柏語笙拒絕所有的陪伴，端起旁人塞過來的食盤，舉杯向眾人微笑致意，隨後脫身離去。

「呵，一個月？」

柏語笙摘下耳環，「她以爲所有人都跟她一樣，成天吃喝玩樂泡男人？」

「大小姐，我問過船長，第一個停靠點是謝家的私人島。那小島離塞班島不遠，我們可以搭遊艇先離開。塞班國際機場晚上有回國班機，但需要轉機一次，這樣安排可以嗎？」

「就那班飛機吧。」柏語笙把耳環放回首飾盒，開始解手鍊，「你明天去問船長，看能不能加速行程，早點到那島。」

「是。另外想跟大小姐確認回國後的行程。」

「說吧。」

霍辛格從懷裡拿出筆記本翻開，「如果能順利趕上班機，算上車程，大概週六下午三點到家，之後約有半小時休息時間。再來……我知道這樣安排大小姐會比較累，但是四點的鋼琴課還是得繼續，這個月已經請過兩次假，再多老爺就會知道了。上完鋼琴課，中間有二十分鐘空檔。之後跟三位表姑吃飯，這場飯局也是老爺吩咐過的，不能排開。」

「給表姑的禮物準備了嗎？」

「備好了，她們一定會喜歡。」

柏語笙點點頭，對於緊湊的行程並無更多意見，似乎對這安排已司空見慣。她興致缺缺的揉了揉眉心，望著霍辛格的手錶，忽而想到一事。

「對了，我記得米蘭有一個陀飛輪的主題展覽，是這個月還是下個月？」

「是這個月底。」

「看能不能弄到票，排在跟爸爸吃完飯以後。」她瞥向霍辛格，「給爸爸的理由，就老樣子吧。」

「展覽隔壁就有場時裝秀。不過，大小姐妳去米蘭本來就是爲了時裝秀，不是嗎？」

霍辛格狀似無知的答腔。

「阿辛，你眞的該加薪了。」柏語笙調皮的咯咯笑，表現出二十歲少女該有的嬌俏，但那青春氣息稍縱即逝，很快她又變回了高貴驕矜的柏小姐。

霍辛格向來是個機伶的人。

不知爲何，有些事情老爺不喜歡大小姐做，比如接觸機械錶相關的訊息或是到瑞士旅遊。霍辛格明白背後恐怕有不可觸及的豪門往事，他不會多問，每月匯進戶頭的錢足夠他學會當個識時務的管家。

言談間，柏語笙抿了口紅酒，隨後便眉頭緊皺，把酒杯擱到桌上推遠。霍辛格見狀，立刻上前收走酒與杯子。

「我去廚房要別的酒。」

「算了，你把那瓶羅曼尼康帝拿出來。」

「……那瓶DRC，不送謝小姐了嗎？」

「不了。我看她也喝不出差異，浪費。反正還有別的禮物。」

「好的。」

霍辛格把酒拿出、開瓶，新的紅酒杯也端正的擺好。

「桌上那盤也扔了。」柏語笙頭也沒回，又下了一道指示。

霍辛格看著那盤幾乎沒動過的食物，開玩笑道：「要不是我對龍蝦過敏，就幫大小姐解決掉了。」

「別，千萬別這麼做。」

「哈哈，大小姐比我還緊張啊。」

「我可不想再來一次緊急送醫，尤其在這種麻煩的地方。」柏語笙瞥他一眼，「你上次真的嚇壞我了。我要我的管家好好的，OK?」

「大小姐這麼關心我，真讓人感動。」霍辛格緩緩倒酒入杯中，「該不會是因爲我休假就沒人幫大小姐打掩護，讓您溜出去偷個空?」

「還能有別的理由?」柏語笙打趣道，「上次幫你代班的人實在不太機伶，你住院請假，我就真的傷腦筋了。」

在霍辛格離開房間前，柏語笙特別囑咐：「阿辛，幫我擋住所有的訪客，尤其是謝品擇，別讓她進我房間。明早九點叫我。」

「沒問題。好好休息，大小姐。」霍辛格關上房門。

洗完澡後，柏語笙一個人靜靜品嘗紅酒，想不透自己怎麼就上了這艘船。

說起來，還不是跟葛毅吃的那頓飯害的。

餐廳沒問題，葛毅選的餐廳自然好；他有品味，餐間給的驚喜是眞正的驚喜；相處當然也很愉快，他風度翩翩，是個識趣的人。

與這樣的人走入婚姻，柏語笙沒什麼意見。

只是在飯後點心時間，葛毅突然來了這麼一句：「妳知道結婚時程要提前吧？」

不知道。當然不知道。

聽說雙方家長都已經同意了，柏語笙是最後一個被告知的人。大學還沒讀完就要結婚，聽說是老太太年紀大，心急了。

這倒也沒什麼。她心知肚明，遲早的事情，早點辦了也好。雖然現在年輕人晚婚，女性平均婚齡是二十八歲，但在她的社交圈，十九、二十歲結婚不算多特別的事。

只是這讓她有些煩躁罷了，所以才一時大意答應了謝品擇的邀約。

當時謝品擇是怎麼說的？

「語笙，我們幾個快要結婚的姊妹應該約個時間好好聊聊。」

她是腦子抽了，才會以爲與有類似遭遇的人相處，焦慮能有所緩解。

謝品擇纏人纏得要命，自己先前拒絕過她太多次，還被爸爸特別教訓，要好好對待謝家的小女兒，但……泡泡泳池溜滑梯派對？這是什麼小學生才會喜歡的玩意啊？

事實證明，和不對的人相處，不會有助於問題解決，只會生出其他折磨。

還好意思宣稱這是什麼豪華遊輪祕密姊妹派對？所謂的「豪華」遊輪頂級套房也不過如此，房間全是新家具的臭味，服務生訓練極差，從泳池出來了要遞上浴巾這種小事還要人提醒，眞不知道哪裡找來湊數的貨色。看來謝氏集團不是賺出來的，而是省出來的，品味極差。

無聊的表演、糟糕的房間配色、難吃的料理與劣酒，全都讓人難以忍受。

明天，再去催阿辛一下，要快點安排下船的時機……

柏語笙惦念著這事，迷迷糊糊的睡了。

第二章

柏語笙睡得很沉，中間一度被驚動全船的鈍重撞擊驚醒。

那是……什麼？

低沉、令人不適的金屬摩擦聲，悶重的從船體深處傳來，好似整艘船發出的巨大悲鳴。毛骨悚然的聲音並不持久，很快又消逸於空氣，室內靜寂無聲，恍若剛剛的聲音只是幻覺。門外有人低聲討論，她的房間隔音效果還不錯，對話內容聽不眞切，但至少確定，剛剛那奇怪的聲音，已經引起足夠多的注意。

管他什麼聲音，反正有人處理……

柏語笙很睏，寢具溫暖舒適，她喝了太多紅酒，又從深度睡眠中驚醒，意識尚未凝聚起來，便又昏沉沉睡過去，連後來響起的刺耳鳴笛和全船廣播都沒聽到。

柏語笙被劇烈的敲門聲吵醒，茫然睜開眼，還沒決定是否要開門，門外人居然開始用力撞門，浸泡在酒精中的腦袋瞬間轉為清明。

怎麼回事？歹徒？她戒備的盯著門口，正想大聲喚人，門外傳來熟悉的聲音。

「大小姐，是我！請開門！」

「阿辛？」

她打開門，只見霍辛格面容嚴肅，手裡提著包。

「大小姐，我們得馬上離開。船員廣播，要所有人上甲板。」

倉促的套上裙子，披著皮外套，穿上低跟鞋，柏語笙甚至沒意識到自己不會再回房間，只抓起桌上的晚宴包，便匆忙跟著阿辛走。客艙的燈光並未熄滅，空調持續運作，走道溫暖明亮如昔，使艙內之人渾然不覺危機已然逼近。

霍辛格推開通往甲板的艙門，狂亂的風立刻捲起柏語笙的裙子，她錯愕的望著眼前的驚濤駭浪。海風呼嘯，黑雲蔽天，閃電劈在不遠處，滂沱大雨又急又狠的打在臉上，淋得她渾身濕透。

狂風暴雨中，從艙門望向船尾，柏語笙這才後知後覺的注意到船身已經明顯傾斜了。更讓她膽顫心驚的是，在前桅燈光照耀下，她看見另一艘船的船頭。

那船完全撞入皇家明尼奈特號的左前翼，兩艘船像互相怨恨的連體嬰卡在一起，船體碰撞發出刺耳又淒厲的聲響，海水正瘋狂湧入破開的船體隙縫中。

霍辛格扶著柏語笙，兩人往焦急的人群走去。

他們出來得有些晚了，海上撤離系統已經啓動，充氣滑道差不多充飽氣，橘色的橡皮胎底下連接著漂浮在海面上的撤離平臺，讓旅客可以快速從遊輪甲板下降到海平面，再登上救生筏。

皇家明尼奈特號上本有兩套撤離系統，但因爲船體傾斜的速度太快，另一側的甲板已經不能過去了，全部的疏散壓力都集中在右翼，導致所有人都擠在唯一的滑道撤離口前方，爭先恐後了起來。

船員竭力大喊：「不要擠！每個人都上得了救生筏，不要擠，請大家維持秩序！後面才來的人，請先穿上救生衣！」

霍辛格拿著兩件救生衣，小心的靠了過來。柏語笙緊緊抓著欄杆，甲板上都是水，有人摔倒在地上，立刻不受控的一路滑到舷外。她眼睜睜看著一名穿著紅色禮服的女子尖叫著落海，那人前不久在派對上，就坐在她左手邊。

一陣大浪拍來，甲板幾乎被浪淹沒，渾身濕透狼狽不堪的人們像面對洪水的螞蟻，只能抓緊身邊的固定物體，在浪退下的短暫瞬間拚命爬往撤離口。

柏語笙臉色發白看著底下近乎垂直的滑道。因爲吃水太快，船體更傾斜了，撤離系統被拔高翹起的船舷拉起，滑道貼緊船身陡峭如懸崖，人從甲板降下宛如垂直掉落。滑道兩旁毫無隔擋，稍有偏差，下方就是深黑的海。柏語笙咬牙踏上滑道，身體往前傾，順利脫離閘口，往下溜去。整個橡皮滑道如蛇般濕滑，沒有任何可以抓著的地方。柏語笙高速往下滑動，行至中段，此時，她聽到尖叫聲。

撤離平臺上的乘客面容驚恐的指著右前方，「天啊！」

柏語笙順著那人手指望過去。

黑色巨浪遮住整個天空，從高空中直直墜落，像帶著海腥味的烏鴉群席捲而來，更似死神的坐騎帶著鐮刀歡欣而至。

所有人都被巨浪掃入海中，滑道上的柏語笙也不例外。海浪把她狠狠捲走，拋向海面，撞擊入海。她失去了幾秒的意識，而那浪毫無仁慈，繼續把她用力按入海底。

海底漆黑幽靜，人們的哀號呼喊越來越遙遠，如此寧靜深幽的海，似乎與一切苦難無關。

一串泡泡從柏語笙口鼻竄出，她不能呼吸了。求生意志令她恍惚的神智清醒過來，擺動雙腿，奮力游動，救生衣也助力上浮，她又回到了風暴劇烈的海面，成了狂濤怒海中脆弱微小、生死全憑海神喜好的芸芸眾生之一。

載浮載沉間，她看到不遠處有一艘救生筏，手電筒光芒在海面左右掃視，上頭的人拚命尋找落水者。柏語笙大聲呼救，才張嘴就吞進好幾口海水，勉強擠出的呼喊完全被風雨聲掩蓋住。

來回掃動的光芒逐漸遠離柏語笙所在之處。

正感無助之際，某樣東西打到她的臉。她往臉上一抓，是附在救生衣上的求生哨。

柏語笙抓住哨子，送入嘴裡，用力一吹。

嗶——

哨聲在咆哮的海風中極其微弱，但終究是比喊叫更高頻的音訊，又引來了手電筒的光束來回盤旋，最後光束定在了她的臉上。

「那裡有人！」

救生筏上拋出一條繩子，落在柏語笙右手邊的海面上。

柏語笙試圖抓緊繩索，浪卻從四面八方推擠著她，繩索一度從她手中溜走，她乾脆整個人緊緊攀住繩子，讓自己被慢慢拉上救生筏。

中途她撞上另一名落海者。瘦削的男子像竹竿插在救生衣上，頭髮遮住他的眼睛，整個人被浪推來擠去，顯得特別無助。

柏語笙認出那名男子是霍辛格。霍辛格的救生衣沒穿好，兩條安全扣沒扣上，導致落水後救生衣直接卡在下顎，身體卻被海往下拉，頭部隨浪上下起伏，嗆了好幾口海水。

柏語笙試圖抓住他卻撈了個空。兩道反向的激浪分開她與霍辛格，當她以爲得眼睜睜看著對方消失在海中時，另一道海流又把她往後推，兩人撞在一起。趁這不可多得的機會，柏語笙一手抱繩，一手拉住霍辛格救生衣後背的繫繩。

有了柏語笙的幫助，在水中團團轉的霍辛格終於穩住身體，兩人順著繩索，往救生筏的方向游去。

柏語笙好不容易爬進救生筏，她冷得牙齒直打顫，皮外套吸水後宛如厚重的盔甲，不僅不夠保暖還讓她行動不便，但脫下後冷風直撲身體，脫也不是，穿著又難受。她惴惴不安的打量四周，救生筏被拱頂橡皮胎覆蓋，靠著它撐住所有的波濤受力，唯一的入口處有防水遮簾，可拉上拉鍊、蓋上魔鬼氈，讓整座救生筏變成封閉狀態，防止雨水和浪潮打入筏內——儘管如此，在這樣洶湧的海上，碎浪還是不斷從開口細縫灌入，導致筏內都是水。

這便是目前她僅有的倚靠，完全由橡皮構築的神聖庇護所。

迅速瞥過救生筏中的人，除了霍辛格，都是相當陌生的面孔。

這些都是同船的人嗎？所有人都跟柏語笙一樣眼底滿是驚慌，內心有著相同的斗大疑問：這橡膠做出的東西，眞能承受如此駭人的風浪嗎？

在她思考間，轟的一聲，救生筏遭遇一陣重擊，左右劇烈晃動，柏語笙重心不穩，往旁邊倒去，撞上一名嬌小的女性。

那人在柏語笙跌過來時反射性的接住她。夜色太暗，根本看不清對方的臉，但肌膚接觸讓柏語笙知道，對方跟自己一樣渾身冰冷，通體濕透。

此時，手電筒的光束劃過臉側，柏語笙終於看清那名女性的臉。年齡看起來比自己小一些，濕透的頭髮貼在蒼白的臉頰上，顯得臉更小更圓，然而對方瞪大眼睛，好似看到什麼不可思議的東西一樣，柏語笙的腦袋昏昏沉沉，不太明白那女生爲何有此反應，下意識撐高上身，輕輕皺眉，審視般盯著對方。

直到那女生試圖推開她，柏語笙才意識到自己現在的姿勢幾乎把對方禁錮在懷裡，相當不雅又不合時宜。

「抱歉……」她趕緊起身，爬回霍辛格旁邊。

「快把水舀出去！」

剛剛的強浪使海水從縫隙灌了進來，筏內亂成一團。一名穿著皇家明尼奈特號船員制服的男子大吼，他手上拿著綠色的舀水瓢，頂著風浪坐在開口處，不斷把灌入的海水往外舀，其他人聽他這麼說，也慌張的幫忙把水弄出去。

巨浪像海神的拳頭，重重搥在救生筏上，所有人擠成一塊，尖叫連連。每次柏語笙都以爲自己要死了，小筏會徹底被浪劈入海底，沉入萬劫不復的地獄中。但很快救生筏又彈回原本的形狀，繼續頂著風浪頑強搏鬥，在被浪高舉低晃的折磨中，無助的隨著海流轉動。

「海錨呢？快找這救生筏的海錨！該死！手邊摸摸看，有沒有筏內的緊急物資！」水手大吼。聽他這麼一說，所有人都趕緊伸手摸索。

霍辛格從角落摸出一袋裝在防水袋裡的物資包，不知爲何已經被打開過了，裡面滿是水，他一掐住袋體，水就從開口處溢出，他趕緊把整袋物資包遞給水手。

水手粗魯的扯過來，咬著手電筒翻找。

「不對！再找找！」

最後是那名小個子女性找到水手要的東西。那是由繩子和塑膠布料組成的傘狀物體，一條延伸到外邊的繫繩綁著它。因爲被貼在筏邊，導致眾人尋找許久都沒發現。

水手看到時眼睛亮了起來，他爬向出口，把海錨抛入海中。

又一道瘋狂的浪推了過來。黑色的浪潮拖著小筏，輕鬆把它從波谷推到浪潮峰頂，試圖讓它失速墜落徹底翻覆，卻不能遂意——海錨發揮了作用。

海錨張開的布，像降落傘反方向兜住海水，拉住救生筏，利用水中阻力達到平穩救生筏的效果，儘管筏內還是晃得彷彿隨時會翻倒，但之後再被浪舉起時，都驚險的穩住筏身，並未再至幾乎翻覆的程度。

從唯一的開口處，柏語笙看到皇家明尼奈特號已經九十度嚴重側翻，浪毫不留情的持續撲擊船體，整個船頭幾乎都消失在浪下，徹底翻覆只是遲早的事。

兩艘船碰撞產生的金屬聲宛如巨獸死前的臨終哀鳴，有幾艘救生筏擠在皇家明尼奈特號旁邊，似乎無法逃離大船下沉的漩渦，被水流抓住，只能隨著下沉的大船無助的墜入水下深淵。

除了注定逃不過漩渦的那些人，她還依稀看到兩艘救生筏在側翼的浪中，醒目的橘色筏頂在惡海中努力掙扎。只可惜等她再次望過去，那兩艘皮艇已不見蹤跡了。

坐在柏語笙另一側的中年婦女用顫抖的聲音反覆念著：「南無大慈大悲救苦救難廣大靈感觀世音菩薩……」

除了念經聲，整艘筏上沒人說話，所有人都心驚膽顫抓著筏邊扶繩，心緒隨浪起伏，生與死全憑大海決定。

而這似乎不過是永無止境的海上漂流第一日。

翌日，海況依然糟糕。

浪上下翻騰湧動，豪雨沒有停歇的跡象，雖然不至於出現把整艘筏都舉起來的高浪，但也絕對不是能輕易放心的海象。橡皮時不時被發狂的浪打成扭曲的形狀，好幾次都幾乎沉沒又驚險復原，柏語笙甚至可以感覺到浪隔著薄薄的橡皮搥打在身上的力道。

如此行至深夜，柏語笙疲累不堪，即使內心惶然不安，還是以抓緊固定扶繩的彆扭姿勢，半夢半醒的睡著了。

第三日，柏語笙是被晨曦在海面反射的瀲灩波光給照醒的。強光在眼皮上跳舞，她被白茫茫的陽光刺得睜不開眼，瞇眼擠眉好一會，才慢慢適應強光。

漫漫海洋除了自己所搭乘的救生筏，舉目所及無一物，海面乾淨清爽，半點皇家明尼奈特號的殘骸都沒看到，更遑論其他救生筏的蹤跡，小筏遺世獨立般落在海平面上。

浪小了許多，雖然依舊晃蕩，至少不再是前兩天那種幾乎要捶爛橡皮筏的可怕風浪。柏語笙艱難的坐了起來，終於有精力仔細打量同船倖存者。

霍辛格背對她，在救生筏角落。她好奇的靠過去，隨即快速瞥開視線。一名七十歲左右的白髮老先生躺在霍辛格前方，大腿有一道深可見骨的巨大傷痕，經過這三日的泡水，已經嚴重化膿。

前兩日天色昏暗，視線不佳，她依稀注意到老先生表情痛苦，沒想到居然受這麼嚴重的傷。霍辛格用撕碎的襯衫幫老人處理傷口，一名婦人擔憂的望著他的動作，聽兩人對話，婦人似乎與老先生是夫妻。

還有兩個年輕女生縮在另一頭，圓臉、長髮及肩，戴著棒球帽，抱著後背包的那位看起來年紀稍長。兩人五官有些相似，也許是姊妹。那年紀稍長者，便是登筏時柏語笙撞上的女子。她有雙慣於閃躲的眼睛，每當柏語笙的視線掃過去，她立刻不自然的瞥向別處。

最後是水手，他的存在感一直都很強，在暴風雨時的表現令人印象深刻，似乎對救生筏相當熟悉，恐怕也是這艘艇上最有求生能力的人了。察覺到柏語笙探究的視線，水手立刻對她咧嘴微笑，露出缺了一顆牙的嘴。

這幾人，便是橡皮筏上所有的乘客。

正思考間，一隻滿是手毛的大手突然從旁伸了過來，柏語笙猛的一驚閃過碰觸。

「喝點水吧。」

原來是水手要遞水給她。

「謝謝。」柏語笙驚魂未定，點頭致謝，遲疑的接下水袋，喝了幾口。

「我也要。」那位中年婦女向柏語笙討要，柏語笙又輕輕啜了一口，然後遞給她。婦人大口灌水，並試圖將水倒入昏迷不醒的丈夫嘴裡，雖然她用手攏著接水，水還是奢侈的從老先生嘴裡溢出。

下一個輪到霍辛格喝水。他遲疑的搖動水袋，看向剩下的兩名女生，只喝了一口便遞給她們。水袋裡的水所剩無幾，兩位女生緊貼著袋口小心翼翼的舔水。

還未等她們喝完，那水手便拍手大嚷：「來，都看過來！大家可以叫我高大哥、高先生、小高，就是別叫我高爺爺啊。我是皇家明尼奈特號的水手長，於船上服務已經有三年啦，只要我在的一天，就一定會讓各位平平安安回家團圓。先跟大家報告一個好消息，這救生筏上有備用水，也有些許糧食。只要我們協力合作，肯定可以撐到救援到來。這邊我再跟大家提醒幾件事，首先，千萬別喝海水。」

高翰語氣篤定，配上粗獷的長相和一身船員制服，再加上危難時他反應迅速，指揮眾人行動，讓他顯得格外可靠。

「既然之後幾日都要共處，就請大家介紹一下自己吧……從這位小姐開始好了。」高翰笑咪咪的看了過來。

「我姓柏。」說完，柏語笙看向霍辛格。

「各位可以叫我阿辛。妳們兩位呢？又是從哪兒來的？」霍辛格立刻快速接口。

「大家好，我是紀巧卉，今年高二，大家可以叫我巧卉。這是我姊姊，紀筱涵，她比較安靜。我們搭的是小獵犬號，因爲參加社團舉辦的海洋生態觀察活動才上船的，請多指教。」

「敝姓張，你們年紀都小，叫我張阿姨就好。這是我老公，老張。唉，又睡過去了？早知道就不來這趟了。眞是要命喲……」

不太認眞的自我介紹，在張太太的叨叨絮絮中結束了。

與其他人短暫交流後，柏語笙才知道橡皮筏曾翻覆過一次。

這艘橡皮筏並不屬於皇家明尼奈特號，而是另一艘船小獵犬號。筏上本來坐滿小獵犬號的成員，因爲有成員受傷，他們試圖打開緊急救難包，但作業到一半，橡皮筏被巨浪掀翻，所有人都落入海中。

現在的成員是後來才重新登艇，柏語笙與霍辛格也是那時候被拉上來的。

這也是爲什麼筏上沒坐滿人，還到處濕漉漉，以及某些重要物資俱缺的原因。當時包括緊急醫療包、雷達波反射器與應急指位無線電示標等物品已被拿出防水袋，不幸在小艇翻覆時落入海底。

雖然還有釣魚工具、雨水收集器和糧水，可是糧食全都過期，罐頭高高鼓起不能食用，只有三包壓縮口糧還能吃。清點下來，水粗估可供十四天飲用，更省著點，可以撐二十天，但糧食嚴重短缺。

高翰在檢查物資時，口不擇言的罵了幾句，抱怨這艘救生筏不像皇家明尼奈特號備有的救生筏那樣設備齊全，許多該有的物資都缺乏，糧食更是不符合救生筏的標準。他甚至遷怒小獵犬號的成員，對那對姊妹毫無道理一頓斥罵，兩姊妹無助的瑟縮起身子，張太太則討好的要高翰消氣，陪他痛罵小獵犬號不負責任的船長。

但事已至此，抱怨也無濟於事，該來的還是來了，死亡降臨得比想像更快。

海浪顛簸，有人撞到張老先生的腿，力道有點大，張老先生腿上有傷，理應會疼得叫喊出聲，但他卻毫無動靜，所有人都偷偷看在眼裡，明白在心底。

只有張太太像沒看到似的，依然逕自跟丈夫說話。

「老張，你瞧今天的太陽眞熱喲！」

「老張，這趟眞是遭罪，回頭我們一定要罵小梅，誰叫她推薦我們來的。」

「老張，你還渴嗎？我給你倒水……」

沒人願意主動說破張老先生早已死去，屍臭很快就瀰漫整艘救生筏。

第一個做出反應的是那對姊妹。

她們坐的位子就在老先生腳邊，比張太太還靠近她的丈夫。顛簸引起嚴重的動暈，加上越來越濃重的異味，紀巧卉趴在橡皮筏邊往海裡嘔吐。

紀筱涵終於忍不住提議：「我、我們，把老先生葬了吧……」

「怎麼葬？」高翰問。

「葬到海裡……」

張太太馬上跳起來，這一站重力不均勻導致橡皮筏下陷，她只得又跌坐回去。狼狽之下，更是憤恨難忍，她脫口痛罵：「葬？妳想丟海裡就直說啊！妳有沒有人性，救援馬上就要來了，妳想害我老公被魚吃掉、死無葬身之地嗎！」

好似多日來的痛苦與不滿統統有了宣洩的出口，張太太連珠炮般的瘋狂痛罵，邊罵邊發出又大又古怪的哭號，但是眼角沒浪費半點珍貴的水分。

「我沒有！我不、不是那個意思——」紀筱涵越解釋舌頭越是打結，在張太太的痛斥下崩潰又狼狽。其他人都疲憊的看著她們，作壁上觀，絲毫沒有勸阻的意思。

紀巧卉拉住自己姊姊，臉色蒼白的解釋：「阿姨，對不起，姊姊只是擔心我，才……」

「真沒家教！妳媽媽沒教妳們怎麼好好說話嗎？真是的！現在的年輕人……」

張太太教訓兩姊妹一頓，她越罵越顯精神，反觀那兩姊妹精神委靡，不太反駁，表情無奈。

柏語笙想，這妹妹倒是比姊姊講話有條理多了；姊姊連話都說不清楚，神情、聲音與服裝都顯得稚態，真不像比較年長的那個。

之後關於那具屍體，再也沒人多說什麼，每次醒來就是盼望著救援人員趕緊出現，好讓他們從這汙臭不堪的地獄解脫。

與屍體相伴整整一天之後，落難第五日，連張太太自己也坐遠了，那屍體變得太駭人，沒人想主動去處理。

最後，是高翰在張太太耳畔嘀嘀咕咕不知說了什麼，居然說服了她。興許是她自己也開始恐懼那具遺體，就順水推舟的答應了。

霍辛格的包裡沒有任何求生工具，倒是有許多文件。他撕下泡皺的紙頁，做了幾個紙元寶，放進張老先生外套口袋。簡單說了幾句弔唁詞後，霍辛格跟高翰一起將老先生的遺體推入水中。張老先生還穿著救生衣，沒有馬上落入海底，看起來像睡在水上，倒比躺在橡皮筏時安詳許多。

一群人靜靜的目送張老先生越漂越遠。

張太太雙手合十，表情虔誠，繼續念誦心經，待她念至「諸法空相，不生不滅」之時，倏地水花一濺，屍體被某股力量拖入深海。

這場葬禮像一則赤裸裸的預言，預告大家遲早都會如張老先生那樣被拉至萬劫不復的深淵中，死在海底。

送走張老先生後，眾人陷入低迷的情緒。

海況平穩的時候，他們會拉起海錨，希望可以快一些漂向海岸或有船隻出沒的國際海運航線。爲了即時發出求救信號，所有人約好輪流值班盯緊海平面，只盼出現一艘船。

他們疲累至極，好不容易稍微入眠，又被突如其來的浪驚醒。除了高翰和兩姊妹中的姊姊紀筱涵，其他人都嚴重暈船，暈船引起的嘔吐使脫水更加嚴重，悶濕的密閉空間更是加劇不舒服的感受，身體不適，精神緊繃到極點，爭執也頻繁的出現。

「我妹妹年紀比較小，她身體不太舒服……你們可以幫忙代一次班嗎？」

「都高中了，怎麼就年紀小了？老人家我也輪班啊。」

紀筱涵面有難色，柏語笙知道，她已經代了妹妹兩次班，肯定累壞了。柏語笙倒是願意幫忙，只不過她嚴重暈船，甚至連睜開眼睛保持不嘔吐都有些困難。她望向狀況最好的高翰，但高翰好像沒感覺到她的視線，一手抓著釣魚線，望著大海繼續釣魚。

最後紀筱涵還是繼續幫妹妹代班。其他人沒意見，總之，有人看著海平面就行。

是夜，柏語笙昏沉的靠在筏邊，霍辛格無精打采坐在她右手邊，雙眼無神盯著星空，忽然，他直起身子。

「啊……」霍辛格手指向遠處明明滅滅的光點。

有船！

信號槍在負責輪班的兩姊妹那兒，紀筱涵四肢僵硬的打開槍盒，手因爲顫抖連續三次都沒把信號彈推入膛內，看不下去的高翰大吼：「讓開！」

高翰從紀筱涵手中搶過信號槍，動作迅速且流暢的推入子彈，舉高朝天發射。

「砰！」

信號彈飛向天際劃出漂亮的弧度，高翰繼續推入第二顆信號彈，同時指示霍辛格拉開手持式火焰信號筒，火光煙霧噴發，橘紅色的光把所有人的臉照映出左右閃動的陰影，熾熱光芒寄託著六人的期待，在孤海中閃爍。

然而，不遠處的船隻沒有接收到他們的期盼，微弱的光點悠悠遠離，漸漸消失不見。船走遠了，氣氛頓時有些凝重。

「操！」高翰憤恨痛罵。

「對不起……」

高翰把槍重重甩到紀筱涵腳邊，氣憤的坐回筏內。

沒人理那廉價的囁嚅道歉，睡前柏語笙還依稀聽到張太太細碎的抱怨。

「……要不是她的動作太慢，那艄船早就發現我們了。」

「好了、好了，張太太，後來發出的信號彈對方也沒看到，大概距離太遠了……錯過……便錯過了，會有下一艘船的。」霍辛格略顯不耐的安撫，你來我往幾句，之後救生筏上便鴉雀無聲。

過度飢餓讓人意志消沉。

最初剩下的三包乾糧分配下去後，本該是半餐的分量要分成兩天吃。第七日後，連那丁點口糧也統統告罄，他們全都餓壞了。

救生筏有一組簡易釣具，高翰用過期的罐頭當餌，釣起魚來。

中間有魚上勾數次，但大魚逃走，魚鉤脫落，他們只得用手邊工具再重新製作鉤子，最後連柏語笙價格不菲的耳環也拿去製作魚鉤。

好不容易努力有了回報，這回眞的釣到了大魚。

那魚被拉出海面，額隆起如錘突出，背後有道又長又直的背鰭，鱗光閃閃，帶著金屬光澤的青黃色魚體宛如砲彈般，具有流線型的美感。高翰開心的撲上去，手插入魚鰓，直接把那頭劇烈掙扎的大魚拋入筏內。他掄起拳頭，粗壯的臂膀用力猛擊魚腦袋，把魚打暈。

「有刀嗎？」

眾人面面相覷，幾天下來，小筏上有什麼東西大家十分清楚，除了筏上本有的緊急救難包，就只有霍辛格、柏語笙跟那對姊妹有自己的包。

霍辛格的包在給張先生製作紙元寶時，就在眾人面前打開過了，裡頭只有文件、鋼筆和錢包，都是對生存毫無幫助的文明玩意；柏語笙的手提晚宴包小得什麼也裝不下；唯一可能有刀的，就只有那對姊妹了。

紀筱涵見眾人都在打量自己，默默拉開背包。

她還真有把刀。不是小餐刀或瑞士刀，是一把厚重銳利的大獵刀。

高翰的眼睛亮了起來，他目光沉沉的接過那把刀，把魚開膛剖腹，弄得到處都是血。每個人都分到魚肉後，高翰把剩下的部分切成條狀薄片，用繩子穿過掛在遮棚上方，趁著好天氣充分曝晒，將魚肉的水分烘乾，製成魚乾，便能確保往後幾日至少都有肉可以吃。

釣起大魚，稍微讓人振奮起來。柏語笙捧著分到的魚片，上頭還沾著一些血，她默默吃下生魚，本以爲自己會吐出來，但她沒有，而且發現自己居然還想再吃更多。

好餓。

柏語笙自小養尊處優，吃什麼都是最好、最講究的，她幾乎沒嘗過飢餓的感覺。

但比飢餓更惡劣的是，她在救生筏上的微妙處境。

她想幫忙。但是不論是釣魚、殺魚、輪班等工作，高翰都用她暈船太嚴重，不如躺下好好休息當藉口拒絕。她並不喜歡這樣的安排，想參與更多，但高翰的態度始終那樣，待她優厚，重要知識卻沒打算教導，柏語笙屢嘗挫敗，只好認命的退回原有的位置，當個稱職安分的花瓶。

高翰倒是對那兩姊妹不假辭色，經常指使她們幹活，有時叫她們幫忙收海錨、或是命她們晚上睡遮簾右側，那邊的拉鍊壞了，總有風透進來。那對姐妹也從來沒反抗……或者說，無法反抗的接受了這樣的安排。

柏語笙同樣也感覺到無法反抗的無力感，尊嚴與人格在苦難中慢慢喪失。比如，不得不在陌生人環視的情況下如廁，唯一慶幸的是，筏上女性居多，增加些許安全感，但還是讓她羞赧難堪，委屈至極。

偶爾她會覺得有人在窺探她。她覺得自己沒有讀錯表情，高翰就是在看她，表情幸災樂禍，但是她能說什麼，找誰抱怨？冒犯似乎最瞭解海洋的高翰？還好，飲用水開始嚴格配給後，她幾乎也不如廁了。

「水怎麼剩那麼少？」從張太太手中接過水壺時，兩姊妹不知誰小聲咕噥了一句。

「我怎麼知道，也不是我喝的啊。」張太太立刻充滿防備的大吼。

「阿姨，我們一直都喝得很少。」那妹妹只是輕聲答道，兩姊妹的嘴脣都嚴重龜裂。

類似這樣的小衝突經常發生。張太太粗鄙不堪，兩姊妹又過於唯唯諾諾，除了霍辛格，柏語笙對所有人都喪失交流欲望。然而高翰除外，雖然內心不喜，但高翰搭話時，她還是會回應。

畢竟，高翰幾乎是這群人的主宰了，她心知肚明，高翰不能得罪。

這兩天氣候炙熱，兩名男性都脫了上衣，高翰把衣服綁在頭上充當頭巾，以避開太陽的烘烤。太陽曝晒使每個人的臉上都有紅痕，不到幾日，這群養尊處優的文明人便被海洋折磨成難民，他們努力想獲得更多食物，釣上大魚後，陸陸續續又抓到三隻小魚，之後魚鉤再次脫落，徹底沒了魚鉤。

海洋也許是想彌補他們的損失，深夜竟是遇上了飛魚群。

海面下有看不見的追獵正在發生，大魚的身軀擦過筏底，眾人都感受到下方的劇烈震動。不知什麼東西在海底追趕飛魚，驚慌失措的飛魚跳出海面，直接撞上障礙物——他們的救生筏。

魚身撞上筏身發出拍打砰響，嚇得張太太大呼小叫，高翰見怪不怪的斥喝，並要大家趕緊抓魚。他們撿到好幾尾飛魚，算是連日以來大海唯一給予的善意。

正當眾人專注撿魚時，柏語笙不經意的往海面望去，瞬間屏住呼吸。她看著鯊魚巨大的三角背鰭劃過筏邊，嚇得退回筏內，那鯊魚體積龐大，只要來上一口，絕對可以咬穿橡皮筏。但大海好像故意吊著他們的命似的，威脅處處出現，卻並未真正把小筏弄沉。

之後豔陽高照的好天氣便結束了，連著兩天讓人致鬱的陰雨綿綿後，周圍漫起了海霧。

第三章

這些日子以來，舉目所及只能看到海，柏語笙以爲這已經夠無聊單調了。沒想到海霧籠罩下，連東西南北也完全分不清，世界只剩灰濛濛的濃霧。

起霧後最大的困擾是晒不到太陽，橡皮筏底部永遠都是濕的。他們所在的救生筏是十人筏，理應足夠六人使用。但所謂十人筏，其實只夠十人短暫休憩、等待救援，並非設計成長期求生所用。因此當他們躺下睡覺時，都會碰到旁人的身體，平常就算醒著也不得不彎腰屈膝。

活動空間嚴重不足，身體長期蜷縮，導致血液循環不良，柏語笙每隔幾分鐘就會伸展手腳，但還是常常感受到手腳麻木，越來越難以控制這具孱弱的身軀。如果再碰上什麼意外變故，她對自己現在的逃生能力感到懷疑。

因爲長時間接觸海水，她白玉般的肌膚，生出了一大片紅瘡。

乾掉的海水在身上形成鹽晶，小小的鹽粒宛若砂紙，和衣服、橡皮底不斷摩擦後，皮膚表面形成無數傷口，輕輕移動身體便會牽動傷口而隱隱作疼。

柏語笙艱難的抬起手，從晚宴包中拿出綠色的小盒子。

她後來才發現自己的晚宴包裡有防晒乳，其他的還有兩張信用卡、手機、一支口紅、護唇膏、兩支耳環和一小瓶凡士林。

爲什麼有凡士林呢？似乎是當初新買的耳環戴起來有點不舒服，她便讓霍辛格弄來凡士林塗在耳針上。小小一盒，她用完也沒取出來，便這麼一路帶到海上。

油膩的凡士林塗抹在傷口處，使紅瘡好上許多，而護唇膏也助益不少。這個品牌據說成分百分之百純天然，目前看來廣告不假，柏語笙試著使用護唇膏塗抹傷口，有效滋潤了她乾裂的肌膚。她暗暗發誓，如果能活著回去，她要買下這個品牌。

在現前的環境下，所有東西只被區分爲「能幫助求生」和「不能幫助求生」兩種。

包內還有最後一樣東西，那是一隻錶。不，這麼說並不精確，那只是一塊機芯的殘骸，指針停在七點十五。柏語笙將它抵在心口，手指撫過機械結構，時針因她的撫觸輕微顫動。她凝視了機芯一會，又把它放回包內。如果就這麼死了，至少還有這塊機芯相伴。

她偶爾會懊惱，自己爲什麼輕忽了危險，面臨逃生之際，她從衣著到心態統統不及格。

身處文明社會，只要擁有手機和一張信用卡，到哪裡不能生存？但海洋可不管現代社會的規矩。她不免想著，早知如此，離開房間時就該多拿個什麼東西，像是一瓶水、一點乾糧，或許再帶個衛星電話？想來想去，最後結論是自己打從一開始就不該登船，這樣就不會碰上船難！

這些都是空想，於事無補，現實是她還在小艇上，無依無靠，分外脆弱，命數全憑海洋決定，隨時會被掐斷。

筏上幾日，柏語笙的情緒便是這樣，有時候憤怒、有時候妄想、有時候哀傷，更多的時候空洞而絕望。

四周環水卻一口也不能喝，這片海比沙漠更殘忍。不下雨時，白天是酷刑，橡皮筏熱得像蒸籠，所有人都病懨懨躲在陰影下；下雨的時候，雖然可以儲存飲水，但是潮濕使得瘡口發紅，渾身疼痛不堪。橡皮筏是拯救他們的天堂，卻也是圈養他們的地獄。用海浪、酷暑和乾渴種種酷刑凌遲，欲把人活活折磨至死。

從前的她眞的對大海的可怕一無所知，如果可以得救，她再也不要靠近海。

而高翰儼然已是這艘救生筏的船長，身爲唯一有海上經驗的人，幾次下來按他的判斷行事也沒出大錯，他說一沒人說二。只是高翰的脾氣越來越顯暴躁，尤其對那兩姊妹特別容易動怒。霍辛格和張太太倒是偶爾會跟高翰說上幾句，高翰甚至願意教導霍辛格如何釣魚。

霍辛格確實適應得比她好得多，在她沒注意到的時候跟高翰有了顯著的交情。

柏語笙嚴重暈船，每天都在跟嘔吐的感覺搏鬥。高翰總喜歡調笑她：這麼虛弱以後怎麼生孩子，找老婆我可不會找妳這款的——低俗、噁心、令人厭惡，但她實在太虛弱，甚至無力言語反擊。

沒人制止那些無聊的言語騷擾，霍辛格和張太太總會附和著高翰一起笑。

柏語笙只能閉上眼睛，把自己縮得更小。

第十三日。

能見度更差，白茫茫一片霧海，孤寂感更甚。

柏語笙經常感覺自己在失控邊緣，隨時有可能在神智不清的情況下跳下小筏，她總是緊緊抓住扶繩，不僅握住繩子，也握住最後殘存的求生意志。

虛實不分好幾日，導致島嶼出現時，她還以爲自己終於出現幻覺了。深灰色的影子影影綽綽的出現在天邊，過了一會，她很明顯聽到水花聲，柏語笙吃力的爬到筏口，聽到浪潮打在岩石上發出聲響。

他們靠陸了。

「是陸地！」張太太尖叫，「那是陸地對吧！小高，是我看到的，我發現的！真是陸地對吧！」

霧太大了，導致已經近在咫尺，他們才後知後覺的發現一座島就在正前方。

「對！妳去把海錨收起！還有你跟妳們，都快來划船！」

高翰拿出短槳瘋狂划水，連張太太也激動的用手撥水，引得水花四濺。

他們接近陸地，但岸邊盡是嶙岩峭壁，打在岩石上的白色浪花又高又猛，礁石在浪與浪之間豎立著，宛如阻止他們登上海岸的刺刀，一時之間，居然是有岸也上不得。

湍急的浪繼續把他們向前推，眼看沒有可供上岸的沙灘，再猶豫下去怕會錯過上岸時機，高翰一頭扎進物資儲放處，拿出裝備袋中的繩索。

「我先游過去，你們顧好繩子。」

高翰拿出繩索，打了個結，套入手臂，跳入水中。

所有人都緊張的看著高翰在浪濤中的身影，當高翰的身影出現在岩石上，全艇人員齊聲歡呼，連柏語笙也展露發自內心的笑顏。

柏語笙的鞋子落海時掉了一隻，她小心翼翼的越過尖銳的礁石邊鋒。

當初登船時，她根本沒帶休閒鞋，腳上沒有任何止滑功能的低跟鞋讓她提心吊膽，擔心自己會滑下礁石。而光裸的另一隻腳，雖然霍辛格撕下西裝袖子，讓她綁上保護腳底板，但難免還是被銳利的礁石劃出幾個傷口。

這是十幾天以來第一次踏上陸地。此時此刻柏語笙還是有身在海上的幻覺，上了岸仍感覺地上在晃，她每隔一會就忍不住去摸摸地面，確定到底是自己的錯覺，還是地面真的在動。

從初見陸地的狂喜中鎮定下來後，柏語笙開始打量身旁的人。高翰不知去哪裡了，霍辛格坐在一塊大石頭上呆望著海。兩姊妹正在幫忙整理救生筏上的繩索，張太太則以有些不雅的姿勢躺在地上。而她決定清點物資。

剩下的水，很極限的分配後，大約可供六人使用五天，之前的魚肉乾還有剩，分配給所有人可以吃一、兩天，然後他們又將陷入斷糧的困境。

四根短槳、一塊海綿、長繩索兩條、短繩索一條、防水手電筒一個、缺乏釣鉤的釣具一套、舀水瓢、救生衣六件、信號槍與手持式火焰信號筒、一個氣還飽滿的救生筏。還有……柏語笙把防水袋中最後一項物品拿了出來。那塑膠製的東西，折成長方形塞在包裝袋中，打開後面積不小，上面綁著繫繩，後面用管子連接一個更小的塑膠袋子。透明塑膠上有吹氣口，似乎要把氣充飽，才能知道這是什麼樣的裝置。

她沒來得及更深入研究，高翰便回來了，語帶不耐的要她別亂動物資。

柏語笙問：「這是什麼？」

高翰頭也沒抬，低聲說：「那破東西不管用了。不過先別丟，現在缺物資，就算是垃圾也可能有用途。妳去把水都集結在一起，現在最寶貴的就是這些水袋。」

柏語笙點頭，把那東西放回原處。

「對了。」高翰正要離開，忽又想到什麼。

他理所當然的向著紀家姊妹伸手，「刀拿來，我去探探路。」

紀巧卉下意識便伸向背包，準備交出刀。

紀筱涵卻按住她的手，吞吞吐吐道：「不好意思，這刀，很重要……」

「重要？有人命重要？聽著，高大哥不貪妳這把刀啦，要不是爲了大家，也不需要借妳這把小破刀。」他的手還是伸在她眼前，沒打算收回。

「那……我跟你一起去探路。」

那瞬間，高翰的五官扭曲宛如惡鬼，又很快舒展開，恢復成人畜無害的憨態。

「……行，妳一起來。高大哥告訴妳怎麼用刀。」

紀筱涵講話不看人眼睛，紀巧卉低頭望著腳指，霍辛格的眼鏡碎在海浪中，近視三百度瞧不清細微的表情變化，張太太還躺在地上，只有站在對面的柏語笙清清楚楚的把那一瞬表情收進眼底。

待高翰與紀筱涵走遠，她斟酌用語，叫住霍辛格。

「阿辛，我……不太喜歡高先生。」

「高大哥嗎？大小姐不太習慣跟這類人打交道吧。他是有些糙，但人挺不錯的。很主動幫忙，把粗活都幹了，沒有他我們肯定更受苦。」

「嗯，我知道，但……你不覺得他有些舉動，唉，我不知道怎麼說……」柏語笙抱著雙臂，眉頭緊皺，「比如是不是太自作主張了？他擅自分發食物還分配所有工作，這些事情不是應該大家一起討論比較好？」

「他是船員，對於海上求生有專業能力，強勢點主導局勢也挺好的。想想剛開始時大家多慌亂？」

「我沒有質疑他的專業性，他確實懂海。至少，比我們懂。」

「大小姐，這種艱難時候我們更是要互相信任。沒有人天生是壞人，高大哥脾氣是比較大，我也覺得他對那兩個女生講話有些凶，我勸過他，他也就收斂了。妳不用把人想得那麼可怕，畢竟在救援來之前，我們還得跟其他人共事。」

「也許吧。還有我不喜歡他老是開那些玩笑，那已經是性騷擾了。」

「那我去跟高大哥提一下，他會聽的。大小姐不會以爲高大哥對妳有意思吧？就只是討海人比較不會跟女生相處罷了。他都幾歲了，若是早點結婚，妳都可以當高大哥的女兒了。」霍辛格習慣性想推眼鏡，想起眼鏡早已在幾天前消失在大海中，只得悻悻的摸摸鼻梁。

推眼鏡，是霍辛格對付那些胡攪瞎蠻之人常出現的動作，這倒是第一次膽敢在她面前這樣做。柏語笙自嘲一笑，「好，我知道了。你就當我看不慣脾氣比我壞的人吧。沒事，阿辛。」

柏語笙不再質疑高翰。

在這種窘迫的時候，還以爲有人存有那種心思，確實對自己的魅力過於托大了。柏語笙不再多說，她暗自思忖，放大高翰的侵略性，或許是因爲她確實對粗人有歧視，反正獲救後，跟這些人就永遠不會再有交集，忍忍算了。

✦

「高先生，你看這裡……高先生？」

紀筱涵回頭才發現身後沒任何人影。她左顧右盼，確定自己被水手放鴿子了。

水手說要帶著她探路，步伐卻快得不像有等人的意思，但她長年爬山，腳程也不慢，走了一會水手提議休息一下，結果等她回過神來，已經被甩開了。

她隱約覺得水手是故意的，但她常常搞錯別人的意思，對於揣摩他人心思不太自信。有的時候水手一副長輩爲你好的模樣，她琢磨不清對方意圖，也不好妄下定語。

紀筱涵嘆氣。

……大概是剛剛不把刀交出來，讓他不滿了。

她有意願破冰，路上試圖找話題，但是離開其他人視線範圍，水手便不太搭理她，她也實在沒辦法。水手這人好的時候一副老大哥的樣子教導你海事，壞的時候便翻臉不認人，感覺好像伺候一個暴君，脾氣陰晴不定。

紀筱涵沒跟其他人討論對水手的想法，也許是……信任感不足，總覺得轉頭這些話便會傳給水手知道，而妹妹年紀小，只看人好的一面，她也不想讓陰暗的心思影響到單純的紀巧卉。

只留她一人在這兒，就某種意義而言，還讓她鬆了一口氣。紀筱涵獨來獨往慣了，這麼多天跟一群陌生人綑綁在一塊，讓她幾乎喘不過氣來，現在可以獨處一會，也算是稍微放鬆。

她沒忘記答應其他人的事情，很認眞的勘查了這座島嶼。這個島眞的不大，而且什麼都沒有。沒有太高的樹，雖然有植物但都是藻類、地衣、苔蘚、蕨類和一些灌木植物，她沿著海岸走了一圈，沒見著看起來可以吃的植物。

這座荒島，是眞正意義上的荒涼。

在紀筱涵還在探查島嶼時，高翰已經回到上岸地點。

「小高，你回來啦？」張太太熱情的喚高翰。

「我姊姊呢？」紀巧卉問。

「不知道，我一轉身她就不見了。」

「怎麼會……會不會遇到什麼麻煩了？我們得趕快去找她！」

「放心啦，這島也不大，晃著晃著待會就回來了。」高翰漫不經心的應道。

「但是……」

「就說別瞎操心啦。」

「她是扔下小高自己行動？年輕人真是不懂事，怎麼就不會等你一下啊……」

高翰聳聳肩，「別管啦，就說待會便回來了，倒是剛剛我有了些想法，大夥兒靠過來點——」

紀筱涵回去集合處時，大家已經熱烈討論起來了，沒人注意到她的歸隊，只有妹妹臉帶憂心的靠了過來。

「姊。」紀巧卉不明白，高先生跟姊姊一塊去探查，怎麼他先回來了，而姊姊現在才回來。

紀筱涵搖搖頭，要她待會再說。

「這島上，沒有水源。」

張太太囁嚅：「也沒有吃的嗎？」

「食物問題比較小。我們可以釣魚或是撿海味，我剛剛在礁岩間看到海螺。」

「可是海螺不能生吃吧？」

霍辛格輕聲道：「島上沒有樹木，也沒辦法弄出火。」

「岸邊有幾根漂流木。」

「那才幾根，也不夠用。而且要起火哪這麼容易。」

「夠了。足夠我們起火吃一餐，好好取個暖。」

「總不能只想這一餐吧……」

「水比較重要，先想法子弄到水吧。」

「對、對，水眞的得快點取得。」

眾人七嘴八舌討論，最後總算是定下主軸。

前幾天下雨收集的水已然所剩無幾，再加上原有儲備所剩不多，萬一沒下雨可就麻煩了。下午，高翰跟霍辛格又外出巡了一次。這回，兩人倒是笑容滿面的回來。

「高大哥跟我有些發現。」

「是水？發現水了嗎？」張太太殷切急問。

「還沒發現水源，但我們找到一處有點濕潤的泥地，那裡的植物長得特別茂密。」

張太太不滿，「只找到泥地又有什麼用。」

柏語笙道：「有植物就應該有淡水。」

霍辛格點頭，「我也是這樣想，所以我跟高大哥想要掘井。」

「這裡，應該很難掘出水吧？」柏語笙問，她摸著地面，這可不是一般的泥土地，而是礁石，難怪這島上植物稀疏，水分根本無法保留給植物的根。

「哈。」高翰嗤笑，「柏大小姐，不然妳以爲還有什麼辦法找水？從妳身體裡面掐出水來嗎？」

柏語笙冷冷瞪他，張太太好像沒讀到空氣中微妙的變化，大聲附和：「小高的想法我看挺好的，就來掘井吧。」

眾人浩浩蕩蕩的出發了。

高翰跟霍辛格領著他們往島裡走去，在島中央發現比較茂密的灌木植物，不像岸邊矮小乾枯的同類，島中央的植物看起來肥碩許多，偏東處更是草叢茂盛。他們在此選了一處土丘，灌木植物底下，有著深黑色的土壤，土質鬆軟，不像其他處都是堅硬的珊瑚礁岩。

也許真能掘出可以喝的水。

他們撿了幾塊扁平的石頭當作鋤具，就此開挖。雖然海霧瀰漫，太陽沒有直晒，但悶濕的天氣還是讓人稍微運動便滿頭大汗，高翰跟霍辛格負責主要的挖掘，其他人幫忙把土運走，挖了約一公尺後，霍辛格的手指甲斷裂，去一旁休息，紀筱涵接下了他的工作繼續掘土。

工作到一半，高翰又向紀筱涵要刀，說要找漂流木造個手柄才好鋤土。這次紀筱涵倒是挺乾脆就把刀交出來了，也許她也想避免衝突。

眾人共同努力下，洞越來越深，土也帶著明顯的濕意。

好不容易，他們在深度一點五公尺左右挖出了水，但水帶著難以忍受的臭鹹味。

「別輕易放棄啊，至少真有水了，只是不能喝，再換一處試試看，應該能鑿到水。」高翰鼓勵眾人。

他們又另外找了一處開始掘井。

柏語笙也試圖幫忙，但她的力氣實在不夠，根本無法把石頭刨入土壤中，只得悻悻然的在外圍看其他人努力。她有些擔心霍辛格，接連的劇烈活動讓他的眼神都渙散了，說起來她真不覺得霍辛格是幹體力活的料，高翰倒是精神奕奕，好像這一點體力活動並不影響他。

突然「啵」一聲，鑿土的手深深陷入泥裡，水汩汩流出，霍辛格趴在地上，興奮的敞開喉嚨大喊：「有水了！」

他欣喜的捧水喝下去，又呸一聲吐出來。

「……還是鹹的。」

挖出來的水，依然又髒又鹹，一整天的努力全是徒然，所有人又累又挫敗，洩氣的坐在地上。

「天色也晚了，回紮營地休息吧。明天……再尋其他點。」

正當眾人回到營地時，高翰倏然在物資前蹲下，一袋一袋的數了起來。

「水少一袋。」他臉色凝重的望了過去，審視的目光逐一掠過，最後停在那兩姊妹身上。

「怎麼了，高大哥。」

「……水又少了。」高翰語重心長，「這不是第一次了。今天我們真的得把這事搞明白。」

柏語笙問：「之前也發生過少水?你怎麼沒說?」她數了下水袋，確定跟自己清點的時候比，應該並沒有少。

高翰睨了柏語笙一眼，「怎麼，我做事情還要跟妳報告？我也是顧及大家面子才不說的，但是現在這樣可不行。再給偷水賊摸下去，大家都會沒水喝的。」

張太太急切而憤恨不平的嚷嚷：「就是啊，誰偷喝水，我們找出來！」

柏語笙說：「先冷靜點吧……」

高翰沒理會她，扯開嗓子大聲質問：「剛剛有誰先離開掘井地？」

霍辛格搖搖頭，似乎體力還沒緩過來，滿臉虛弱，連話都懶得說。

「張太太，我有看到妳離開了下——是去廁所了？對吧，張太太？」高翰擺頭，問站在後頭的幾人。

張太太殷勤答道：「對的、對的，我就離開了一會，上個廁所而已，大家都知道的啊。倒是有看到小妹妹往營地的方向走去。」

「我？」紀巧卉猛然搖頭，「我只是回來幫我姊姊拿帽子而已。」

「誰知道呢。總之回來過就有嫌疑，妳們的背包呢？打開。」

紀筱涵不滿，「爲什麼？我妹妹都說了，她根本沒碰那些水。」

「口說無憑，打開讓大家檢查。看看妳又藏了什麼好東西。」

「藏？包裡本來就是我的東西。」

「哇塞，現在要來分東西？那救生筏上的水與糧，還有老子釣上來的魚也來分一分，看誰分得多？多吃的是不是該吐出來？」

「既然如此，那我的刀呢！」紀筱涵忍不住拔高音量。

「姊……」紀巧卉擔心的拉著姊姊。

高翰解開配在腰上的刀，「刀就在這裡。」

他把刀亮了出來，但手依然抓得很緊，只是搖晃刀身示意自己隨時會歸還。

「沒人要貪妳的刀，我明明白白放在這兒，不像妳們老是藏著掖著，好東西也不會與其他人分享。」

「我們沒有藏糧水！」

「既然如此，就讓大家看看妳包裡面有什麼東西證明清白啊。」

紀筱涵猶豫了會，肩膀微動，正有了拿下背包的心思。

高翰忽然又大聲高喊：「怎麼？早知道妳不敢！就妳們姊妹倆事多，大家都能好好合作，就妳們倆意見特別多！幫忙幹活也不行，還誣賴我偷刀，不幹了、不幹了，都聽妳的吧。來，妳行，妳來。」

「行了、行了，別管她們，你別生氣啊，小高。」張太太急切的哄著高翰。

「反正我今天把話在這兒說明白，只要妳們還是這種態度，那就滾。老子不開慈濟，不負責照顧妳們。」

柏語笙一驚，心想這是要趕她們走？她望向霍辛格，見霍辛格表情也有些猶疑，但並沒有出聲幫任何人講話。

紀筱涵瞪著高翰，鼓起勇氣，「那……你把刀還我。」

「等妳們冷靜下來，腦子清楚了，我自然會還妳。」

紀筱涵垂下手，她終於明白，這個高壯的男子無論如何都不會把刀還她了。她抱著背包，握緊妹妹的手，慢慢後退。

「喂！」高翰突然又喊住她，瞇著眼道：「別說老子欺負妳們，拿一袋水跟兩片魚走。」

這倒是讓人有些意外，紀筱涵握緊妹妹的手，不知道高翰連番敲打她們後，又突然這麼說是什麼意思。紀巧卉見姊姊有些僵住了，便鬆開手，自己走到物資前拿了高翰說的分量。

「拿人的東西不會說謝謝嗎？啊？」

紀巧卉低聲說了聲謝謝，拿著東西，拉著姊姊快步離去。

紀家姊妹走遠後，霍辛格坐在地上，他望著比自己高壯許多的高翰，細聲道：「其實你該把刀還她的。」

「我還不是爲了你們好？這刀是公有財，是大家共同的求生工具。而且我不是給她們水和糧了嗎？又不是見死不救。只是讓那姊妹倆好好冷靜，別總是這麼不合群，遲早得害死大家！」

張太太也附和：「小高晾著她們幾天就會把刀還人家啦，小辛你也別總幫那對姊妹說話，小妹妹脾氣太拗，吃到苦以後才會願意一起幫忙。」

柏語笙木然的看著這兩人一搭一唱，烏雲滿布，天空比他們上島前還要更幽暗陰森，島被畫了一條涇渭分明地線，紀家姊妹宛如被放逐的囚犯，帶著少許糧水去了島的另一頭。

猶如初腐敗的肉，外型依舊，內裡卻已然崩壞變質。柏語笙感覺得出來，在那對姊妹離開後，團隊的氣氛變得有些古怪。姊妹倆就像不存在的人，不僅身影消失，連存在的痕跡也被徹底抹殺。其他人根本不需要任何適應期，很快就接受少了兩名女性同伴，好像他們打一開始便是四人團體。

張太太表情如昔，大著嗓門，叨叨絮絮的跟她分享家中瑣事。柏語笙已經知道張太太家有三個兒子，兩個在美國，一個在故鄉當醫生。當醫生那位還是單身，正缺個家世良好，孝順懂禮的漂亮媳婦，就像柏語笙這種類型。

而霍辛格與高翰天天一塊行動，交情是顯見的越來越好了。

「阿辛，你們去哪？」

「我們再去島內晃晃，大小姐，天氣很熱，妳跟張太太待在營地別跑太遠。等我跟高大哥找到水源，再叫妳們。」

「對啊，大小姐便休息吧。這種苦差事讓男人幹就行了。」高翰也擺手附和。

柏語笙看著兩人勾肩搭背離去的身影，內心有種隱約的不安。

姊妹倆離開的第二天晚上，柏語笙被張太太的鼾聲吵得睡不著，正亂糟糟的想著心事，便感覺到有人靠近。

她繃緊身體，眼睛依然緊閉，但放在身側的手悄悄往旁邊摸索，揣了一顆石頭在手心，暗自祈禱對方能自行收手趕緊躺回去。但那人並未停下，粗重的呼吸、濃重的體味，靠得很近了。

整個影子都籠罩在她上頭。柏語笙抓緊石頭。

「高大哥，怎麼還沒睡？」霍辛格略帶睏意的聲音傳來。

「是啊，怎麼都睡不著，起來走動一會。」

「別太累啊，明天還得繼續掘井。」

「當然。馬上就要睡了。」

那人走了，留下令人不安的侵略意圖。

張太太的鼾聲停止了。柏語笙睡不著，盯著張太太的背影。

隔天清晨，張太太一貫的早起，站在岸邊甩手伸展身體好似什麼都沒發生，不再談論家裡的事。

柏語笙沒說什麼，但從此改在比較靠近霍辛格的地方休息。

「還是不行……」

霍辛格失望的把石鏟扔在地上。

他的手滿是破掉的水泡和血痕，這幾天他們幾乎把整座島翻過來徹底巡了一趟，沒找到可用的東西，儘管已經換了好幾處地方，有機會挖出水的地面都被捅成馬蜂窩，但每次都只挖出鹹水。

張太太很早就放棄，常常喊著腰疼要休息，跑得不見蹤跡。只剩下霍辛格跟高翰努力找水，但霍辛格內心的希望也快要被血淋淋的現實粉碎。此前，他跟柏語笙還有了不小的衝突。

「大小姐，我還應該叫妳大小姐嗎？這裡可不是妳爸爸開的公司啊。」

「阿辛，別說那種話。」柏語笙語氣疲憊。

「妳們就不能也幫幫忙嗎？隨便幹點什麼都好。」

「我有在幫忙，阿辛。那些土都是我幫忙運走的。」

「那有什麼用，我們要的是水或糧食，或是妳去海邊再撿點可以用的東西吧！」

「你太激動了，冷靜點，我不想跟你吵架。」

說得好像他很想吵架似的。

霍辛格知道柏語笙真的幫不上忙，但他也很累啊。這群人沒一個能頂事，好像只有高翰稍微可靠些。要是沒有高翰，他真不知道怎麼撐下去。

這三天，除了不停掘井，高翰也沒停下抓魚的腳步，他們有抓到幾尾小魚，嘗試了很原始的方式取得水分。用布包住小魚，以擰毛巾的方式把魚榨乾。那些壓榨出來，帶著腥味的液體，他怎麼也喝不下去，高翰卻眉頭都不皺一下便把那些液體給吞了。

看到不管多難下嚥都可以吞下去的高翰，他隱約感覺大概只有高翰可以活到最後。

霍辛格心想，自己只能靠高大哥了……不，他大概也會死……直到現在，他的胃還是文明人嬌生慣養的胃……自己應該是死定了吧。

霍辛格累壞了，他不想回去營地裝起笑臉絞盡腦汁跟柏語笙報告好消息，事實就是糟透了。話說回來，都到這座島上了，他還把柏語笙當大小姐讓著，凡事顧及，向上報告，到底又爲了什麼？說來也是自己賤，總在心底抱著希望，遲早一定回得去，把苦難當表現機會，好好照顧柏語笙，也許可以少奮鬥幾年。

原來，他還這麼天眞，還在期待回家。回去自己的小窩，按下開關就有明亮燈光，扭開水龍頭就有熱水，想吃東西拿起電話就能預約餐廳，吃頓最喜歡的義式燉飯，點杯調酒，感覺微醺就在舒服的被窩裡睡著。

他憤恨不平的想著，爲什麼自己要在這兒累得跟狗一樣？他不想死啊！他不該有這樣的下場——

霍辛格紅著眼，拚了命的掘土，好像這個洞是最後的希望那樣努力去鑿，他的手都磨破了，足足挖了四公尺深，終於從底部滲出水來。

又是乳白色的汙濁鹹水。他一屁股坐在地上，高翰抬眉瞥了他一眼，在他表情瓦解的臉上嗅到一絲自己想要的絕望味道。

霍辛格垂著頭，不明白自己怎麼就落到這副田地。

草食男，單身主義，工作高薪且能接觸上流社會，與老闆相處融洽，下了班看部電影、偶爾小酌、與女伴約會，過上還算是精緻的生活。

他是那種明白自己喜好的人。從小便不喜歡體育勞動，不喜歡當兵和汗水，他認爲自己應該要享有具有一定品味的生活，也靠著機伶和努力得到想要的一切，好日子才正要開始，這樣的生活應該會延續下去——不是像現在這樣，雙手滿是傷痕，糊里糊塗客死他鄉。

霍辛格語帶哽咽：「根本就行不通，什麼都沒有用，高大哥，你說吧……我承受得住，我們是不是死定了？這裡根本鑿不出水。」

「霍老弟啊，別這麼喪氣。」

「那你說該怎麼辦？全都照你說的辦了，怎麼一點能喝的水也沒有？」他尖銳地質問。

高翰卻是難得的好脾氣，面對宛如刺蝟的青年，只是拍了拍他的肩膀，渾然不在意他的冒犯。

霍辛格見對方那副友善的態度，又像洩了氣的氣球，垂著脖子坐回地上。

高翰靠過去，語氣深長：「別放棄求生意志啊，這才是最重要的。」

「我現在一點信心也沒有，腦中全是負面念頭。」

「那發揮點想像力吧，想些好事。」高翰問：「如果得救了，你想幹麼？」

「想幹麼……很多事情想做啊。早知道如此，來這趟前就該回家看看我爸媽，還有去沒去過的國家，冰島、俄羅斯、紐西蘭……也別當有錢人家的管家了，早點把存的錢拿去創業，開間喜歡的咖啡店……」

「可以的，挺好、挺好。你絕對辦得成。」

「高大哥，你眞樂觀。」

「我也只有這點優點啦，凡事看得開，遇到絕境不如往好處想。其實，仔細想想，把這次遇難當成天賜良機，倒是有些事只有在這裡才能幹……你說對吧？」

高翰的小眼睛微微瞇起，打量著已在崩潰邊緣的霍辛格。

第四章

霍辛格迷惘的抬頭，眼神空洞，瀕臨崩潰，此時此刻只要在他耳畔溫言軟語，大概不管多驚世駭俗之事都會接受吧。

高翰熱情的搭著他的肩膀，繼續說：「仔細想想，男人啊，在現代社會眞是有夠吃鱉。女人總要求這、要求那的，叫囂著什麼女權，現在倒是可以讓她們好好體會下，女人還是需要咱們男人的。」

「……什麼意思？」

「就是那種意思啊。之前在救生筏上我一直憋著，現在總算是可以好好放鬆。你也來放鬆一下吧。」高翰拍拍自己的襠部，粗魯大笑幾聲。

霍辛格隱約抓到對方的意思，他煞白了臉。

「可、可是……」

「怎麼？這麼驚訝？哇，你該不會還是處男？那眞爽到你了。」

高翰又靠向他，聲音低啞，如蛇信嘶叫：「兄弟，這島上就你我兩個男人。這種等級的女人，平常碰不得的，多好的機會……反正都要死了，沒什麼希望了，死前至少做點快樂的事吧。」

「你這是犯罪！」

「什麼犯罪？這是合法酬勞。你看這幾天都是我們兩個幹辛苦活，抓魚、掘井、搬重物，她們女人做得了這些事？什麼事情也沒幹，就只會說些風涼話，這不公平嘛。現在人人平等，沒幹事的人，總要給點好處吧？況且，怕什麼？」高翰拍拍他的肩膀，「高大哥不誆你，也明白你顧忌什麼，你知道以前外國發生過吃人的事嗎？也是海上落難，沒水沒糧，兩個水手把一個年輕人宰了，吃了。」

不是兩人，是三個人。雖有些口誤，但是霍辛格自然知道高翰說的那件事。

英國木犀草號，人吃人的著名船難事件。三名成年水手在受困多日後，殺了十七歲的年輕男孩，靠著吃人肉、喝人血存活了下來。回到文明社會的他們，當然面臨法律的審判，儘管法庭判處死刑，但英國女王最後還是特赦釋放他們，主要動手的兩名船員僅被關押六個月。

這當然不是非黑即白的論定，這件事帶有巨大的道德爭議，此三人無罪或有罪，也經過多方辯駁，但從判決結果也可知悉，在船難或荒島這類法外之地，許多事情並不按照文明秩序行事。

「吃人都沒事了，幹個女人有什麼關係。」

「……不、不行。」霍辛格推開高翰，「那是特殊案例啊，高大哥，而且我們很快就會得救的，我們很快就會回到社會秩序下，做了這種事怎麼回得去，不行、絕對不行！」

他望向高翰的眼睛，想著或許將從中看到瘋狂的靈魂，但他看到的卻是一張特別惶恐的臉。

聽到拒絕，高翰立刻猛打自己好幾巴掌，力道還不輕，打得雙頰紅腫。

霍辛格瞠目結舌。

高翰誠懇又哀切的說：「霍老弟啊，你說得對，我在想什麼。我就是開個玩笑，這種緊要關頭，我們更是要團結。唉，這島上資源不多，我忍不住就想到一些災難片情景，看你這麼嚴肅便想逗逗你，是我拎不清狀況胡說八道了，你別在意啊。」他後退幾步，低眉順目，說得忒誠懇，彷彿剛剛那荒唐的提議都是幻覺。

「高大哥，我明白、我明白……你剛剛說的，是每個男人都有過的遐想嘛……你講話要謹慎一點，現在大家神經都很緊繃，別亂開玩笑。」

「我知道、我明白，霍老弟，你可別跟你家大小姐講我的壞話。我的嘴巴就是賤喲，看到漂亮女生就想開點玩笑。」

「沒事、沒事，我不會跟大小姐講的……」

霍辛格看著高翰走遠的背影，心情有點複雜。

他第一次開始認眞琢磨此人，但思及高翰對海事的熱情教導和一路上各種衷心關懷，這麼幾天相處下來，他研判高翰只是個樸實的莽漢，並沒有惡意。

剛剛那危險的邀約，或許是高翰一時鬼迷心竅罷了。

畢竟，現在還有糧有水，又好不容易找到陸地，一般人的底線不會退得那麼快的，而且大小姐也確實很勾人的慾望……

但是，別開玩笑了，他可不傻，大小姐家裡有錢有勢，眞冒犯她回去還能活嗎？就算僥倖沒人知道，他也不想幹這種齷齪事，眞做了就底線盡毀，萬劫不復。他還想心安理得的回去過好小日子，不想夜夜都想起自己曾做過多髒的虧心事。

霍辛格決定再繼續觀察，必要時刻他會揭露高翰的不良意圖，保護好大小姐的。

高翰一轉身，臉便垮了下來。他腦子轉得飛快，立刻往沿岸走了過去。他想幹什麼，便一定要幹成。他沒時間等到那蠢小子想透，要幹就早點下手，不幫忙那就成了絆腳石。絆腳石得早點搬開啊。

高翰沿著海岸行走，搜索可利用的東西。他跳過礁石，此時已經接近黃昏，潮水淹沒潮間帶，把不少生物推到岩上，他注意到有個大寶特瓶在潮間載浮載沉，他把瓶子撿起來，繼續往前走，然後在潮間帶找到了想要的東西。

深夜。

眾人酣然入夢，只有高翰睜開雙眼，動作輕巧的爬起。他抓起手電筒，正要離開，卻聽到身後有人喚他。

「小高，你去哪兒？」

張太太注意到他起身，撐起身子，迷迷糊糊詢問。

「撒尿。」

張太太聞言便沒再問，又躺回地上，任高翰消失在黑暗深處。

高翰在礁岩間跳著。今天的月光很亮，足夠他回到傍晚時找定的地點。

傍晚時他便注意到了，潮流帶來大量的致命玩意，卡在那個海灣。那玩意帶著紫色光澤，呈半透明僧帽狀，還有藍紫色的長條觸手。他把寶特瓶上半截砍斷，挑起觸手放入瓶中。收集到足夠的量，他才帶著瓶子走回營地。

過不久，早晨的荒島上起了一場小小騷動。

「唉呀！」男子大聲驚呼。

「怎麼了？」

「被什麼東西刺了一下。眞疼。」

「有流血嗎？」

「沒事，大小姐，有個小東西不知從哪裡爬進鞋子裡面了。」

「這是什麼？看起來有點像果凍？」

「不知道。小心點，別用手去碰，好像有刺。」

「我知道，我用樹枝挑掉。這東西眞噁心……」

兩人對話間，沒有人注意到躺在地上鼾聲如雷的男人，悄悄的彎起嘴角。

✦

咚——咚——咚——

「姊，那是什麼聲音？」妹妹在紀筱涵懷裡不安的抬起頭。

「別怕。」紀筱涵側耳傾聽，「應該是漂流物撞到海岸，明早我再去確認。」

「嗯……」妹妹輕聲細語，「姊，我好怕。我一直覺得聽到腳步聲。」

「沒事的，那只是海浪。這邊只有我們兩人，妳好好休息。」

紀筱涵不停安撫妹妹，直到紀巧卉的呼吸漸漸平穩。她自己雖整夜沒睡，精神卻絲毫沒有因此萎靡，反而還有些過於清醒。也許是前幾日與水手吵架的畫面不停閃過腦海，往後該怎麼與妹妹生存下去也困擾著她，她實在睡不著。

睡不著，乾脆起來走動吧。紀筱涵輕手輕腳的離開，妹妹聽到的撞擊聲依然沒有停止，她循著那奇怪的聲響往前走，停在海灣。如她所想，果然有東西擱淺在礁石上，因爲被浪拍打不停撞擊岩石，才發出古怪又規律的聲響。

搞清楚怪聲源頭後，紀筱涵順便巡視附近海岸，撿了些可用的東西，才慢慢走回去找妹妹。她回去時，紀巧卉也剛好醒了。

「睡得好嗎？」

「不好。晚上老聽到奇怪的聲音。」

「我剛剛去查看了下，那裡有塊挺大的廢船板，卡在礁石間，被海流拖送不停碰撞岩石。」

「就是它害我沒睡好，今晚換個地方睡吧！」

「好好好，都聽妳的。」紀筱涵漫不經心的和妹妹閒聊，手裡沒慢下來，擺弄著早上撿回的垃圾。

「姊，妳在做什麼？」

「做捕魚工具。」紀筱涵綁緊掛在棍子上的繩索。

「這樣釣得到魚？」

紀巧卉身上還裹著太空毯，好奇的看姊姊搗鼓撿回來的垃圾。

「我也不知道，待會就來試試。」

紀家姊妹被趕到島的另一頭，此處礁石林立，還散發著奇怪的臭味，乍看並不是很好的生存場所。但紀筱涵發現臭味是因爲地形彎曲如鉤，將洋流帶來的漂流物攔截在這個小岩灣。有不少垃圾擱淺在此，包含一隻不知名海洋生物的屍體，腐爛導致臭味瀰漫，就是這樣不太讓人提得起勁的景象，給了紀筱涵靈感。

她從那堆海洋垃圾中撈出幾片罐頭封口，海邊遊客開罐後隨手把封口扔進海裡，飄洋過海來到她的手中。先把封口對折，再用鋒利的石頭沿折痕切割，重複幾次，弄出數個小鋁片，再把鋁片捲成實心的棒狀，用石頭敲彎成鉤狀。

雖然做工不算細緻，但工作一會，勉強完成幾個有點樣子的魚鉤。

「這是高先生教你的？」妹妹好奇的擺弄做好的魚鉤。

「他不教，偷學的。」

這種工藝並不難，就像修復家具，只要思考過物品的結構，便能依樣畫葫蘆。她一直對別人的惡意非常敏感，發覺水手總不讓她學習釣魚相關的技術，便默默偷學需要注意的細節，她做出的魚鉤倒也頗爲像樣。

魚鉤完成後，紀筱涵又去撿廢棄的漁網和纜繩，用細纜繩修復漁網，再把魚鉤掛上。

這裡的魚體積小，用網口過大的破漁網大概是撈不到魚，但紀筱涵利用現成的漁網結構，把多餘的小魚鉤鬆散的掛在上頭，就成了奇形怪狀的捕魚工具。

「好了，再放上魚餌就大功告成了。」

「可是我們沒有餌。」紀巧卉煩惱的皺眉。

「不是有現成的原料嗎？岸邊那隻大魚屍體。」紀筱涵用海水洗掉手上的鐵鏽，「再割一點腐肉做餌就行了。我找找可以卡在岩石間的棍子，一次多放流幾張網，看看明天有沒有魚上鉤。」

「對耶。姊，你好聰明喔。」紀巧卉歡欣鼓掌，隨即又安靜下來。

「姊。」

「嗯？」

「我們去跟高先生道歉吧……」

「他對我們有偏見，就算道歉也不會對我們有好臉色。」

「可是我們就這些水，撐不了兩天……抓到魚，也還是需要水的。」

紀筱涵沉默。

她知道妹妹內心害怕，在荒島上被徹底孤立於主要群體之外，肯定非常不安。妹妹與她不同，跟人相處從來沒什麼問題，此時此刻，妹妹大約更想躲入群體中吧。或者說人是群居動物，總是要跟其他人靠在一起才有安全感，像她這般孤僻才不正常。

但是……紀筱涵想起水手的嘴臉。

她發現自從拿出獵刀後，那水手便有意無意在她打開背包時覷過來，偶爾聊天也漫不經心的套話，似乎垂涎她背包裡面的裝備許久。剛開始她以爲自己錯怪好人，畢竟她對他人的惡意總是過度反應、過度敏感，經常會陷入自我懷疑。直到水手爲了奪走她的獵刀，上演了拙劣的戲碼，毫不掩飾的展露惡意。

那群人就這樣放任水手欺負她跟妹妹，誰都沒說話。

柏語笙也是。不過她本來就是這樣的人，不意外。

紀筱涵勾起嘴唇，諷刺的笑了下。

說起來，水手的直覺是對的。她的包裡面，還眞有不少好用的小東西。這個背包是她登山用的包，這回短暫出遊只把比較大的物件從包裡拿出，輕量的登山物品原封不動的留在包中。

比如現在裹在妹妹身上的太空毯。

當初領她入門的登山老手曾囑咐過，要爬大山一定得備上緊急救難裝備。因此，當時還是新手的她格外謹愼的準備了登山救難裝備。山難與海難的困境雖然略有不同，但求生的基本需求類似，她帶的用品肯定比多數人的裝備有用許多。

太空毯便是其中之一。它並不是織物，而是可以包住成年人全部身軀的塑膠與錫箔製物，正面爲金色，反面爲銀色，醒目的反光表面除了方便救難隊員發現落難者，也能利用熱反射原理，保留體表的熱度。靠著兩張太空毯和輕羽絨外套，她和妹妹度過了好幾個寒風刺骨的夜晚。

除了太空毯，這個背包她用了五年，妹妹常開她玩笑，不管到什麼場合都背同一個大背包。被水手驅離後，避開他人耳目，她終於能放心的清點裝備，這幾年使用下來累積了不少小東西。

環保筷與湯匙、兩包泡水皺掉的便攜衛生紙、空水壺、兩個掛在包包上的扣環、便攜式口袋充氣睡枕、防晒乳液、防蚊液、可折疊的藍色連帽輕羽絨外套、放在塑膠袋中結塊的苦茶粉、輕便雨衣、小折傘、棒球帽、泡水後無法使用的小型手電筒、垃圾袋、哨子、放在防水袋中的食鹽，還有一把VICTORINOX基本款七用瑞士刀。

仔細清點下來，還眞不少。

要把這些東西分享出去嗎？若不是水手，也許她願意。

剛開始她也是誠心想與其他人和平共處，否則也不會在需要用刀時，馬上把外公的大獵刀借出去，她大可只拿出小瑞士刀。誰知道那人貪得無厭，還有柏語笙——呵，這人還眞是一點沒變，眞讓人厭惡……

發現水手的意圖不單純後，紀筱涵便留了心眼，不再那麼大方分享。雖然最後被趕走，但她並不懊悔，或者說，只跟妹妹相處還輕鬆一點吧。

她也不想搞到兩敗俱傷，只是以水手爲首那群人的惡意如此眞實，她也決定自私到底，徹底藏私，只顧好自己跟妹妹。

「不跟他們一塊生活也沒關係，我們東西更多，可以過下去的。」

「好……」

妹妹眼底還是有擔憂，但並未再多說，只是乖巧的抱著雙腿，低下頭。這一路過來，小小年紀的她受了不少苦，卻從沒抱怨過半句。

水怎麼辦？兩個男人都挖不出可用水，她又能去哪裡生水？除了等待老天爺賞臉下雨，她還真想不到別的法子。

紀筱涵挫敗的承認自己有些衝動。

妹妹挪近過來，把頭靠在她肩上，「姊，我好餓。明天應該就可以吃到魚了吧？」

「當然。」

紀筱涵當然沒把握。

她不僅沒把握釣到魚，也沒把握帶妹妹回家，任何事情她都沒把握。

她總把人往壞處想，而她的妹妹總把人往好處想，怎麼講都沒交集，也許妹妹並不贊同她的決定，只是願意無條件信任自己罷了。也許，她真的把妹妹和自己往死裡帶；也許，她真的錯了，不該那麼拗。畢竟，她總是錯的，一無是處，判斷錯誤。

總是看錯他人的情緒，無法好好表達自己。

「如果沒釣到魚，我們就去找他們。」

「咦？」

「再一天……我們就去找他們。我可以把裝備分給其他人使用，這樣他們應該願意再接受我們。刀，高先生想要就拿著吧。包裡面的東西，就一起共享。」

「嗯。」妹妹彎著眼睛，露出微笑，乖順的接受姊姊的決定。

紀筱涵摸摸妹妹的頭，覺得就算要跟那討人厭的水手道歉，好像也不那麼困難了。

突然，天邊炸出一朵花。

信號彈？

紀筱涵心臟狂跳，信號彈如此珍貴，會發射出去，肯定是看到什麼。

紀巧卉也從地上跳起來，「我們要得救了！」

「妳先去集合，看看發生什麼事了。姊姊收拾一下，馬上跟上。」

「好！姊妳要馬上來喔！」

紀巧卉開懷的往信號彈的方向跑去。紀筱涵留在原地，快速收拾物品，當她把太空毯塞進包時，天邊再度炸出一朵橘色火花，又一發信號彈斜斜衝向天際，落入海面。也許是眞的看到救難船隻了，不然怎麼會如此頻繁的發射珍貴的信號彈。

只是，那角度有些奇怪，太斜了，並非筆直入天。事實上，那角度比較像站在平地上，槍口瞄準某物、某人那般傾斜。

紀筱涵挺直身體，不再收拾裝備，她不安的看著妹妹離去的方向，也往那奔去。

✦

快樂的水母毒游啊游、跑啊跑，跑遍全身。

高翰在心中歡快的哼著自己編的曲調，曲子關於水母、關於毒素、關於殺人於無形的陰謀。他隨意編了個理由，約霍辛格去撿漂流物，並特意選擇崎嶇難走的海岸線行走，加速血液循環。

果然霍辛格受不了了，出聲叫住他。

「停、停一下……」

「怎啦？才多遠，這麼快就走不動了？」高翰故作疑惑。

「不知道，我有點喘不過氣來……呼、高大哥，我的臉……有怎樣嗎？」霍辛格不停抓扒脖頸。

高翰看著對方那明顯浮腫的臉，笑咪咪道：「能怎麼樣？今天好像有比昨天帥一點喔。」

「高大哥，你別開我玩笑了，呵……」霍辛格艱難的咧出微笑，感覺頸部像是有東西勒住，他拉開領口，但對窒息感毫無幫助，只能從喉嚨發出奇怪的喘氣聲。

高翰沒再理會他，繼續往前邁開腳步，霍辛格只得勉強跟上。

兩人又走了一小段路，後方傳來重物摔落地面的聲音，霍辛格倒在地上。

高翰不動聲色，回頭攙起他，對在他眼裡宛如屍體的人道：「怎麼啦？身體不舒服？我扶你回營地。」

「他這樣多久了？」

「五分鐘左右。我馬上就帶他回來了，怎麼？霍老弟這是怎麼了？」高翰惶惑的問。

柏語笙焦慮不已，霍辛格是嚴重過敏體質，不能接觸某些過敏原。他曾誤食堅果被緊急送醫，那次動靜不小，曾有人暗示過要她換掉這位雇員，否則再發生意外死在自家就不好了。

柏語笙性格高傲，天知道能讓她滿意的管家多難找，反正霍辛格不是保鏢，不需要身強力壯，只要腦袋靈活就行，她不認爲雇用過敏體質的人有何麻煩，加上霍辛格確實能幹，相處也還算愉快，所以並未換掉他。

平常霍辛格有一份很長的禁食清單，比如甲殼類、堅果類，因此霍辛格從來都只吃自己帶的便當。她曾笑話他比自己還挑嘴，這次落難，吃緊急口糧跟魚肉都沒問題，怎麼突然就出狀況了？

柏語笙搜遍霍辛格的衣服口袋和提包，沒有找到抗過敏藥。

見霍辛格嘴唇翕動，似在呢喃，她便把耳朵湊過去。

「水……」

「我去拿水！」

柏語笙趕緊去物資集中處拿水，卻在回來時腳步一頓。

高翰不知何時又繞回來，她打發他好幾次，要他別在旁邊礙事，這人卻不斷在霍辛格周遭打轉，眼底閃著近乎喜悅的奇異光芒。

柏語笙邁開腳步，輕巧的隔開高翰，倒了點水到霍辛格嘴中。被如此刻意對待，高翰渾然不在意，那雙瞇瞇眼骨溜溜轉著，不知在想什麼。

「妳守著他也累了，先去睡一會，我幫妳顧著他。」高翰提出建議，語氣誠懇溫和。

柏語笙抬起頭，見高翰光裸著腳蹲在一旁，雖然輕皺眉頭，試圖表現出關心霍辛格的樣子，但嘴角卻帶著壓不住的、若有似無的微笑。那副模樣，活像已咬出致命一擊，正等著獵物死掉的大灰狼，這奇怪的聯想使她頭皮發麻。

「我還不累。對了，我剛剛在對面岩角看到一個鋁箱，你能不能去幫忙拉上來？也許裡面有用得著的東西。」柏語笙盡量不動聲色道，「銀色鋁箱就卡在兩塊石頭間，如果有困難就算了。」

高翰盯著柏語笙，見她表情平靜，沒任何怪異之處，便聳聳肩答應下來，扛著繩索走了。

柏語笙鬆了一口氣，附在霍辛格耳邊輕聲問：「阿辛，你聽得到嗎？還有意識嗎？」

霍辛格的嘴巴輕輕蠕動，柏語笙側耳傾聽。

「逃……高……不可信……」

「他對你做了什麼！」

霍辛格的聲音低了下去，除了前幾句話聽得清，後續又胡言亂語起來，最後聲量漸低，再度暈過去。

柏語笙雙手顫抖，她站起來，走到物資集中處。

那個男人一直把獵刀連同釣具帶在身上，說是他負責殺魚捕獵，索性由他一併保管，但是這幾天他們還是吃之前的魚乾，哪需要捕獵？倒是那把刀幾乎成了他的私有物。

柏語笙繼續翻找其他可以護身的東西。短槳?軟綿綿的橡膠棒沒用;繩子?毫無威嚇力,她細瘦的胳臂勒不死任何人。最後她找到一個黑色的小盒子,裡頭是一把信號槍。

她的手才搭在槍把上,便聽到動靜,抬起頭,高翰就站在岩灘另一頭,那粗繩原封不動的扛在身上,原來他根本沒走遠。他臉上那刻意偽裝出的殷勤消失不見,整張臉垮了下來。

然後,他露出滿口黃牙,不再掩飾的對她咧出陰惻惻的微笑。

柏語笙立刻跳了起來,抓起信號槍和子彈,往海岸另一頭奔去。

身後有隻野獸追趕,柏語笙從沒跑得這樣快過。

她聽到對方粗重又興奮的喘氣,高翰追上來,攫住她的肩膀。柏語笙一轉身就舉起信號槍,按下扳機,高翰側身一閃,信號彈險險從他左耳劃過,物體高速掠過的顫音還殘留在耳中。

星火的熱度燒痛高翰,意想不到的反擊使他氣紅眼,發出猛獸般的大吼,往柏語笙撲去。

柏語笙手忙腳亂的又補上一槍,但高翰一掌拍開她的手,柏語笙重心不穩失去準頭,信號彈斜斜往右前方飛去,完全沒碰著高翰。

高翰徹底被激怒,重拳直接往她臉上摜下去。

第一拳,她舉手反抗;於是又一拳,她的手軟下來,槍落在地上;然後又一拳,這下她乖了,再沒有任何反抗。

高翰滿意微笑。

柏語笙還活著，只是被打得滿面鼻血，雙耳嗡鳴，眼前發黑什麼也看不清，倒在泥坑動彈不得，漂亮的金髮落在坑底沾滿泥水。高翰抓住她的前襟用力一提，正待把她拖向更好行事的平坦岩石上之時，他的頭突然被石頭砸中。

他轉過頭來，歪頭垂眼，血慢慢流到脖子上，陰狠的瞪著阻礙自己的人。

紀巧卉拿著沾著血的石頭，鼓起勇氣哆嗦著說：「高先生，你不要這樣！你、你這樣不好！柏姊姊，妳快站起來！啊——」

柏語笙聽到獵刀揮舞的聲音，也聽到了那女孩的慘叫，她想阻止高翰的惡行，卻連張口說話都很困難。

好痛苦。痛苦於自己無力反抗，痛苦於目睹他人受害。但她就是被純粹的暴力碾壓在地上，被揍得完全失去身體的控制，那幾記重拳癱瘓她整具身體，連翻身逃離都做不到。

高翰處理完障礙，又回來了。

她試圖最後掙扎，高翰卻抓住她的左膝，往胸前一折，將她完全固定在身下。

他笑咪咪的掐上她的脖子，另隻手解開褲頭，掀開柏語笙的裙子。柏語笙絕望的閉上眼睛，希望靈魂徹底從即將受難的身軀脫離。此時，某樣東西用力撞向高翰的背部，被他壓在身下的柏語笙也感受到那股力道蘊含的怒與恨。

柏語笙睜開眼睛，她看到那個總是默不作聲、逆來順受，像隻小兔子的女生，魔怔似的瘋狂往高翰背上捅，在她手上高高揚起的，是高翰爲了盡情享受歡愉，而暫時擱放在身旁的獵刀。

「操你媽的！我操你媽的臭婊子！」高翰轉身想抓住紀筱涵。

趁著高翰轉過身，柏語笙軟軟垂在兩側的手突然奮起，抓住他斜背在上半身的繩索。本來被壓制在高翰胸前的左腿也趁隙往上移動，緊緊勾住他的脖子。

腿的力量非同小可。

人類的腿一天二十四小時承載整個上軀的重量，腳又有手臂約三到五倍的力量，再加上自體重量，柏語笙的腳竟像把鐵叉卡在高翰頸部。

高翰滿臉通紅，一口氣提不上來，他想扳正身體揍趴不聽話的柏語笙，但身後的獵刀攻擊更加猛烈致命，高翰吃痛下又想去護衛後背，來回扭動竟讓身體被身上繩索纏住。

這下子他腹背受敵。

身後的敵人持刀痛擊他的背和腰，身下的女人不論他怎麼毆打都死死不放手，又細又軟的雙手緊緊抓著他，帶著要同歸於盡的執著，把全身的力氣都掛在他的脖頸上。

不該是這樣的，她怎麼可能還有力氣反抗——他的左手伸向脖頸，試圖搶在窒息前拉開柏語笙的腳，卻慢了一步，反而一手被卡在胸前，更加動彈不得。

情勢的反轉非常快速，當高翰在兩個戰場間來回猶豫之際，喪鐘就已經敲響。高翰終於往前傾，試圖壓低身體，想先掐死柏語笙。即便是垂涎已久、不可多得的獵物，此刻也顧不得太多，保命要緊。

但太遲了，趁他分神之際，紀筱涵揮刀，砍入他要害，瞬間噴濺出一條血柱。血液大量流失，高翰身體軟軟的滑下去。

即使已劈中致命一擊，但紀筱涵殺紅了眼，不管不顧的砍向高翰，把滔天憤怒和恨意全捅進高翰體內，直到對方皮開肉綻，體無完膚。

待壓在身上的那具身軀徹底沒了動靜，柏語笙才慢慢睜開一隻眼，高翰的大臉近在眼前，嘴唇微張，眼球凸出，無神的盯著天空。

柏語笙尖叫一聲，用力推開高翰，爬到旁邊乾嘔起來。

饒是她向來心性冷靜，此刻情緒也瀕臨崩潰。被高翰重擊的頭暈眩不已，她跪在地上好一會，幾度欲嘔，不敢相信自己竟能死裡逃生。此時，身後傳來撕心的哀泣，她轉頭望去，那高中生妹妹被她姊姊抱在懷裡，已經沒氣了。

紀筱涵哀戚慟哭，承受不了內心的巨大痛苦而渾身顫抖。她迎向柏語笙的視線，眼裡有太多柏語笙看不懂的情緒，有責怪、痛苦、哀戚、憤恨，也有著殺意。

她放下妹妹站起身，走了過來，刀還緊握在手上。

柏語笙一驚，紀筱涵的眼神不對勁，她甚至覺得，紀筱涵真的會殺了她，但那雙盯著她看的眼睛似乎有幾分熟悉。

「妳認識我？」柏語笙終於將潛藏在心底許久的疑問脫口而出。

此話一出，兩人俱是一愣，紀筱涵像被潑了一盆冷水般從瘋狂中清醒過來，她持刀的手慢慢垂下。後方，一名女性發出淒厲尖叫。

柏語笙跟紀筱涵同時望過去。

兩具屍體仰躺在地，活下來的兩人都泡在血裡。一人手裡還拿著刀，刀尖滴著黏稠的血，表情瘋魔，她們同時望了過來，兩道空洞的視線匯聚在自己身上——這一幕，真是把張太太的魂都嚇丟了，她尖聲哭喊，往岸邊奔跑，跑得雙腳鮮血淋漓也不覺痛，一瞬間就沒了人影。

這麼一打岔，紀筱涵不再理會柏語笙。她神情恍惚，狀若遊魂，小心翼翼背起妹妹，帶著紀巧卉走了。

柏語笙花了很久的時間才慢慢站起來。走回停筏處的過程中，她踉踉蹌蹌跌倒兩次。高翰毫不留情的重拳把她打得輕微腦震盪，每走一步她就頭痛想吐，折騰許久才走回休息處。

霍辛格還躺在原處，橡皮筏不見了。

遠處海面，明亮的橘色筏頂在浪上晃動。張太太圓潤的身軀在過於寬大的橡皮筏上來回碰撞，像一顆在盤子上滾動的馬鈴薯，模樣可笑至極，但她笑不出來。

張太太帶走了全部的糧食和水。

海霧瀰漫，暗流洶湧，待柏語笙再望過去，那橡皮筏已經漂到遠海，隱沒在霧中。柏語笙守著霍辛格，但霍辛格嚴重過敏的臉並未隨時間過去而消退，情況很不樂觀。

後來她在外套暗格找到兩顆粉紅色藥錠，不確定是否對霍辛格有幫助，說不定只是維他命或其他沒有助益的藥，但她還是死馬當活馬醫餵給霍辛格。

他陷入重度昏迷，無法吞嚥，除了脈搏還有微弱跳動外，已經與死人無異。

張太太留下的空水袋，有一個底部還剩下一點點水，柏語笙把藥錠磨成粉，混著水，慢慢餵入霍辛格嘴裡。但傍晚，霍辛格還是死了。

她沒有哭喊或恐懼，只是麻木的發覺自己已經習慣死亡。

柏語笙舔著水袋口的水珠，張口的動作牽扯到臉上傷口引起疼痛，她輕輕往臉上摸去，觸手所及火燒般疼痛，用化妝鏡瞄了眼，便移開視線。淤青顯現，嘴唇破裂，左眼腫得幾乎睜不開，半張臉活像被家暴的女人，她自己都覺得不可思議，爲什麼可以在那種暴力毆打下存活。

她想去找唯一活著的人談談，她……叫紀什麼?總之，這島上的活人只剩她倆了。但是柏語笙的狀況還是非常差，只要站起來就天旋地轉，她不敢隨便離開，就怕自己會暈倒在路上。

柏語笙決定再休息一會，然後去找那個女生，無水無糧，沒有遮蔽與火，她們恐怕要被這荒島活活折磨致死。兩人得合作，才能有一線生機。

第五章

紀筱涵抱著妹妹。

她整個情緒都掏空了，感覺不到飢渴與勞累，就這麼坐在岩上整整一天，浪潮起落，雲空變化，她像尊石像抱著妹妹動也不動。

向晚之時，天空被霞光染成橙色，卻又因爲周遭大霧瀰漫，整個天空籠罩在橘色的迷離光暈中。

紀筱涵盯著一隻在空中盤旋的大鳥，心想不知道牠找不找得到回家的路，就在此時，大腦還沒察覺勞累的訊號，手部肌肉已先支撐不住，抱著妹妹的手忽然軟了下去，毫無預警，瞬間坍塌，誠如此次災難。

紀筱涵遲鈍的把目光移到妹妹臉上。

妹妹的眼睛沒有閉上。死於非命的人，眼睛不閉，死不瞑目。這種死法，一點也不像她開朗善良的妹妹該有的結局。思及此，排山倒海的疲憊才突然湧上。

「沒事了，巧卉。沒事了……」她摟著妹妹身體慢慢躺倒，看著遠方的夕陽，輕輕拍著妹妹肩膀。

太陽完全下山了。

她麻木的撫著妹妹，感覺到鞋底滲入冰冷的海水，有浪拍打在離她很近的地方。

傍晚漲潮，水開始淹了上來。心底一個輕輕的聲音煽動：就這麼溺死吧，陪著巧卉，反正這個世界已經沒有妳在乎的人，也沒有任何人在乎妳了。

水淹到腰側的地方，紀筱涵摟著妹妹的腰以免水流把妹妹推遠；水來到肩膀，她身體發抖，心中無悲無喜，任憑水繼續漫上來；水淹至鼻下，很好，終於可以告別一切的痛苦。

潮水輕輕的覆蓋過躺在岩石上的兩道人影。

好冷。

冰冷的海水滲入心中。

化做尖銳刺骨的恨，抵著她的心臟，大聲質問。

憑什麼。

憑什麼。

憑什麼！

紀筱涵的心中著實產生了深沉的恨意——恨天道不公、恨大海無情。妹妹這麼年輕，如此美好，樂觀開朗、心性善良，不論什麼困境都不抱怨放棄，憑什麼帶走她、憑什麼讓她不明不白死於此處，任她屍體曝晒荒島，爲什麼苦痛降臨在她身上，憑什麼是她！

一顆頭破出水面。

紀筱涵盯著月亮，心中無比憤恨，恨意使她站了起來，直面大海。儘管她站直身體，潮水也深及腰腹，洶湧的海潮拖著她，要把她往深海拉去。

開什麼玩笑！怎能死，怎能死在這兒？如果連我都死了，誰記得巧卉，誰掛念巧卉？誰會知道她不明不白死在這座島上，誰會知道她小小年紀撐過暴風雨和無數苦難都沒叫過苦，她多勇敢、多棒，誰會知道？不！我不能死，我要帶巧卉回家！我要告訴其他人，她最後努力生存的樣子，我要告訴其他人，她曾經存在過。

如果神——不管祂叫什麼，如果有那位頑劣的至上存在——要她們姊妹都死於此處，那她絕對不讓祂得逞，她要好好活下去。

有什麼東西很輕又很重的落在肩上，她背著妹妹，奮力掙脫潮水，往高處爬。她往島中央走去，直走到水絕對淹不著的地方，找了處岩角把妹妹擺在那大岩陰影下。

紀筱涵知道就如同張老先生那樣，在白晝高溫下，妹妹的身體會浮腫腐敗，最後成了蛆蟲跟微生物的狂歡樂園，青春的肉體解體泯滅消亡於這座島。很快妹妹就會變成她也不認得的模樣。

但在終極結局到來之前，她要好好道別。她把妹妹的衣服整理好，眼睛闔上，雙手交叉置於胸前。此刻巧卉像睡著般神情平和。

在微暗的月光照耀下，她靜靜的看著，每一次眨眼，淚水都會隨著凝固的視線一起墜落到巧卉的臉上。這是最後一次用肉眼描繪妹妹的臉了，之後巧卉的樣子便只能活在記憶與夢裡。

然後她開始把石頭堆在巧卉身上，愛漂亮的青春期女孩子，醜陋的樣子不可以讓外人看到。

石塚完成後，紀筱涵頭靠在石頭上，心神俱疲的睡著了。睡前偷偷祈禱，希望夢到過往的美好時光，但直到曙光把她照醒什麼也沒夢到。

金黃色的天光從地平線那頭透了出來，朝陽升起依然美得驚人。海浪平靜的推著岩石，好像什麼事情都沒發生過。昨天是紀筱涵的世界末日，但那與海洋無關，海就是如此無情，不論有多少人被劫難吞噬，它依然潮起潮落，兀自運轉，一點也不動容。

看著殘酷的海，她的肺腑深處燃起了劇烈的生存意志，因爲恨天道無情而劇烈燃燒。恨讓她無懼，就算水手死而復生出現在眼前，她也要殺他個千百遍，直至血肉模糊面目全非，將那惡鬼再打回十八層地獄去。

恨讓她開口，她什麼也不怕了。連對柏語笙植入骨底的自卑畏怯矛盾，也消散無蹤。她找到柏語笙，把她弄醒。

「妳起來！」

「妳想做什麼……」柏語笙吃力的抬起頭，滿臉疲憊望著她。

紀筱涵本來認爲柏語笙也是同路人，衝過來正想算總帳，至少她要痛罵這虛僞的女人一頓。但那怒意在看到柏語笙的臉後像洩氣的氣球瞬間消下去。

「妳的臉？」詢問脫口而出，她懊惱自己爲何要關心柏語笙，很快又自問自答：「是那傢伙打的吧。」

她幽靈般徘徊在柏語笙身旁，本來懷著滿腔憤怒回來尋仇，但仇人比自己想得更淒慘，卻一點也沒快意。

「張太太呢？」

「走了……她偷走橡皮筏，水跟糧食全被帶走了。」

紀筱涵看向原本放置物資的地方，果然重要的物資都不見蹤跡。她嗤笑一聲，心中暗罵活該，不想再與柏語笙對話，轉頭就要離去。

「等一下。」

柏語笙喊住她。

「阿辛也死了。」見對方眼底赤裸裸的不信任，柏語笙放柔聲調，「這島上只剩下我們兩個，我想我們……」

「——現在談合作是不是太遲了？」

紀筱涵拋下這麼一句，便頭也不回的走了。

「等等……」

柏語笙試圖追上紀筱涵，但是站起身便暈眩猛襲，她扶著石頭乾嘔，等嘔吐感過去，那人已經不見蹤跡。

柏語笙無奈嘆息，倦得什麼也不想管了，她默默移動到石頭陰影下休息，思考萬一對方不願意合作，自己該如何是好。思來想去，總陷入死胡同，頭又隱隱作痛起來，只好先休息，讓身體早日復原。

不過，她沒等多久，那人又回來了。

柏語笙還來不及叫住她，那矮個子女生便像隻靈巧的兔子，背對著她一溜煙跑了。她慢慢爬過去，看到對方留下來的東西。那是一塊小小的貝殼，雖然只有一小口，但卻盛滿水。她望向女孩離去的方向，嘴邊勾起一抹弧度。

柏語笙珍惜的就著貝殼喝下去。她知道，事有轉機。

不一會，紀筱涵果然來了。

「我要把網拉上來，妳過來幫忙。」

她的語氣表情平靜許多，帶著點深思熟慮後的決意，柏語笙慢慢爬起來，按著還有些痛的頭，跟在她身後。

「妳怎麼有漁網？」

「撿的。」紀筱涵依然那副愛理不理的模樣。

但只要願意開口，有意願對話，便挺好。

柏語笙沒怎麼在意她的態度，繼續說下去。

「我們缺水。」

「不是我們。只有妳缺。」紀筱涵提醒她，「我這兒有水糧。」

「妳的水也不多了吧？當初高翰只給妳們一袋水，用不了多久。」

紀筱涵沒應聲，默默拉魚網。

「關於水源，妳有想法嗎？」

「不知道，釣魚。想辦法弄出水。等下雨吧。」

前面幾句說得破碎而游移，最後又無比堅定的補了句。

「我要活下去。」

紀筱涵的網拉上來了。她自己胡亂搞的魚鉤沒任何獵物上鉤，餌都不見了，但是纏在一塊的漁網倒是兜住幾條跳動的小魚和螃蟹，雖然那小魚還不及她的小指長，也算是有些許收穫。

沒火烤熟，她不敢生吃螃蟹，這種地方拉肚子可就慘了。她麻利的把小魚挑出來扔到岸上，柏語笙也幫忙把彈跳的魚撿回來。紀筱涵把收集小魚的工作扔給柏語笙，自己撿起垃圾。她看到幾塊大型漁業浮筒卡在礁岩縫隙，幾個浮筒結構都相當完整，如果撿回來也許會有用。

柏語笙感覺這人身上有股不太自然的衝勁，不過兩人關係有點微妙，她只能沉默的看著紀筱涵過於辛勤的工作。

她檢查紀筱涵的漁網，發現紀筱涵手挺巧的。破洞的地方巧妙的用繩子縫補，似乎很擅長使用繩結，如此結構精簡又穩固的結，她就打不出來。

喜歡露營？經常爬山？個人興趣？工作相關？個子不高，目測只有一五五公分左右，不胖不瘦的中等體態，皮膚白皙，有張看不太出實際年紀的娃娃臉，也許比自己再小一點？從說話的方式和氣質來看應該還是學生，不太像社會人士。她爲什麼會擅長結繩這種技能？

柏語笙的心中，開始對這唯一的同伴感到好奇。這張能抓到魚的網，讓生存的可能性又高了一些。

「也許可以再多弄幾張這樣的網，我們多抓點魚，一些當作糧食，一些用衣服包起來，榨出水分。之前高翰說過……」

「別提那個混蛋，我只想再殺他一次！」紀筱涵拔高音量。

柏語笙皺眉，輕聲解釋：「我沒別的意思……很多東西都有水分，高翰之前提過這個方法。我也很痛恨他，但他有些知識可能是對的。」

紀筱涵冷笑，情緒湧上。

「妳眞冷靜。是。妳一直都很冷靜。對一個差點強暴妳的人還這麼冷靜。厲害、佩服。」

柏語笙瞪大眼，臉色暗下來，胸部劇烈起伏，但她咬住下唇，按捺住所有情緒，態度軟化。

「別這樣……」柏語笙近乎哀求，「只剩下我們了，就不能好好相處嗎？」

紀筱涵猛的站起來，一個人離開。

只要聽到高翰的名字，那噩夢般的場景又在腦中跑過，她立刻就像隻刺蝟想痛擊任何敵人，無法控制瘋狂轉動的尖銳情緒，她就是這麼情緒化，一點都不像個成熟的大人，不能控制淚水和傷痛。

儘管她知道，要跟柏語笙合作，但她不能再待在這兒，否則又會口不擇言把關係弄僵。紀筱涵跑到海邊，用冷水潑臉，深呼吸穩定情緒，這才覺得心情平靜許多，可以重新面對柏語笙了。

話說回來，跟柏語笙合作，對她似乎好處不大。相對柏語笙，不論是收集物資還是生存能力她都比柏語笙更擅長。可是爲什麼，對上那雙琥珀色的眼睛，她便覺得自己毫無勝算，不由自主的就白白把水給了柏語笙？她其實根本沒有義務做到如此地步。

柏語笙那副嬌柔的模樣，那雙沒有幹過任何粗活，細皮嫩肉、保養良好的手，暗示著沒了文明的保障，她將會是荒野的獵物。

然而就是這樣的人，與自己，是留在島上的最後兩人。這到底是幸運，還是不幸。

紀筱涵胡思亂想，慢慢走回柏語笙所在之處，對於兩人關係脆弱的同盟一點信心也沒有。

她抬起頭，看到柏語笙就在不遠處的岸邊遙望自己，眼角餘光瞥到一抹綠，漫不經心的把目光移過去，然後徹底被眼前的景象震懾。

紀筱涵愣愣的瞪視前方。她不自然的姿勢引起柏語笙注意，柏語笙轉身，看到地平線下方，有處永恆的綠點。

來這荒島幾天，盡是漫天海霧，今日終於放晴。就在剛剛她們言語不愉快之時，陽光悄悄驅散了霧靄，沒有任何遮蔽之下往北方望過去，便可看到天邊還有另一座島。

島上，綠意盎然。

柏語笙深刻的感受到一種荒謬性。

宛如神早已寫好一齣自取滅亡的悲劇，冷眼觀察凡人是否會按照命運的劇本去走，或是能成爲打破命運枷鎖的極少數寵兒。而很不幸的，他們是劣根深重的前者，她自己就是沒有通過考驗的主演之一。

他們這群人根本從沒互相信任過，彼此猜忌，最後落得這樣的下場。

她對霍辛格有基本的共事情誼和信任，但她太過虛弱，遇難的時間拉長，兩人的關係上下逆轉，話語權漸失；她下意識便不喜歡高翰，但高翰具備專業知識和生存能力；兩姊妹則是很明顯的被高翰排擠，而她選擇裝作沒看見，因爲自己太需要仰賴他人，不敢反抗；張太太更是別提，從來都不在合作對象考慮範疇。

再比如，張太太居然自己駕筏離去，那是要何等的恐懼和不信任，才會讓她寧願再面對一望無際的海洋，也不敢留在島上？難道她以爲，殺了高翰後，她們倆會接著殺掉她嗎？明明沒單獨離開的話，只要撐到霧散看到那綠島，所有人的生存機率都會提高。

都是自己活該。

張太太雖然粗鄙，但也未必不能合作，還有那兩姊妹，其實一直都相當友善單純，如果沒有高翰，也許所有人都還在的。他們有救生筏和生存物資，幾個人一起努力划到有資源的島上，肯定有辦法弄出淡水跟食物。

從頭到尾，就敗在太相信高翰了。那身船員制服、對海上生活的熟練，自信無比的態度多麼容易讓人放棄思考。

事已至此，不論如何懊惱也於事無補。亡羊補牢爲時未晚，她看向紀筱涵，想要更瞭解她，也想要開誠布公，好好談談。她問出自己最想知道的事情。

「妳……叫什麼名字。」她撩起長髮，語氣溫柔，「我叫柏語笙。」

對方好像沒聽到似的，她又重複一次。

「我的名字是——」

「聽到了。柏語笙。」

「那妳叫——」

「我介紹過了。第一天在救生筏上，只有我跟我妹有講名字。」語畢，便不再理睬人，留下一臉錯愕的柏語笙。

誰不知道她是柏語笙，早知道她根本不記得自己。

紀筱涵才不管柏語笙怎麼想，她豁出去了。現在她滿腦子只想著要怎麼渡海。

首先，得搜集造筏材料。她沿著海岸回到跟妹妹過夜的地方，那塊大型廢船板還卡在岩礁區，沒被海流沖走。

不確定舢舨受損程度，要拉上來才知道這東西管不管用，但它還浮在海面上，至少浮力足夠，主結構並未被破壞，一體成形，可以作爲小筏的主要骨幹。但那玩意看起來有點沉，在崎嶇的礁石間載浮載沉，除了要避開那些鋒利的石頭，她也怕自己游過去被海流帶走，還是得叫柏語笙來幫忙。

「妳來當確保，我游過去帶回那塊船板。」

紀筱涵把扛在肩上的繩圈往地上一扔。這條尼龍防水粗繩，是少數留下的可用之物，因為它原本套在高翰身上。

柏語笙不去想這捆繩子的來源，低聲輕問：「妳拿回那塊船板，是想？」

「用船板造個小木筏划到綠色的島，在這裡只是等死。」

「可是……」

柏語笙擔憂的望向那綠島。

那座島實際距離多遠？雖然肉眼可見，但只憑雙眼，很容易低估兩座島之間的距離，看看中間洶湧的海浪，憑她們兩人眞的划得過去嗎？會不會半途便力竭，或被強烈的海流推離航道？有很多變數影響，只要沒順利抵達那座島，憑簡陋的木筏在海上漂流必死無疑。

見柏語笙默不作聲，紀筱涵有些語氣不善。

「怎麼，又不情願了？」

「沒有……自然一起做。」

紀筱涵已經穿好救生衣，她把繩子一端綁了個活結，套上手臂，另一端交給柏語笙，下水走向危險的礁岩區。

她回頭看看柏語笙。柏語笙把繩子拿在手上，整個人輕飄飄的，一丁點當樁的安全感都沒有。但事到臨頭，也沒其他人當陸上確保員，只好硬著頭皮慢慢游過去。

白花花的浪不停打在礁岩，激烈的浪潮聲響，宛如野獸向試圖靠近者低聲咆哮。

一下水立刻就踩不到底部，紀筱涵內心有些戰慄，這區域比自己想像得更深。踢水也不能太大力，如果不慎踢上那些礁岩，腳立刻會皮開肉綻。除此之外，因爲地形陡變，這裡的海流又亂又強，強烈的亂流把她推得團團轉，她只能在海浪退後，浪況稍穩的瞬間努力游向船板。

還好船板擱淺處並不遠，她把活套拉鬆圈住船板，自己爬到另一側，把船板推下石頭，再回到水中，推著船板奮力往岸邊游去。

柏語笙在岸邊等她，看到她往回游以後也開始收繩。

紀筱涵快到岸了才看到柏語笙。因爲柏語笙所在之處較高，她從底下完全看不到柏語笙在幹麼。

柏語笙大約也知道自己太輕了，沒有傻站著收繩，而是坐下來抱住一顆大石頭，坐著身體會比較穩固，再抱石頭增加重量，一隻腳踩著線頭，收回來的繩子沿著身體繞圈，這下子就算有浪的拉力也不容易把繩子拉走。姿勢雖然有些滑稽，柏語笙本身也沒什麼力氣，但只要能穩定回收繩索，再配合紀筱涵自己游向岸邊，就能幫助她回到陸地。

紀筱涵把這一切看在眼底，心想她也不算太笨。

船板成功拉回岸邊，但是石岸與水面有段落差，她從水中不好使力，折騰許久，怎麼也無法把木板推上岸。

「來幫忙！」

紀筱涵見柏語笙猶豫半天，非要她喊才踩水過來，內心氣惱。

「妳別老要人叫才幫忙，行嗎？」

柏語笙抿嘴低下頭，沒說什麼。

兩人氣喘吁吁好不容易把船板推上岸，她看到柏語笙表情有些僵硬，這才注意到對方一隻腳沒穿鞋，是用從衣物撕下的布條墊在腳底，走路也有些瘸。每當她抬起腳，便可以看到腳底板深色的血漬。

紀筱涵觀察柏語笙，對方也注意到她的視線。

「我覺得妳對我一直都有些敵意。」柏語笙輕道。

「難道不該嗎？」紀筱涵語氣挑釁。

「我跟高翰不同掛，我知道妳不信我。是我的錯，之前我有感受到妳跟妹妹的困難，但我什麼都沒有說……抱歉。」

柏語笙確實欠她一句道歉，但並不是這種被情勢所逼，毫無誠意的道歉。她十年前早就應該跟她道歉的。

「呵。」

毫無誠意的道歉適合毫無誠意的回應。紀筱涵聳聳肩，輕蔑一笑，還是毫無和解之意。

但是傍晚，她拿了雙鞋給柏語笙。

「拿去。」

柏語笙詫異的接過去，很快就明白這雙運動鞋從何而來。

「巧卉性格好，不會介意的……但是襪子要留給她，她在那邊會冷。」她講話還是不太看人眼睛，講話速度過快。就像性急的郵差，很急著把話語丟出來。

鞋子跟主人一樣嬌小，柏語笙穿不下。紀筱涵拿刀把鞋子前半截切開，改造成涼鞋，好在柏語笙的腳板是比較狹長的，腳趾雖然會露在外面，但總算不用裸腳在危險的礁岩移動。

巧卉的鞋子，巧卉。柏語笙在內心輕輕念了一遍，這次她會記住妹妹的名字。而她還不知道姊姊的名字。

她會知道的。

霧散後，雖然陽光驅散潮濕和陰霾，讓她們可以看清通往綠色島嶼的路，但也讓兩人可以活動的時間變短了。

水僅剩半袋，如果在大太陽底下劇烈活動，不僅有中暑危險，也可能過度耗損珍貴的水分。因此兩人早早便起床，在天邊稍亮之時辛勤工作，待太陽完全升起散發迫人的熱氣之時，躲回大石頭陰影，直等到西下前短暫的空檔再繼續造筏。

食物也徹底沒了。第一次下網抓到魚可說是新手運，再之後便沒有那麼走運。這裡沿岸水流湍急，完全沒有淺灘和珊瑚礁，並不是很好的捕魚地點，紀筱涵放下的漁網一無斬獲，第三次放下網後，連漁網都被海流帶走，不見蹤跡。

時間和資源都如此窘迫的情況下，她們的小筏終於初見成形。

「……完成了。」

兩人靜靜看著連兩日的努力成果。

大部分的物資還是紀筱涵找的。她雖然個子嬌小，但身體健康，又有定期爬山的習慣，肌耐力都還可以，知道柏語笙的身體狀況似乎不太行，認命的一個人把需要的東西都找齊了。

她教柏語笙最基本的結繩方法，雖然柏語笙不太熟練動作稍慢，但幫忙做點簡單活足矣，材料撿回來後兩人便一起把木筏組起來。

小筏是怪異的畸形兒，由各種材質所組成。木舢舨為主幹，中間穿插幾根漂流木，四角由三個黃色的漁業浮具和一個藍色水桶來維持平衡和加強浮力。筏面穿過兩張漁網，這樣至少腳不會完全落入海裡，也能在上頭放些東西。

固定的繩子基本都是岸邊撿來的，這片海洋有無數的漁船在上頭，每次出海捕魚多多少少都會遺落些許器具在海裡，倒是造福了荒島上的人。紀筱涵找到一條相當粗的漁業纜繩，把它拆開來重新編織，已完全足夠小木筏所需。

製作過程中，花最多時間的是立柱和風帆。立柱中間一度做好，又因為基底結構不穩，老是往旁邊歪倒，只好拆除重做；風帆則是因為她想得太複雜，認為要做出堪用的風帆不容易，遲遲無法下手。

後來柏語笙點醒她：「其實……我們只需要做個能搭順風車的簡單小帆就好了吧？」

普通帆船是怎麼做到逆風而行？根據特殊角度計算，似乎可以做到，但這太困難了，她們並不需要考慮太多，只要做個能補抓空氣、兜住順風，最簡易的那種小帆，讓風助力把她們順利帶往那座綠色島嶼。

最後紀筱涵用垃圾袋與漂流木做出一個簡易的風帆。

剩下的槳就更簡單製作了。她們只需要一支槳，另一人有現成的塑膠短槳可用。

張太太除了落下一支短槳，其他人的救生衣也好端端的放在原處沒帶走。因此目前除去兩人要穿的，還多出四件救生衣，其中三件救生衣被綁上木筏作爲浮力支撐，僅留最後一件做爲他用。

紀筱涵把剩餘物資都裝進她的大背包，並將背包也綁到最後一件救生衣上。她在背包提帶繫上防水繩，繩索另一端打了一個圈，出海時她會套在自己手上。這樣萬一中途發生意外落海，也能即時把物資包拉回身邊。

現在，要測試木筏下水。

「一、二、三，推！用力！」

明明只有一小段距離，兩人還是費了些功夫才把木筏推入海中。

「……這麼小的木筏，怎麼可以這麼重。」柏語笙一副已經快不行的樣子，扶著腰喘氣，「還好我們選在海邊造筏。」

紀筱涵內心也是無限慶幸，不然她們光是要把木筏拉到岸邊就累得夠嗆，如果眞搬不動不就得拆掉重來一遍？

缺乏食物和飲水使得注意力變得渙散，腦子渾沌一片，事情總是難以想得周全，一股腦兒想著要造筏，倒是忘了全部組裝起來還挺重的。

木筏穩穩的浮了起來，兩人討論需要再加強的部分。

「那邊的間隙是不是太大了？」

「……好像沒綁緊，待會我再補一條繩子。」

「我覺得這邊也可以重新綁一下。或是乾脆把剩下的浮具塞進空隙？我記得妳之前找的浮具還剩一個小的。」

「嗯，我待會試試。」

眼看差不多了，柏語笙拍拍筏面問道：「要兩人都上去，試試它的浮力嗎？」

紀筱涵點頭，率先爬上木筏，柏語笙也想如法炮製，但施力點不對，怎麼都上不去。紀筱涵看不下去，她抓住柏語笙伸出的手，手臂稍加用力，把柏語笙拉上去。她們觸到對方柔軟的手掌。

柏語笙的手，修長而骨節分明，比海水還冰涼有存在感；紀筱涵的手，跟她本人一樣，小小的手像團棉花，柔嫩軟綿。

很難想像，柔軟的兔子，曾握著獵刀爆發出驚人的殺意。

兩人約好似的，快速鬆開握在一起的手。木筏稍微吃水下沉，但很快又保持平穩，即使增加兩人的重量也毫不費力的漂浮在海面上。風帆輕輕舞動，慶祝她們的小小成功。

「——紀筱涵。」

當兩人把筏拉上岸後，紀筱涵背對柏語笙，突然扔出這麼一句。

柏語笙先是愣住，方才了悟過來。

她瞇起雙眼，微笑說道：「破曉的曉？」

「我的名字是紀筱涵。」

「紀・筱・涵。哪個筱？哪個涵？」

「上竹下攸的筱，包涵的涵。」

「不……竹攸筱，包涵的涵。」

柏語笙也把她偷空做的東西立起來。

從紀筱涵教她基本繩結後，她就一直躍躍欲試的想要證明自己有用。現在她做了個小玩意。

「這是什麼？」

「風向桿，這樣風向改變就很清楚了。妳覺得怎麼樣？」

柏語笙撿了兩個破塑膠袋綁在棍上，立了起來。

一整天大陽曝晒，熱得連體感都遲鈍了。薄薄的塑膠片對風的流動相當敏感，她們很清楚的看到風向是否轉變。紀筱涵點點頭，算是認可她的努力。

她們的木筏製造工程，至此告一段落。

兩人獨處的第三日，她們完成簡易的木筏，開始等待順風，翌日，塑膠片安靜的往島平行方向飄揚，沒有任何轉變的跡象。

等待的閒暇之時，紀筱涵又撿了個大寶特瓶跟一張結構完整的漁網，她把撿到的東西都拿來加強主結構，把木筏造得更堅固結實，直到再無任何需要增補的地方。

現在，萬事俱備，只欠東風。

第六章

好渴、好渴、好渴。喉嚨有團火在燒，好想喝水。

儘管沒吃東西也很致命，但連飢餓感都被喉嚨的乾渴逼退。

也許是魚太小了，總之從魚類身上榨出水分的計畫完全失敗，充滿魚腥味的黏糊液體好噁心，根本無法下嚥，還會引起反胃嘔吐讓身體更缺水。

想要淡水，想要大口喝水。風還沒轉向，她就要先渴死了。水所剩不多了。

「如果一直都是逆風，我們該怎麼辦……」柏語笙呢喃。

紀筱涵抱著腿，盯著風向桿和綠色的島。

「再等一天，水喝完前，一定得出發。」

喝水的單位是半瓶蓋，一天只能喝兩次，要盡可能保留多一點水給出發的那天。

眼看著兩人都快要撐不住了，紀筱涵本來圓潤的臉頰明顯內凹，整個人瘦了一圈，嘴唇因爲缺水乾裂到脫皮，柏語笙的體態本就苗條，現在更是虛弱得彷彿一陣風就能把她吹走。

這些天她們也沒閒著，只要太陽還沒出來便拚命尋找物資，比較可用的大型垃圾幾乎都被她們撿光了，這座島僅剩的一點點資源已經被她們徹底利用。紀筱涵不敢去想如果渡海不成功怎麼辦，事實就是她們已經毫無退路，不成功就得死。

飢餓、乾渴、疲累使腦子糊成一片，負面思考盤據腦袋。

「妳那邊還有什麼物資？」

整個下午柏語笙第一次與她講話。

兩人身體很靠近，剛開始柏語笙還與她搭話，但她不太有興致搭理對方，於是沉默盤旋，休息的時間兩人也幾乎不說話。

聽到她問話，紀筱涵從熱浪昏沉中清醒過來。

「妳想做什麼？」

「妳看。」柏語笙指著兩人對面的大岩石底部，岩底似被水潤澤呈深色。

「這個距離，岩石不應該碰到海水，可是底部有些濕。」

她舔舔龜裂的唇瓣，接著說：「前幾天霧氣很濃，濕度高，水氣淤積在岩石底下。我們是不是可以收集一些水珠來喝？」

紀筱涵有些懵，自己倒是沒注意到這點。她靠了過去，縮小身子，鑽進岩隙底，裡面透著一股潮濕的味道，那片深色印子的確有可能是水漬，感覺對方所言有幾分道理，便默默的從背包裡拿出垃圾袋。

近幾年，登山界的環保意識已經相當普遍，登山嚮導也會宣導新手登山客垃圾不落地，無法被自然分解的全都要帶下山，不讓山被垃圾汙染。

以前外公經常教紀筱涵要尊重山，她自然養成了入山攜帶環保用品的習慣。垃圾袋、環保碗筷、洗滌用的苦茶粉等等，皆是因此才放在包內。尤其垃圾袋體積小，不占空間，她習慣每次都多帶點。

紀筱涵抽出一截垃圾袋。

「妳打算怎麼做？」柏語笙好奇的問。

「把塑膠袋放在岩石底部，現在太陽很大，岩石正面烘晒到太陽，散發的熱度會蒸發水氣，凝聚在塑膠袋上。我是這樣想的……看看晚點塑膠袋能不能收集到水。」

紀筱涵爬到岩石底部深處，把塑膠袋貼在岩石背面，處理完畢後又像隻貓縮回原來的位子。她瞄向柏語笙，也是熱得昏沉，不太想動彈的樣子，難為她熱成這樣還可以發現岩石底部的濕氣。

紀筱涵想了想，又戴上帽子離開陰影處把附近的岩石檢查了一遍，可惜其他岩石的底部都是乾的。

太陽西斜到了傍晚，她小心翼翼拉出塑膠袋，塑膠袋上有濕意，但並未凝聚成水珠。兩人像動物那般伸出舌頭舔拭塑膠袋，這麼點水只能潤濕嘴唇，乾渴依然如影隨形。

第二日，岩石底部乾涸了，用同樣法子也無法收集到水珠。

總是慢了一步。

躺在陰影處，紀筱涵昏沉的想著。

慢一步發現水手圖謀不軌，慢一步發現那綠色的島，慢一步弄好木筏，慢一步等待順風，慢一步注意到岩石底部被霧氣潤濕。某種東西在跟她們競賽、作對，她們總是慢一步……所以會死的吧。

不！不能再思考了，再思考又會想些亂七八糟的事情。

過於憂慮導致她做了迷亂的夢。

「我的名字是紀筱涵。」

「上竹下攸的筱，包涵的涵。」

✦

直到今日，紀筱涵仍記得來自北部的漂亮轉學生。

她的眼神有些冷漠，穿著白色小洋裝，漫不經心的盯著遠方，漂亮的雕花紅色皮鞋跟其他人破爛的運動鞋相比，顯得格外顯眼。金色的頭髮用蝴蝶結髮箍往後梳，像公主般精緻漂亮。

她抱著課本，抬高下巴，儀態完全不像小學生，儘管全身散發著疏離和高傲，在老師問問題的時候，卻又用甜美的嗓音禮貌應答。

紀筱涵的座位靠著窗邊，可以輕易的聽到操場的聲音。窗外，高年級生正在籃球場三對三鬥牛，但盯著轉學生，高昂興奮的吆喝、笑聲和運球聲全都變得遙遠，時間好像靜止了。

轉學生需要位子。班上唯一的空位，就在紀筱涵旁邊。轉學生抱著課本，步伐輕盈，金髮搖曳，慢慢走了過來。紀筱涵覺得全班都在嫉妒自己。

她就坐在旁邊。

紀筱涵有點坐不住，一會把額前碎髮往後撥，一會又挪動已經擺得很整齊的課本和鉛筆盒，害羞的動來動去。轉學生的視線掠過她，她便覺得那視線有熱度般穿透自己，燙得她不敢直視對方。

前方同學把新的講義傳過來，她接下後往旁邊遞，終於與轉學生對到眼。視線對上，紀筱涵便不爭氣的口吃了。

「妳、妳好。我、我……」紀筱涵綁著辮子，圓臉發紅，緊張得連話都講不清楚。對方倒是相當大方，友善微笑，甜甜的問：「妳叫什麼名字？」

「紀筱涵。」

「紀・筱・涵。哪個筱？哪個涵？」

紀筱涵大腦一片空白，沒人問過她這個問題。她一時之間想不到該怎麼簡單說明，見那人還看著自己，她慌亂的抓起筆，想在課本空白處寫字。

「我、我寫給妳看！」

她揮舞雙手，對方卻制止她書寫的動作，小大人般了然的點點頭。

「我知道了。上竹下攸的筱，包涵的涵。」

轉學生的視線落在她手上的筆，那上頭貼著外公幫她做的名字貼紙。

說完，對方便優雅果斷的把頭轉正，望向黑板。

紀筱涵愣住，她沒想過能這麼簡潔的介紹自己的名字。

「那個、我、我——」

「——安靜，開始上課了。翻到課本第三十二頁，上次說到……」

老師在前面講起課，紀筱涵尷尬的安靜下來，望著轉學生的側影。

那個夏天，轉學生似乎還沒領到制服，因此穿了便服。她的白色洋裝在晨曦照耀下隱約透出細瘦的肩骨，懸浮在空氣中的灰塵粒子輕輕飄揚，宛如自主運轉的小星球，柏語笙柔軟的金髮在陽光照耀下像星光，引誘她去抓取。

✦

「啊！」

柏語笙吃痛的聲音喚醒她，見對方按著髮根，吃驚又困惑的望著自己，紀筱涵頓時滿臉通紅。她居然分不清夢境與現實，不自覺扯了柏語笙的頭髮。

柏語笙臉帶睡意，似乎因爲她從睡夢中驚醒。

天色將明呈淡紫霞，透著隱約紅光，看那萬里無雲的樣子，今天又該是個熱死人的好天氣。

紀筱涵的眼睛睜大。

柏語笙的金髮隨風飄揚，向著那綠色島嶼的方向。

作。

「順風了！」

兩人跳起來，像她們先前約定好的那樣，快速穿上救身衣，以及進行後續一連串動作。

她們早把物資都集中在一處，紀筱涵拎起背包，拔腿跑向木筏。柏語笙套上鞋子，一跛一跛的跟在紀筱涵後頭，準備把木筏推入海中。

「一、二、三推！一、二、三推！」

早上的潮線比較後面，導致木筏更遠離海水。兩人已多日沒進食，她們使盡力氣，好不容易將木筏推入海中，紀筱涵快速上筏，拉上柏語笙，拾起槳往外海划去，至於能不能順利渡海，那就看命了。

兩人相當有默契的用相同頻率划船，但出海並不是那麼順利。

波浪撞擊海岸的力道會形成反方向的沿岸流。在出海之前，她們得先面對這股不停把她們推回島上的力量。

之前躲在橡皮筏內，柔軟的橡皮替她們承受了浪的衝擊。而現在她們只有簡陋的小筏，白花花的湧浪直接撞到身上，每一道浪都會吞沒半個身體，她們只能在浪退卻的短暫空檔趕緊前行。

奮力前行一會，小木筏跨越沿岸流，終於不用再對抗反向的浪，紀筱涵拉緊控制帆的繩子，重新調整風帆的位置，垃圾袋鼓脹著飽滿的海風，木筏加速前進。

往身後望去，那讓人傷心的荒蕪之島已經有點遠了，綠色的島嶼看起來也大了些、近了點。事情進展相當順利，紀筱涵心情大爲振奮，繼續努力划船。只要持續這樣的速度，也許中午以前就可以抵達那座島。

然而，不久後太陽從雲層中完全露臉，風變小了。

沒有風的助力，木筏左右搖擺，完全沒有前進的感覺，再怎麼努力划始終在原地兜轉。

「我們……到底划了多久？」沒有手錶，紀筱涵無法計算時間，她的手已經酸麻到毫無知覺。

「半個小時左右。」柏語笙低聲回應，聲音乾啞。

「才半個小時……」

感覺她們已經划了一個世紀，單調的景色讓人難以判斷出正確的距離，但與那座綠色的島似乎還是沒有拉近距離。實際橫跨海洋，才發現這段距離可真不短。

剛出發時太陽還在雲層後，不久後陽光便完全露出。陽光熾烈如焰，照耀海面產生的白色波光在眼前蕩漾。儘管出發前兩人身上都塗滿柏語笙那SPF五十的高價位防水防曬乳，但功效只是防晒傷，對於防脫水一丁點幫助也沒有。

早知道應該做個遮陽棚，沒想到這一層紀筱涵暗自後悔。她拿下棒球帽搧風，又戴回去，餘光瞥向柏語笙。見柏語笙汗流浹背，眼神渙散，手雖然機械性的划著槳，卻一點力量也沒有，槳好像隨時會從她手中鬆脫。

柏語笙看起來狀況糟透了……再這樣下去兩人都會中暑，不，可能已經中暑了。

紀筱涵小心的從木筏右側移動到中央，木筏中央的立柱底下綁了一層漁網，物資包就放在兜網裡面。她從背包裡拿出太空毯，正想把柏語笙喚過來，讓兩個人都躲在陰影底下，便聽到那人尖叫。

柏語笙已經有些恍惚了。

好熱，熱到簡直可以化成一攤泥，虛弱得連槳都快握不住，眼前白茫茫一片。她不確定自己是不是已被反射的陽光照瞎了，還是過度疲累，導致眼睛先於其他器官罷工。

她用力揉眼，看到那綠色島嶼還在遠處，輕輕嘆口氣，正想稍微休息，突然一股力量猛力揣住槳把她往下拖。意識到拉力時她想縮手，卻為時已晚，整根筏都被水下之物搶走，她也被巨大的力道拉得前傾。

紀筱涵大喊：「不要！」

來不及了，噗通一聲，柏語笙落海了。

紀筱涵也看到灰色的巨大影子和魚鰭。那鰭，只會讓人聯想到某種生物。

鯊魚。

若從海底往上看，海面不斷波動的水花和忽而現影的白色短槳，就像翻動的魚肚，引起了海中頂級獵食者的注意。

「有鯊魚！上來、快上來！柏語笙妳快爬上來！」

「我不行！咳……」柏語笙又吞了一口水，「我沒力了……爬不上去……」

紀筱涵不能去幫她。這座簡陋的木筏，無法承受兩人同時站在一側，如果爬到左翼去幫她，可能導致整艘木筏翻覆。

紀筱涵把物資包拉到身邊，她綁在背包和救生衣上的防水繩，本是為了讓物資包落水時可以快速找回的保險裝置，但她果斷將背包抱在懷裡，將繩索另一端扔向柏語笙。

「抓住，我拉妳上來！」

兩人劇烈的動作，讓小筏宛如要解體般左右晃動。

「踢水！不要只有手出力，腳用力踢水，爬上來！踢水！快爬上來啊——」

柏語笙的上半身攀上木筏，紀筱涵用力拉動繩子，終於把她整個人撈上來，連腳也完全離開危險的海面。

柏語笙咬緊下唇，渾身顫抖的趴在木筏邊緣，感覺所有的東西都可以輕易碾壓過她，對她為所欲為，她終於失控發出痛苦的哭嚎，覺得自己被徹底打敗了，想放棄了、不要再努力了，她真的受夠了，憑什麼她得受這些苦？

在模糊的視線中，一隻手突然伸過來揪住她的領子，柏語笙單薄的連身裙經不起這麼用力的扯動，半邊肩膀和胸部都白晃晃的裸露在外。但紀筱涵沒有任何旖旎的企圖，這麼做不過是為了阻止她倒栽蔥落入海中。

柏語笙愣愣看著對方那張氣急敗壞的小臉。

「妳幹什麼！好不容易才爬上來，又想找死？」

見柏語笙死氣沉沉的樣子，紀筱涵內心湧起一股難以言喻的憤怒，如果是巧卉才不會這樣要死不活的，偏偏是這人活了下來。但這回她克制住到了嘴邊的刻薄話，而是扭頭繼續奮力划船，嘴裡大喊：「柏語笙！妳不是很驕傲嗎！柏語笙，妳現在就要放棄了嗎？柏語笙，不要放棄！」

柏語笙、柏語笙、柏語笙。

這是她作爲新生命蒞臨世界時，媽媽給予的名字，寄予厚望，滿懷親愛。

「語笙，媽媽希望妳幸福快樂、無傷無痛、無風無雨的長大。」

柏語笙睜開眼睛，瞳孔又有了焦距。

聽著紀筱涵一邊划船，一邊喊她名字，她心想，這聲音眞像小女孩。

其實紀筱涵的聲音非常清脆明亮。

與初見時憋在喉嚨裡的畏怯，還有後來因至親死亡而充滿戒備的尖銳全然不同，如果是聽這毫無壓抑的聲音，她會想跟這人做朋友。這樣的聲音夾帶生氣盎然的憤怒，呼喚著她。

那呼喚帶有節奏感，柏語笙紊亂的呼吸不自覺隨節奏起伏，逐漸平順下來。

她看著自己的雙手。這雙手從來沒這麼醜陋過，指尖全是破掉的水泡，磨破的傷口浸泡在鹽水裡，疼痛到無法承受，雖然痛苦得差點想逃避，但是她還沒倒，還沒死。

「妳顧一下帆！」柏語笙還愣坐在那望著手發呆，紀筱涵忍不住叫她，見她木木看過來，又更仔細的指示：「顧好風帆，不要讓它倒下來。」

柏語笙渙散的目光聚焦在那簡陋的小帆上，她抓著立柱，把有些歪掉的帆扶正。

紀筱涵也暫時不划，因爲她清楚看到一個巨大的灰影游過木筏，深色的魚鰭貼著筏底擦了過去。她抓緊短槳，退回木筏中央。下一次鯊魚會從哪裡來？右邊？左邊？或是從後方用粗壯的身體撞擊木筏，將她們甩下海底，大快朵頤？

兩個人緊緊靠著彼此，渾身緊繃，戒備的看著四周水面。紀筱涵可以感覺得到，柏語笙的身軀還止不住的顫抖。

也許是鯊魚失去了興趣，過了許久，浪推擠著她們的小筏，想像中的鯊魚攻擊再沒有出現。

風倒是對她們相當友善，在經歷差點被鯊魚吃掉的驚魂之後，天邊又吹起順風，紀筱涵休息一會後繼續划船。島嶼似乎遠在天邊，又似近在眼前，她划得眼冒金星，再度坐回筏中央，像小狗伸出舌頭般舔最後一口水。

柏語笙默默靠過來，想接過槳。紀筱涵沒放手，兩人抬眼對看，見她眼睛已經沒有剛剛那種死態，似乎冷靜許多，紀筱涵這才把短槳讓給她。

槳只剩一隻了。兩人輪流休息，榨乾最後的體力往島划去。

在風的助力下，島嶼現在眞的非常接近了。

耳邊開始聽到浪拍打海岸的聲音。被吸入流向海岸的主要水道後，現在不需要划槳，小木筏就自然的前進，生猛的浪不停推著她們往島嶼前行。

此刻她們面臨與出發時截然不同的危險。出發時，她們得努力掙脫沿岸流；而現在海流雖然順向島嶼，卻可能因爲力量過大，讓整艘木筏撞上礁石，落得粉身碎骨。

經過大半天的海浪擠壓，木頭互相碰撞，縫隙也越來越大。她們就像坐在夾棍上，木頭間的空隙夾到手腳的肉，有幾次甚至直接壓上手指頭。但是再痛也不能隨便挪動位置，洶湧的海浪推擠著她們，兩人靠著立柱抱成一團，勉強坐在隨時會解體的小筏上，稍有不愼便會落入海裡。

強悍的推力下，她們沒有任何自主權，只能任憑風浪宰割，本就虛弱的兩人被浪打得暈頭轉向。承受浪的痛擊不知多久後，海浪的力量逐漸變弱，海水顏色也變了，從深藍變成寶石般的松石綠，但還是看不清海底，剛剛遇上鯊魚的恐懼讓兩人不敢貿然下水，只敢搖著短槳慢慢往岸邊划。

度過難熬的外圍浪，海浪就變得相當溫和，紀筱涵抹掉臉上的水，發現這裡已經能看到海底，紅色的珊瑚礁一路往前蜿蜒，水草靜靜漂浮在海底，有好幾隻魚兒悠然穿梭在海草間。

此處礁石過多，她們沒下海。筏輕輕溜過布滿珊瑚礁的區域，海底逐漸變成乾淨的沙，紀筱涵這才慢慢入水，踩著地面，抓住筏上的繩子，把小筏拉向岸邊。

柏語笙本也想幫忙，但海水滲入鞋底，腳疼痛異常，她知道腳底的傷口似乎又裂開了，下水幫不上任何忙，說不定還要紀筱涵扶自己，猶豫半晌，最後還是待在筏上，用短槳幫忙划水，推進木筏。

紀筱涵見柏語笙不願下水，睨她一眼，內心多少有些不耐，但沒說什麼。眼看快要上岸了，柏語笙才緩慢下水。她忍住腳底的刺痛，從後面半推半扶，一起把木筏推上岸。

紀筱涵放開沉重的木筏，步上沙灘，腳陷入綿密的細沙中。

柏語笙渾身脫力，往前跪倒在沙灘上，雙手陷入溫暖乾燥的沙堆中。

落難荒島的徬徨、失去至親的疼痛、無時無刻的飢餓乾渴，所有的一切，全都暫時拋到腦後，她們靜默的看著眼前景色。

海風拂動棕櫚葉，厚實的葉面彼此摩擦發出唰唰聲響，綠色枝椏悄悄從島的深處探出頭，輕輕晃動的葉面像在向她們招手。一根倒塌的棕櫚樹橫亙在通往林中深處的入口，好似豎立的道標，指向樹林幽暗深處，指向未知的危險和曼妙的生機。

這裡就好像遺世獨立、千萬年無人踏足的伊甸園，而她們是開天闢地以來的第一批客人。散發盎然生機的綠色植物列隊歡迎成功渡海的新來客，眼前的景象如此平凡，卻給人無比希望。

海風迎面吹拂，兩人鼻間嗅到某種氣息。

那是蟲鳥走獸散播的花香。

那是露水沾濕的青草。

那是生命的味道。

落難至今，幾乎沒掉過眼淚的柏語笙突然迸出大笑，笑聲夾雜嗚咽，她終於感覺從麻木的虛空回到人間，此時此刻，只有被太陽晒燙的沙礫溫度、只有劇烈跳動的心臟、只有灼熱的呼吸，才是萬分眞切的現實。

——我還活著。

第七章

兩人動也不動，海浪在身後輕柔拍打，剛剛那萬分艱辛的海上歷劫像遙遠的噩夢。此時此刻，沒有晃動的波浪，沒有追獵的鯊魚，腳踩安穩地面，未知的希望等待她們去探索。

紀筱涵迫不及待的邁開腳步。

柏語笙試圖撐起身體，但手腳都是軟的，只能喊住紀筱涵，冀望對方幫忙。

紀筱涵本不想理會柏語笙，可是……金色的頭髮被海水打濕貼在臉頰，濕漉漉的眼睛看著自己，目露乞求，水手毆打留下的青色淤痕還掛在臉上，顯得美人格外脆弱。此人皮囊過於好看，就算對她有十分氣惱，看了她的臉也會消去七分。

她最後還是扶起柏語笙。柏語笙腿長手長，標準模特兒身材，比她高上半顆頭，體重卻相當輕，紀筱涵稍微施力，便把她整個人拉起來。

「謝謝……」柏語笙的聲音有些低啞。

她倆上岸處有一塊大岩，往島內走去，草叢茂密起來。紀筱涵邊走邊盤算，有這些茂密的青綠草木，基本可以確定島上肯定有淡水，而且有高大樹木代表有足夠的柴薪，能生火了。

再來就得在這座原始的島嶼求生了。

野外求生，聽起來多像輕描淡寫的玩笑話。

紀筱涵雖然常爬山，但是於她而言，那只是業餘嗜好。閒暇之餘會補充點野外知識，繩結打得還可以，有基本求生常識，有時在設備完善的小型郊山過夜，但並沒有認真鍛鍊過登山技能。其他更考驗體能的訓練，例如攀登三千公尺以上百岳，也都有專業嚮導帶領，這些經歷與真正的野外求生相去甚遠。

整體而言，紀筱涵的野外求生分數大概六十五分，堪堪只能稱得上是及格，對大自然的危險有基本的敬畏，對人類的脆弱渺小也有嚴肅的認知。

但有一大原則她始終記在心裡，小時候外公曾經告訴過她野外求生「三三三法則」：失溫三小時會死，不喝水三天會死，不吃東西三週會死。

這座島嶼氣溫炎熱，不像高山有快速失溫風險，只要有個能避夜風的休憩處，不讓自己著涼感冒即可。她們登岸的地方迎風，目前有太陽還算溫暖，但是等太陽下山，恐怕會特別冷，得在這之前找到適合的紮營地。之後還得快點找水，她跟柏語笙都嚴重脫水，必須盡快喝水。她現在就像在跟死亡賽跑，一旦她倒下，兩人都得死。

紀筱涵打算快速尋找遮蔽處，再找水源，最後才找食物。優先順序在心中底定，她開始尋找今晚過夜之處。

內心盤旋著眾多念頭，紀筱涵走得特別急，完全忘記落在後頭的柏語笙。

紀筱涵那小小的身影數度消失在柏語笙的視線裡，她很想喊住紀筱涵，卻發現自己喉嚨乾啞得發不出聲音。

島上的草茂密又銳利，紀筱涵穿著牛仔褲安然無恙的走過，柏語笙身著單薄的裙子，小腿被鋒利的野草割傷。雖然太陽照在身上，卻還是覺得風很冷，只能一邊抱著身子發抖，一邊努力跟上紀筱涵的步伐。

紀筱涵在一棵樹前停下，此處遠離海岸，但不會過度深入樹林，樹的枝葉茂密可以擋住陽光，樹根旁是平坦的砂石，環境應該算相對乾淨，也許可以在這裡建個暫時的小營地。

她放下背包，轉頭問柏語笙：「妳還能走嗎？」

柏語笙搖頭。

眞是個花瓶，一點用也沒有。紀筱涵心中，默不作聲的打量著柏語笙。柏語笙腳上套著紀巧卉的白色運動鞋，鞋帶因爲浸泡海水而鬆脫。以前她總會提醒妹妹要綁好鞋帶，而今物是人非。思及往昔，內心一痛，她眨眨眼，把眼淚又逼回去。

「妳在這休息，我去把木筏上的東西拆下來。」

紀筱涵將不需要的東西拿出背包，帶著獵刀、帽子、外套和空水壺獨自走了。

等她遠離後，柏語笙慢慢脫下鞋，如她所想，本已結痂的傷口又破了，腳底一片血肉模糊。她坐在樹底下，努力縮小身體以避開從海面吹來的風，但還是冷得直打顫。

紀筱涵回到上岸處，把還泡在海水中的小木筏拖到更高處，以免海浪把木筏帶走。太陽毒辣，晒得紀筱涵渾身是汗，她獨自一人又推又拉，費了一番功夫才把木筏推離海岸，再將還用得著的東西拆卸下來。

傍晚，她背著救生衣、繩索和一大堆亂七八糟的東西往那棵樹走去，卻沒望見柏語笙身影。她心中一涼，加快腳步走近，卻見柏語笙背靠著巨大的樹根躺在地上，縮成一團。

她先是鬆了一口氣，走得更近時，才發現柏語笙渾身顫抖，雙頰通紅，呼吸急促，似乎有些不對勁。她小心翼翼靠過去，摸上柏語笙細瘦冰冷的手臂。

「柏語笙，妳還好嗎？」她小聲問。

「冷……」

紀筱涵慌忙爲她披上外套，但柏語笙還是顫抖不止。

傍晚的海風確實有些大。紀筱涵趕緊把剛拖回來的繩索綁在兩根樹幹間，再掛上太空毯，兩側用大石頭壓住，快速布置出一個簡易的臨時遮蔽處，剛好可以擋住從海邊吹來的風，也無懼小雨。

她將柏語笙架起拖進遮蔽所，自己也鑽進去。猶豫幾秒後，她脫掉柏語笙身上那件濕漉漉的連身裙，替她穿上羽絨外套。脫衣服時，柏語笙有醒來，見脫自己衣服的人是紀筱涵便又閉上眼睛，迷迷糊糊昏睡過去。

剛剛拆木筏時，太陽還挺大，紀筱涵把擰過水的輕羽絨外套綁在背包上晒，就這樣背著做事，整件外套漸漸變得蓬鬆又暖和。穿上外套後，柏語笙似乎有好受些。

紀筱涵有些無言，她本以爲柏語笙至少也會做點讓自己舒服的事，比如擰乾衣服、晒晒太陽，把遮蔽處弄起來。眞沒想到她就這樣直接躺倒在樹蔭底下。

先把柏語笙的連身裙掛上樹枝，紀筱涵拿出空水袋，切開袋口，希望從袋身收集到一點水珠。然而經過整日的太陽曝晒，水一丁點也不剩。加上柏語笙感冒，更需要補充水分，她得趕快開始找水源。

可是太陽快下山了，如果天色完全暗下來前沒能回來，會不會迷路啊？要抓緊時間去找水，還是等明天再出發比較安全？

可是，柏語笙……不曉得她明天狀況如何？

柏語笙痛苦的喘息著。紀筱涵探頭查看，熟悉的腥味撞入鼻間。

不會吧……

她輕輕掰開柏語笙大腿，腿根處一片黏膩猩紅，一縷血順著白皙的大腿慢慢流到地上。

剛剛脫柏語笙裙子時手上觸感有些奇怪，但是光線不足，她也沒特別注意，現在定睛一瞧，手掌也沾上汙漬。

紀筱涵站起來，不想把病人吵醒，又非得發洩內心的不滿，於是蹲下撿了顆沉甸甸的石頭，跑遠點往大海的方向大喊：「老天爺，你想玩死我吧！」

說完，紀筱涵用力把石頭往前扔，噗通一聲，石頭瞬間被海水吞沒，海洋好像嘲笑她似的發出更大的潮水聲響，幾乎擊潰她微小的信心。

今天她委實經歷了斯巴達式的精實肉體操練。

清晨就坐著隨時會散架的木筏，從遠處的荒島划到這座島上，之後頂著太陽獨自將沉重的木筏拖上岸，並將可用的物資拆解下來，最後發現柏語笙狀況不對，又緊急搭建臨時庇護，照顧病人。

這其間沒休息也沒進食，最後一次喝水是海上遇到鯊魚那時。她實在累癱了，好累、好累，好想就這麼躺下去休息。但誰也不會來幫她，唯一的同伴比她還慘。

她還得去幫柏語笙製作衛生棉。

紀筱涵沮喪的站在海邊，最後認命的把手洗乾淨，沿著海岸往東走。得在太陽完全下山前，撿回需要的東西。

也許老天爺也於心不忍，她沒走多遠就有了額外的收穫。

兩顆綠油油的椰子躺在草叢間。天色昏暗，剛開始她還以爲是石頭，後來腦子慢半拍的反應過來，便急不可待的撲上去，捧起椰子用力搖動，有液體晃動的聲音。紀筱涵欣喜的用刀把椰子劈出開口，高舉椰子，清涼甜美的椰子汁便從破口處緩緩流入她的嘴裡。

直至椰汁倒光，她又劈開整顆椰子，挖出裡面的白色果肉。狼吞虎嚥的吃完整顆椰子，果肉與椰汁堪比玉盤珍饈，比生平所吃過的食物都美味。進食後，稍微恢復點力氣，紀筱涵終於又可以去面對接下來的苦難。

她找了下附近草叢，發現有五棵椰子落在地上，但除去她吃掉的那顆，僅有兩顆搖動起來內有液體。雖然她很想再多找點椰子，但天色暗得太快，荒郊野外可沒有路燈，屆時會漆黑到連東西南北都分不清，她得快些回去。

背包塞滿椰子跟乾草，抱著兩片特別寬大的葉子，紀筱涵打道回府。

她將乾草鋪上大葉子，再墊到柏語笙身下，這樣隔一段時間就能把大葉子抽出，拿去清洗，兩組大葉片輪流替換，雖然是相當克難的孤島牌衛生棉，至少好更換，能保持下身乾燥，不滋生細菌。

……就這樣湊合著用吧。

她全身的肌肉都在哀鳴，感覺身體隨時會解體，已經快要不行了……

休息前，紀筱涵剖開一顆椰子，打算一點一點餵給柏語笙。昏睡中的柏語笙不張口，對方不合作讓她氣惱，但看著那乾澀破皮的嘴脣，她還是用手指沾了椰子水，慢慢渡入柏語笙口中。

自己也是又累又渴又餓，爲什麼還要伺候她？就讓她泡在血裡冷死算了。

儘管腦中不斷跑過消極的念頭，但柏語笙就像嬰兒尋找乳汁，溺死之人尋求稻草，無意識的吮著她的手指。

古怪的觸感。

紀筱涵觸電般收回手，負面念頭頓時無影無蹤。

猶豫一會後，她繼續以手指沾水，慢慢餵柏語笙喝水，自己卻累得不停打盹。

夜幕降臨，某種奇怪的昆蟲叫聲從樹林深處中傳來，這兒的夜晚比前一座荒島熱鬧許多，充滿了勃發的生機。柏語笙的呼吸很淺，如果不是把手指頭放在鼻前，根本感覺不出來。

好輕的呼吸……輕到，讓人有些害怕。

如果柏語笙也死了，她有辦法孤身一人，面對之後千百個日子嗎？

她想起魯賓遜的原型，是一名被船長拋棄的水手。聽說，當多年後被人找到時，他野獸般語無倫次，無法順暢講話。

今天的月光很亮。

柏語笙的金髮，整片漆黑中唯一的光芒，是她僅存的取暖光源。柏語笙不能死。就算是活下來彼此折磨、互相咒罵，都比只剩自己一個人要好。

盯著柏語笙許久，她猶豫不定，最後伸出手，偷偷摸上柏語笙頭髮。

她曾經夢寐以求的金色精靈，現在柔順乖巧的躺著，髮梢隨晚風輕輕飄搖。接連幾日餐風露宿，髮質明顯變差了，但宛如星光的色澤還是像童年回憶裡一樣閃耀。

柏語笙皺著眉頭，不停喘息，好像還是很不舒服。

紀筱涵找出包包裡的充氣枕頭，吹飽氣後放到柏語笙頸下，盡量調整到她舒服的位置。紀筱涵幫她整理好頭髮，又輕輕擦掉她額前冷汗，細聲輕問。

「柏語笙，妳還記得我嗎？」

「嗯……」那人只是輕聲呻吟，噩夢無法給予她任何回應。

月光照在柏語笙的臉上，嘴唇乾裂，臉上瘀青未消，但還是可以看出原本精緻的模樣，那在多年前，讓她這個鄉下土孩子，心悸不已的漂亮模樣。

紀筱涵深深嘆息，「我討厭妳。」

罵完，她撐開小折傘堵在右側，又把五件救生衣都吹飽氣，堵在另一側，好讓海風不會吹入庇護所。她最後一次檢查外套的帽子，確認有包住柏語笙頭部，沒有被她無意識間蹭掉，便也躺下去，把另一條太空毯蓋在自己與柏語笙身上。

她盯著柏語笙的臉，想到她可以抱著柏語笙取暖，卻覺得以她們的關係，擁抱實在過於親暱，最後就以一個幾乎靠在一起的彆扭姿勢睡著了。

翌日，紀筱涵很早就醒了。

眼睛睜開，她立刻往旁邊摸。柏語笙還有呼吸，好像睡得挺熟的，也不像昨晚那樣呼吸輕淺，紀筱涵懸著的心稍微安定下來。她轉動僵硬的脖頸，感覺自己根本沒睡多久。因爲姿勢不正確，腰痠背痛，背後跟小腿滿是紅腫，又癢又麻，似乎被蚊蟲咬了。

睡前應該噴個防蚊液的。紀筱涵打呵欠，暈乎乎起身。

用海水洗過臉後，她決定先升火。

如果只有自己一人，她肯定會繼續尋找水源和食物，但……感覺再不生火，柏語笙的狀況會更惡化，她受了風寒，又月事來潮更是畏寒。這兒早晚溫差極大，可以的話，她希望今晚就能在火堆旁休息。

往好處想，昨天雖然天色昏暗，但她找到了椰子樹，隱約看到樹上還有不少椰子，加上手邊還剩一顆新鮮椰子，已經有一處可靠的水分和食物來源。升火後，也能煮貝類與螃蟹吃，食物的選擇會更多樣。紀筱涵決定先不去探查周遭，專心升火。

說到火，就氣人。

上山基本急救裝備，包括刀、火、鹽、水、太空毯，她本是有準備生火工具的，畢竟煮泡麵也要火，但是上次登山，把包裡的打火機借給有抽煙的山友，對方沒還，她也忘了要。本來小東西罷了，毋須在意，誰知道碰上海難，就欠一個打火機。

懊惱也於事無補，紀筱涵開始準備升火工具。

小時候，她曾看過外公升火。外公總把她當個小大人，愼重其事的教導她山上的知識。隨著時間流逝，許多細節已不復記憶，但她知道眞正的鑽木取火，並不是隨意拿根棍子撸動那般簡單。

選擇乾燥的木頭，削尖前頭減少接觸面積，鑽出來微小的火星後，必須盡快引入乾燥的火絨，不停吹動直至竄出火苗，再將更大的柴薪放入火堆，直到確定火不會輕易被風吹熄，穩定的燒著，這才算是順利升火成功。

爲了幫柏語笙製作衛生棉，她撿了不少乾草，倒是方便升火，省了出去走動的時間。

此外，劈開椰子厚重的外果殼後，中間還有厚厚一層的棕色植物纖維，最裡面才是包覆著果肉和椰汁的內果殼。撕扯下來的植物纖維，再用手搓揉一番，變成了鳥窩般的火絨。

她把樹枝前頭削尖，踩住木片固定，開始鑽木取火。

但事情進行不太順利，她的手本來就因爲划船滿是傷痕，鑽木沒多久，昨天的傷口又磨破了。紀筱涵很挫敗，等手沒那麼疼，又忍痛繼續左右鑽動樹枝。努力好一會，樹枝前頭因爲高溫呈碳黑色，但依然沒出現任何火星。

實在鑽不動了，她只得停下休息。

這是不是個壞主意？

如果怕柏語笙感到冷，再去多找些大片樹葉，鋪在她身上充當棉被也行。心底深處雖然很想吃熱食，但繼續這樣下去……會不會一整天全浪費掉，除了疼痛的雙手和耗盡的體力，什麼也沒得到？

她換個更好施力的姿勢又嘗試了一次，沒用。也許是樹枝受潮了，換根木枝試試看，依然沒有磨出煙。身後傳來窸窸窣窣的聲音，她轉頭，柏語笙醒過來了。

「……妳在升火？」

顯而易見的事。紀筱涵沒理她，努力拉動木頭，一時之間力量沒抓好，樹枝硬聲斷裂。她有些窘，回頭看柏語笙，見柏語笙表情也不太自然。看來她注意到自己身下的黏膩，尷尬得不敢移動。

「妳躺著別亂動，晚點我再給妳換草墊。」

「……謝謝。」

「沒事，不舒服就休息吧。」

她的臉還是很紅，意外乖巧的躺回去。昨天她怕柏語笙睡夢中蹭掉帽子，所以把鬆緊帶拉得很緊，柏語笙整顆頭被束在外套帽子裡面，顯得頭特別圓潤，看起來有點好笑。

她睜著一雙大眼睛，目不轉睛的看紀筱涵生火。

被人盯著紀筱涵還是感到些許不自在，但又不想在柏語笙面前漏氣，便專注投入手上工作，不過這根木頭相當不給面子，除了讓手更痛，連半點煙都沒冒出。

是海邊太潮濕了？還是有什麼步驟做錯了？

沒多久，她的手就痛到不行，昨天划船的傷口又裂開了。紀筱涵吹著手掌，試圖緩解疼痛。柏語笙抱著腹部，靜靜看她努力。

「我們……要不要試試太陽？」

「太陽？」紀筱涵狐疑的望著她。

「用放大鏡點火，小時候不是有做過這樣的自然科學實驗？我在想，摩擦生熱比較需要速度和力氣，我們力氣小，或許可以趁著現在太陽還很大，改用聚光的方式生火。」

紀筱涵愣住了。鑽木取火這四字深深烙印在腦裡，手上有刀跟木頭，加上她人生中唯一一次旁觀他人升火，便是看外公鑽木取火，於是便一股腦想用同個方式取火。但路確實不只一條。

「可是，我們沒有放大鏡。」

「只要是凸透鏡就行了，原理是聚光。」柏語笙有些虛弱，但條理清楚的解釋，「可以找個透明容器裝水，就是現成的凸透鏡了。」

透明裝水容器……紀筱涵把包都掏了，從拉鍊夾層拿出原本用來裝鹽的透明夾鏈袋。

「我用這個試試看。」

紀筱涵跑去海邊裝海水。回來後，她蹲在樹蔭外，一手拎著夾鏈袋，一手捧著火絨，將反射的陽光聚於一點，慢慢等待。

柏語笙還留在樹蔭下，看著她動作。

等了一分鐘沒動靜，紀筱涵觀察光束似乎有些發散，便把水倒出來一點，把夾鏈袋擰緊成圓椎狀，再放到太陽底下，透出的光更加凝聚在一處。

這回倒是沒等太久，火絨中開始冒出一縷煙，陽光繼續照耀，煙越來越濃密。她趕緊用植物細纖維把火絨包起來，奮力吹氣。

吹著吹著，煙更大了。柏語笙也有些激動，奮力坐起來，幫忙準備柴堆。

或許這次眞的能成……就在紀筱涵這麼想時，轟！火苗瞬間竄出，她趕緊把火絨放入細樹枝堆中，再慢慢添上更粗的柴薪。紀筱涵手忙腳亂的從附近撿了些樹枝扔進火堆，忙了一會，火源穩定下來，終於不再需要她親自照料。

「妳幫忙看火，不要讓它熄掉。」

扔下這麼一句，紀筱涵便急吼吼的跑走，回來的時候背包裝滿四顆椰子，手裡也抱著一大堆樹枝。

跟柏語笙各吃了一顆椰子後，紀筱涵又繼續幹活。

整整一個下午，她都在搜集柴薪。但這次是懷著振奮的心情體力勞動，只要努力就有肉眼可見的明確回報；只要持續不斷作業，就能維持那小小的火源。有光、有熱、有溫暖的小小火焰。

最後一次回來時，她的手裡還拎著一個海邊撿來的小鐵罐，裡面有隻小螃蟹和幾十顆螺貝。

搜集回來的柴薪，足夠她們過夜和煮食。

鐵罐裡的水滾開了。

「……這個可以吃嗎？」柏語笙小心翼翼問道。

「不知道，看起來很像燒酒螺。試試吧，我們總不能一直吃椰子。」

柏語笙臉色蒼白，不知道是身體不舒服，還是被這份佳餚給嚇得。撿來的鐵罐雖然清洗過，但因爲不知道在海裡漂流多久，罐身暗沉，總有洗不掉的汙漬，罐裡滿是螺貝與螃蟹煮熟後冒出的白色泡泡。

「沒胃口的話，先吃椰子吧，螺貝類可以等妳身體狀況好一點再吃。或是之後我們可以去捕魚。」

「捕魚吧……我明天就可以幫忙了。」

紀筱涵點點頭。柏語笙躺了一整天，當然不像她需要更多的食物。某種程度而言，她跟柏語笙的確不能同時吃未知的食物，萬一有人病倒了，另一個還能照顧。

懷著有點壯烈的心情把海螺與螃蟹吃下去。新鮮的海鮮比想像中好吃，她笑得瞇了眼，難得想跟柏語笙開玩笑。

「妳眞的不吃點？很好吃喔。」

「沒關係……妳吃吧。」

「至少吃螃蟹吧？」

紀筱涵把一塊蟹肉挑出來，插在木刺上遞給她。處理後的蟹肉就沒那麼可怕了，柏語笙接過來，小心的吃了起來，似乎還能接受。

看她還舔了下指頭，也許，還覺得有點好吃？

紀筱涵晃著腳，滿意的露出虎牙，心懷推銷成功的小得意。她已經很久沒有這種輕鬆的感覺了。找到椰子，有火了，終於能吃熱食，沉甸甸的生存壓力終於緩解。柏語笙也醒了，眞好。

雖然撿回不少海味，但螺貝體積小，一下子就一掃而空，螃蟹除了兩隻蟹螯也沒多少肉，很快就被兩人吃光。

今夜似乎比昨晚更冷一些，火堆的好處也更爲明顯。紀筱涵躺在地上，看著不遠處跳躍的火苗，好像心中也升起了希望。

自落難以來，她們就不斷跟潮濕奮鬥，這是第一個溫暖乾爽的夜晚。

一夜好眠。

她們休息的地方，雖然離茂密的草叢有些距離，但難免有飛蟲出沒，幸好升起篝火後，惱人的飛蟲明顯減少，算是意想不到的好處。

這是紀筱涵來到島上精神狀況最好的一天，睡眠充足後終於可以專心探索其他區域。她留下哨子跟椰子給柏語笙，依然打算一個人獨行。

「我跟妳一起去吧。」柏語笙叫住她。

紀筱涵看著她，目露懷疑。

「我好多了。而且只剩一點點了……」柏語笙被她看得有些不自然，耳朵發紅。

「妳還是別勉強吧。」紀筱涵見柏語笙氣色還是相當差，咳嗽也還沒停，婉拒她的幫忙。「留下來看火也可以。妳別離開營地太遠，把附近的樹枝收集回來，不要讓火堆熄滅。」她說完便要離去。

「等等。」柏語笙又叫住她，「妳還有什麼裝備？」

紀筱涵停下腳步，看著她沒馬上應答。

柏語笙輕笑，「這句話似乎有些敏感？」

紀筱涵賭氣，「敏感什麼，我才不怕妳。」

「我只是想知道，還剩下多少物資。沒別的意思，妳很介意就算了。」

「那妳的東西也得讓我看。」紀筱涵咕咕噥噥，卻還是把物資擺出來。

柏語笙展開笑顏，「好。」

其實紀筱涵確實有點好奇柏語笙的小包裡放了什麼，儘管怎麼看都不像有求生用品，這筆交易肯定不划算。不過事到如今，也只是單純的好奇使然。

等待柏語笙甦醒的空檔，她做了不少事情，包含把比較重要的物資搜集起來，當然最重要的物品，比如獵刀，紀筱涵還是放在後背包裡隨身攜帶，其餘東西都攤在庇護所外面。她找了樹枝圍起來，再用石頭墊高，隔離出的空間權充小型置物區，包含張太太沒帶走的救生筏物件，拆掉木筏後剩下的繩索和漁網，總之未來可能有用的各種玩意全在那兒。

柏語笙纖細的手輕輕翻動地上的東西，嘴裡嘖嘖稱奇。

「妳怎麼會帶這麼多東西？」

「我喜歡爬山，這是平常登山用的背包。」

「難怪。」柏語笙點頭，「這是什麼？」

「太空毯。表面是鋁箔紙，可以收集熱能，有看過馬拉松選手披著銀色的毯子嗎？類似的東西。」

「那這個呢？」

「這是苦茶粉。在山上如果需要煮食，用苦茶粉洗碗比較環保。妳待會可以拿去用，妳的裙子……可能會需要用到。」

「還有垃圾袋。」柏語笙攤開粉紅色的垃圾袋，「妳帶了不少。」

「……買的時候買一送一，體積也小，我就統統放進包裡了。」

柏語笙饒有興致的看著地上的東西，視線聚焦在某樣物品上頭，並伸手拿起。

「那是救生筏落下來的東西。我想說也許會有用，就一併帶走了。」

「我知道。」柏語笙靜靜翻動那用途不明的塑膠用品，「當時，我問過高翰。」

紀筱涵安靜下來，剛剛有些活耀的氛圍突然冷卻。

柏語笙繼續說：「我總覺得救生筏上不該有無用的東西，但高翰說這東西壞了，不能用了。」

「他沒告訴妳這是什麼？」

「沒有。只回了個模稜兩可的答案，我覺得特別奇怪。」

柏語笙專注把玩，全副注意力都在那東西上，似乎還想把它吹飽氣繼續研究。

紀筱涵覺得有些煩躁，想起對方也該展示下包裡的物品。

「換妳了，妳的東西呢？」

柏語笙慢條斯理的把自己的包包放到膝上。

「我就只有這些呢。」她語氣俏皮，「沒在我昏倒時偷看吧？」

「反正妳現在也要給我看了。」

柏語笙的晚宴包裡確實沒有什麼求生用品。

一支口紅、化妝鏡、捲成一團的備用乾淨絲襪、一小罐凡士林，比較特別的是還有一個手錶機芯，雖然很像半成品，但錶面非常精緻，看起來造價不菲。

柏語笙醒來後就變得特別溫馴，紀筱涵難以捉摸對方的情緒和意圖，但在捧起那塊機芯時，紀筱涵能感覺到她心中的珍視和寶貝。

精工機芯浸泡在海水裡，大概是壞了，沒什麼用處。

兩人清點手邊全部的物資後，紀筱涵便出發了。出發前，她還幫柏語笙劈了一顆椰子，她可不想回來看到渴到又暈過去的柏語笙。

「妳待會要去哪兒？」

「找水源。」

「不是有椰子嗎？」

「比較低的地方都被我們摘完了。我想往外圍走，看看有沒有更多椰子樹，或是，也許可以直接找到其他的淡水來源。」

「嗯，椰子得省點吃，再找不到水喝就麻煩了。」柏語笙點點頭，邊說著邊向她招手：「那……妳過來點。」

專注。

「做什麼?」

「來嘛。」柏語笙嬌弱的喊，她鬼使神差就走過去。

那雙纖細的手臂突然晃到眼前，將某樣東西別在她耳上。柏語笙的臉離她很近，神情專注。

隨後柏語笙退遠點，滿意微笑，「挺好的。路上小心。」

柏語笙的聲音聽起來有點溫柔，乘著風送進她的耳裡，使耳朵發麻搔癢。

她們暫時休憩的樹旁有另一棵稍小的樹，蜿蜒曲折的樹幹光禿禿，葉如長舟，自然垂落在地，橘紅色的花朵點綴在巨大的葉片之間。柏語笙大概是從那上頭摘下的。

柏語笙爲她戴了朵花。

這什麼意思?她從來都搞不懂柏語笙在想什麼，現在又更困惑了。

胡思亂想間，紀筱涵已經走了一小段路。

這島到底有多大呢?紀筱涵目前尚未過於深入島內，她在離營地最近的海岸上放置顏色鮮豔的救生衣當作地標，沿著沙灘往東走去，步履輕盈，花瓣隨著走路起伏，不斷上下摩擦她的耳尖，她跳過一塊擋路的大石頭，小心的把歪掉的花兒擺正。

經過連綿的沙灘後，她碰到陡峭的岩壁截斷往後的路。要繞過這塊岩石，得選擇較遠的陸路或者冒險經過那深淺不知的水路。

雖然那水似乎不深，應該可以涉水跋涉而過，但紀筱涵幾經猶豫，決定走陸路。畢竟現在她獨自一人，萬一水中有別的意外就麻煩了。陸路也許會繞路，不過她主要目的是尋找水源，今天無法到岩壁的另一頭也無所謂。

說起來，島上哪裡最可能有水呢？

有些植物的根莖部分飽含水分，據說野外求生達人會從樹根汲取水分，但是她除了椰子樹，其他一概不認得，與其浪費時間體力搜尋陌生植物，不如直接尋找現成水源。這座島充滿美麗的植被，樹上還有不少海鳥盤桓，肯定有淡水。

爬上岩壁往後走，相對地勢高低起伏越大，岩壁越來越高聳，紀筱涵注意到岩壁上有一條顏色明顯較深的岩溝。

她沿著那有些濕潤的深漬往上走，終於看到一個小小往內彎的溝壑，裡頭積著水，因爲照不到陽光，看不出水的顏色。紀筱涵伸長手臂，雙手捧水，舀水出來。

陽光照下，水呈青綠，聞著還有股奇怪的苔蘚味道。這水大概是不能喝的死水。

紀筱涵有些失望，但並不氣餒。她裝在水壺中的椰子汁已經喝完，豔陽下活動沒多久便口乾舌燥，之後她繼續往前走，越往北走地勢越高，最後視線開闊了起來。

繞著走著，她居然走到岩壁上方。

紀筱涵算是看明白了，她跟柏語笙運氣眞是好，如果被浪推到岩壁另一側，恐怕很難有適合的上岸處。

此處視野極好，不過很明顯，這裡似乎不太像會有水。

此行雖然無功而返，但是一路在沙灘上新撿了些東西：一個含蓋子的大寶特瓶、一個稍小的塑膠盒、一隻右腳拖鞋、還有一隻肥美的螃蟹。

那隻看不出品種的螃蟹，蠢笨的從石頭下探出頭來，紀筱涵眼疾手快的抓住牠的腳扔進塑膠盒。螃蟹身上挺多寄生蟲，但現在有火了，煮熟後應該可以吃吧。

她下意識又摸摸耳畔的花，這花讓她不太自在，好像收到不太適合的名貴禮物，總是注意到它的存在，只能小心翼翼顧好，做事也不俐落。明明她也不欠柏語笙，眞礙手隨手丟掉了得，卻又覺得可惜。

當她扭扭捏捏的回去時，柏語笙屁股墊著大葉子，移動到營地外面，正在整理物資。她看起來還是很虛弱，但氣色好了許多。那奇形怪狀的玩意已被吹飽氣，柏語笙正翻來覆去研究著，垂眸凝視，若有所思。

「有新發現嗎？」紀筱涵問。

「我在想……」柏語笙語出驚人，「這或許是個海水蒸餾器。」

第八章

「若真是海水蒸餾器⋯⋯」

水手怎麼可能不知道？紀筱涵背脊一涼。

「當初根本沒必要千方百計鑿井，更沒必要爲了資源爭吵。」

「是啊，那個人一直都別有居心。他沒把實際情況告訴我們，只是要求挖井，讓大家都又累又渴。」柏語笙輕道，「難怪他敢在上島後做出那些事，他不需要太多人跟他合作生存，也許他還期待把所有人都逼上絕境。」

細思只覺毛骨悚然，然而事到如今，懊惱於當初的毫無防備也於事無補，兩人把目光又移回這疑似能製造淡水的裝備上。

「我猜，它大概是靠太陽蒸餾。」柏語笙揣測。

太陽，又是太陽，讓她們熱個半死的毒辣太陽，不僅能生火，還可能能製水。

「爲什麼妳會這麼想？」紀筱涵好奇問道。

「因爲，它放在救生筏的緊急救難裝備袋中。」柏語笙感冒初癒，聲音細小，但語氣篤定，「在救生筏上那種資源稀缺的情況下，最可能取得淡水的方式，應該就是透過某種手法直接將海水轉化成淡水。往這個方向去想，海水分離出淡水的方法也不多，原理就那幾種。我知道某些精密的裝置可以用逆滲透壓力過濾海水，但這玩意看起來沒那麼高級，所以比較大的可能性應該是用基本的蒸餾法，看結構也挺像的。反正有的是時間，我們可以嘗試看看。」

「妳好像知道很多事情……」紀筱涵目瞪口呆。

「我喜歡設計精巧的東西，由各式零組件組成看似複雜的機器，居然可以自成體系運作，妳不覺得這種工藝很迷人嗎？但求生方面的書還眞沒有讀過，我只在小時候看過魯賓遜和他的小夥伴星期五。就像我們現在這樣。」

她講魯賓遜時還一本正經的指向自己，講到星期五又指了下紀筱涵。

紀筱涵頓時炸毛，「妳才星期五，而且是特別沒用的星期五！」

柏語笙捧著肚子，難得開懷的咯咯笑，笑著笑著又咳了幾聲。

紀筱涵也是無言，這人居然有心思開玩笑，咳死算了。

她把剛剛撿來的螃蟹倒進鐵罐裡，坐到柏語笙身旁，也琢磨起如何使用這裝置。聽完柏語笙這番猜想，她內心有了些想法。

柏語笙講的應該八九不離十，這玩意大概眞是太陽能蒸餾器。紀筱涵抱著巨大的塑膠錐形物體，翻來覆去研究。

「就像妳剛剛說的，如果這是爲了海上求生而設計，底面又是鏤空的……」

兩人異口同聲：「這個裝置應該擺在海面上。」

「底下鏤空，直接接觸海水，被蒸發的水蒸氣會在尖端匯聚成水珠。」紀筱涵摸著尖錐。

柏語笙也想得更透徹了，「蒸發出來的水珠凝聚出重量，就會順著弧面往下滑，進入側面的溝槽，最後落到最下方的集水袋中……」

「那現在就去測試看看它是不是眞能集水。」紀筱涵躍躍欲試，抱著蒸餾器，興沖沖便要往海邊跑。

「筱涵，記得在它身上綁條繩子，以免被浪帶走。」柏語笙提醒紀筱涵。

「知道了。」

紀筱涵忽然有些匪夷所思，自己爲何要聽柏語笙的？還有她們什麼時候關係好到可以直呼名字？她又怎麼就如此輕易的接受了？

儘管內心有些小小糾結，但她也忍不住想試試看這裝置，暫時不理會心中怪異的感覺。

選了一處淺灘，用石頭圍出一個小區域，讓蒸餾器下半部可以完整接觸海水，蒸餾器圓滾滾的塑膠體本來就有方便拿取的繫繩，紀筱涵把繩子綁在上頭，另一端綁著漂流木，好確保裝置不會因爲漲潮漂走。

現在太陽毒辣，如果她們的推論沒錯，應該不需要太久就可以驗證實驗成果。

回程時，她順手又撿了一些小海螺，她還注意到有隻大海星貼在珊瑚礁底下，只是不曉得那玩意是否能吃，所以沒出手。仔細想想，現在看到活物，她居然下意識先思考能不能吃，也挺好笑的。

等紀筱涵從海邊回來時，正巧看到柏語笙跪在地上，一隻手按著椰子，另一隻手拿著她的大獵刀，因爲用力而雙頰通紅。

看起來她試圖要劈開椰子，卻又有些畏懼使用這麼大的刀，導致使力不對，刀身歪歪斜斜的劈入椰子前頭，只在厚實的椰身劃出一道切痕，刀身還卡住拔不出來。

柏語笙困窘的望過來，紀筱涵心領神會，接過刀子，三兩下便剖開椰子的厚殼。

「妳是怎麼辦到的？爲什麼看起來這麼輕鬆。」柏語笙似乎有些不滿。

「怎麼辦到的？就拿刀劈下去。這種事情很簡單，不用特別學吧？」

柏語笙又試了一次，刀子直接飛出去，嚇得紀筱涵往後跳。

「哪裡簡單啊？」

柏語笙氣呼呼，紀筱涵又示範一次給她看，結果柏語笙還是無法劈開椰子。

「也許是妳腕力不夠，還是我先來處理椰子吧。」

「妳果然才是星期五小野人。」柏語笙輕笑。

紀筱涵瞪她一眼，把螃蟹遞過去要她煮。

「鍋子好髒喔……」

「乾淨的鍋子、鍋鏟和瓦斯爐，再配個抽油煙機？別嫌棄了。不然妳明天自己去岸邊，說不定可以撿到鑄鐵鍋。」

一邊吐槽柏語笙，一邊就準備好餐點了。畢竟不怎麼需要備料，程序簡單無比，蟹一隻、鐵罐一個、火一堆，煮到螃蟹通紅熟透爲止。

剛抓回來的蟹肉相當鮮美，這隻螃蟹比昨天那隻大多了，只可惜蟹肉還是不比魚肉多，兩人平分，很快就吃完了。傍晚，太陽下山前，紀筱涵去把那疑似爲海水蒸餾器的工具取了回來，在那工具尾端的水袋眞的有水，她扭開蓋子倒入嘴裡。

「眞的是淡水。」

仔細想想，用熱蒸發出水分，其實就跟當初在岩石底下收集到露水原理相同，只是當時一股腦只想等風來，沒繼續深想下去。

原來就這麼簡單。柏語笙忍不住勾唇。

蒸餾海水的基本知識小學就學過了。不需要仰仗水手高翰，不需要百科全書，現在所擁有的知識就足夠自救，用手邊的資源和任何可行的方法弄出水和食物，那就贏了老天爺。

多麼複雜又簡單的生存之道。

兩人分著喝完集水袋內的水，之前雖然找了椰子汁解燃眉之急，但眞正對身體沒有負擔，能長期喝的只有純水，尤其柏語笙月事來潮，椰汁讓她腸胃有些不適，能有乾淨飲用水才是最好的。

不過大熱天的，兩人需要喝的水量可不少。這裝置收集水的速度還是比較慢，雖然今天下午才去放蒸餾器也有影響，但能不能再加速集水速度呢？

「也許，我們可以自己再做一個蒸餾器。」

「怎麼做？」

「妳有帶垃圾袋吧？用它取代棚頂就可以收集露水，想辦法把中間撐高，讓露水自然滑落……但這樣沒辦法收集到露水，難道要在地上也鋪垃圾袋嗎？好像也不對……」柏語笙半是徵詢意見，半是喃喃自語。

「那如果反過來把中間處壓低呢？」紀筱涵想像了下物體的結構，「中間撐高，代表要在周圍收集水分，如果中間呈現低窪，水珠就會改往中間流去，只要把我的水壺放在中間就可以集中收集水分了。」

「這樣好！」柏語笙眼睛一亮。

「但海水要從哪裡取？如果也學這個裝置放在海上，我們需要找可以漂在海上的器材。」

「嗯……」

除此之外，還有很多問題需要思考。

如果自製蒸餾器，怎麼有效隔開海水與收集來的淡水？如何加熱？如何讓加熱區徹底密封？材料如何取得？光靠她們兩人能成功的最簡單方法是什麼？

「好像沒想像中簡單。」

紀筱涵看柏語笙那麼專注思考的樣子，也覺得有趣。她沒見過這樣投入於某件事情的柏語笙。印象中柏語笙總是頗為疏離冷淡，對任何事情都遊刃有餘，那是連小學生的她都可以感覺得到的，所以對現在這個長大落難、有點不一樣的柏語笙，她覺得很新鮮。

「海邊有很多垃圾，妳如果身體好點了，明天可以一起來找食物，順便找適合的素材來做蒸餾器。」

「明天我應該可以幫忙了。」柏語笙點頭答應。

直到睡前，柏語笙的腦袋還轉著剛剛的構想。思索蒸餾器的結構時，她意外想起久遠的回憶。

✦

「我也想要設計一隻腕錶。」

小時候，柏語笙很喜歡去媽媽的房間。

不是臥房，是那間私人工作室，位在東面長廊盡頭的大房間。

那段時間她常生病，並不是什麼特別嚴重的毛病，只是因爲抵抗力差而罹患感冒，但不舒服是眞的，想要媽媽陪伴也是眞的。

只要生病，媽媽一定會放下手邊的事情全心照看自己。所以她常常裝病，媽媽也許知道，也許不知道，或許媽媽也需要一個理由逃離自己並不想出席的場合，她的裝病是母女間心照不宣的祕密。

在家裡的媽媽，常常待在那間工作室。

柏語笙總喜歡尾隨在媽媽身後，踮起腳尖穿過長廊，經過爸爸的辦公室，然後來到最角落的大門前。房間的鑰匙漂亮似古董，鑰匙插進去轉動會聽到明顯的機關聲，有種打開寶箱的感覺。

進入工作室時，媽媽第一個動作是拉開厚重的窗簾、打開窗戶，讓陽光透進屋內，媽媽金色的頭髮會被窗外的風輕輕拂起，她會忍不住跑過去抱住媽媽，撒嬌著要抱抱。

那張巨大的工作桌上擺了各種工具。特殊規格的小起子、開錶刀、尖嘴鉗整齊劃一放在特製的小盒子裡面。屋裡散發著淡淡的松木香，桌上總有一捧新鮮的花，不知道是誰送的。

說來奇怪，螺絲起子、鉗子這類東西給人非常陽剛的印象，但擺在媽媽有著漂亮年輪的實木工作桌上，卻不會讓柏語笙感覺到不和諧。也許是所有東西錯落有致的放著，本身就有種和諧美感。她覺得那與鐘錶世家出身，骨子裡有著德裔嚴謹性格的媽媽很相稱。

有一次她在樓梯跌倒摔到膝蓋，保母怎麼也哄不好，只好抱去爸爸那兒。但爸爸正在談公事，不耐煩的攆走她們，最後她被送到媽媽的工作室。

媽媽坐在那張軟墊椅上，挺直背脊，專心工作。聽到她哭得上氣不接下氣，媽媽好像也不顯慌張，只是把臉轉過來，對她微笑。

柏語笙哭哭啼啼，「媽咪，好痛、腳腳好痛！」

媽媽只是溫柔微笑，對她展開包容的雙手，「來，Sabina。」

她立刻掙開保母，小跑步奔向媽媽。媽媽抱著她，用德語在她耳畔輕聲唱歌，接下保母遞過來的消毒藥水。

柏語笙有記憶以來，就知道爸爸討厭媽媽口出自己聽不懂的語言——也就是中英文以外的任何語言。無論是唱歌或是跟親族聯繫，只要被爸爸聽到媽媽使用德語，爸爸都會大發雷霆。

有一次她躲在房間裡，聽到外頭傳來陣陣咆哮，其中夾雜著東西摔落的聲音和媽媽的啜泣。

「嫁到這兒就好好講中文！別讓我聽到那些鳥語！」

所以她很久沒聽到媽媽說德語，但她受傷那天，媽媽在她耳邊小聲唱著德語童謠，幫她包紮傷口。

媽媽桌上擺了男女對錶，旁邊擺著小螺絲、一字起子以及散落的小零件，似乎工作到一半被打斷。

「媽咪，妳在做什麼？」她被媽媽桌上的東西引走注意，一時之間忘了哭泣。

「媽媽我啊……在埋寶藏。」

「寶藏？」柏語笙的眼睛立刻亮了起來，「我也想要看媽咪的寶藏。」

聽見女兒軟糯哀求，媽媽莞爾一笑。

「好啊，這是媽咪跟笙笙的小祕密喔。」

媽媽將手錶上鍊，錶面顫動，宛如甦醒的雛獸。

「現在時間就在妳的手上，瞧，它開始走了。」

滴答、滴答、滴答。外頭下著雨，雨聲配合秒針運轉的聲音，聽起來格外美妙。她看得忘記呼吸。媽媽拉著她的手，摸向兩塊錶。

「把它們合在一起。」

媽媽正在製作的情侶對錶側面有卡榫，女右男左擺放好，孔洞對齊扣住輕輕一扭，聽到喀的一聲，合在一起的錶面旋轉開來，下方居然藏了字。

「這就是媽媽剛埋的寶物，裡面藏著媽媽最愛的人，笙笙要不要猜猜看，是誰呢？」

柏語笙皺著眉認真辨識上頭寫的字，看了會後，她雙眼發亮的抬頭。

「媽媽最愛的人是笙笙！是笙笙！」

機芯中心鐫刻著兩行小字。

語笙Sabina

My dear little girl

「喜歡嗎？」

柏語笙用力點頭。

媽媽一邊摸著她柔軟的頭髮，一邊說道：「以前一款情人節限定款珠寶『海洋之心』，也是類似這樣的設計。讓熱戀的情人各執一條項鍊，寫下想說的話，約定幾年後若是愛情還未消褪，就一起打開。只要兩條項鍊二合一，啓動機關，便可以看到裡面藏著的字。只是打開海洋之心的機關需要鑰匙，媽媽這次的設計不需要。」

「情侶都在項鍊上寫什麼？」柏語笙好奇提問。

「不一定，有的人想要證明自己的愛，有的人……只是記錄愛情發生的時間跟地點。」

「我也想看看海洋之心。」柏語笙嚷著。

「那款是限量紀念版，媽媽曾經擁有過，但現在已經不在了，只留下鑰匙……媽媽覺得有些可惜，就用那把鑰匙當機芯原型，以手錶的形式，復刻海洋之心的機關，畢竟……」媽媽低聲呢喃，「畢竟，愛一個人的心情，能夠化成珠寶永恆留下，那不是很好嗎？媽媽年輕時去過一個很遠很遠的地方，我把寶藏放在那裡。」

「媽咪還有別的寶藏？」柏語笙有點不滿，「寶藏不是笙笙嗎？」

「傻笙笙，寶藏當然可以不只一個。」

「那笙笙也想看那個寶藏。」

「看不到了。連媽媽也看不到了。現在笙笙就是媽媽唯一的寶藏。」媽媽摸著柏語笙，視線卻落向了遠方。

柏語笙愛不釋手的摸著機芯，抬頭問媽媽：「這塊錶是媽媽送給爸爸的生日禮物？爸爸說新上線的主打產品是媽咪設計的。」

「是啊。」媽媽的眼神幽深，看不出什麼情緒。「這是『心』，明年就會正式發表。到時候妳也一起去發表會，好嗎？」

「我當然要一起去！以後我也要設計腕錶給媽咪！」

設計腕錶……

這個夢想是什麼時候被扔到記憶深處呢？

大概是媽媽的工作室被徹底搬空，改爲儲藏室的那一刻起吧，她不再在爸爸面前暴露絲毫對機械錶的喜好，就好像自己從來沒有過那樣的夢想。

✦

柏語笙瞇著眼睛培養睡意，紀筱涵的身影在她眼前晃啊晃的，一下子把木頭放入火堆，一下子整理背包，好像永遠忙不完。

紀筱涵很像個小陀螺，每天不停的打轉，就算事情都忙完了，也會拿樹藤編織物品，她大概是那種閒不下來的人，是與自己很不一樣的類型。

這幾天相處下來，柏語笙發現這個小個子女生意外相當可靠，不管需要什麼，紀筱涵都能用那雙小而巧的手想辦法製作出來。只花了兩個晚上，紀筱涵就編了張草蓆子給她，儼然很適應荒野生活。

她驀的想起，只要自己一叫紀筱涵小野人，紀筱涵就炸毛，便暗暗覺得有點好笑。

「妳笑什麼？」

紀筱涵察覺柏語笙直勾勾盯著自己，還露出詭異的謎之微笑，目露不解。

「沒事。」

柏語笙翻過身，不讓紀筱涵看到她嘴角彎起的弧度。

光是製造出蒸餾水就有很多細節得注意，不過就像堆積木，一件一件挨著處理，總會到位的。反正現在多的是時間，慢慢來，問題總會解決，生活會變得更好。

明天，和紀筱涵一起出發去採集物資吧。柏語笙心想，同時閉上了眼睛。

有了穩定可靠的水分來源後，兩人現在最重要的工作，是採集食物。

儘管她們慢慢找到些許糧食，但也只是餓不死的程度。大量勞動，加上糧食不足，兩人的臉頰都明顯凹了下去。

降臨在她們頭上的是真正的飢餓，餓到頭暈眼花，全身虛弱，連站起來這樣簡單的動作都感覺到略微費力。看到翠綠的葉子、帶點鹹味的海草，任何賣相不錯的東西都想放進嘴裡嚼。

柏語笙食量小，又含著金湯匙出生，飢餓本是遠在天邊的稀有體驗，現在卻成了她的日常。

這幾天她們只吃椰子肉和少量的海味，迫切需要蛋白質，想要吃肉，想要吃飽喝足，她感覺自己什麼都能吃下去。

但紀筱涵一直提醒她，要先解決水源再去找食物，她只得忍著那可怕的飢餓。有了海水淡化器與椰子後，缺水的焦慮稍微緩解，兩人終於可以全副心思放在搜集食物上頭。

最直接的狩獵場便是海洋。

柏語笙小心翼翼的跟隨紀筱涵的步伐，在珊瑚礁間移動。

今天是柏語笙頭一回與紀筱涵外出採集。她以往走路習慣一人風風火火走在最前方，這幾日的折磨讓她變得謹慎，也變得不自信，還有……她有些不自在的按著裙子。

如果這世界有神，她眞想問祂，爲什麼要讓女人每個月都受一次罪，在文明的世界處理月事就已經夠煩人了，在荒島上遇到月事更是讓人落魄邋遢。

她的裙子徹底毀了，尷尬的是，她也沒別的衣服可換。用跟紀筱涵借來的苦茶粉重複洗刷好幾次，也只能把汙漬弄淡無法徹底清除。柏語笙此時很慶幸，唯一在島上的活人也是個女人，彼此都會面對這一樁劫難，因此不會苛責對方無法保持清潔。

紀筱涵發現走在後頭的柏語笙有些彆扭，大概明白爲什麼她的動作那麼不自然。

看到柏語笙狼狽模樣，她發現自己並沒有得意，反而有點難過，一種物傷其類的傷感。

她們在原始海島上落難，精神卻還保持著文明人的矜持，處於一種還未完全適應新處境的尷尬狀態。也許有一天她跟柏語笙會變得像動物似的，完全不在乎得體與否，弄得到處髒兮兮也無所謂，但在那之前，她們應該都會一直跟這種每月必來的難堪和羞恥感搏鬥。

紀筱涵帶柏語笙來到一處海域。

這幾日頻繁尋找食物，讓她逐漸對附近的淺灘有了基礎的認識，有些地方水深幽暗，有些地方水淺布滿珊瑚，她領著柏語笙到比較容易撿到野味的地方。

每天退潮時，總有不少貝類附在石頭上。紀筱涵敲下海貝放入提桶。提桶是用垃圾做的，將大寶特瓶對切，並在兩旁各挖個小孔，用廢棄的繩子穿過，便成了提桶。

「我們為什麼不抓魚？」撿海味沒多久，柏語笙開始眼饞旁邊悠然游動的魚隻。

這一處海灘有許多魚優游自在的穿梭其中。看那魚肥美的肚子，只要抓到一隻晚餐就可以飽餐一頓。

紀筱涵與柏語笙一人趕魚，一人拿著自製撈網捕魚。只可惜兩人撲騰半天，甭說吃魚，連魚尾巴都沒摸到。再繼續浪費時間今天恐怕要餓肚子了，只得暫時放棄抓魚的想法。

「這些魚警覺心太高了。我們先別抓魚，不然再耗下去連晚餐都沒得吃。」

「……那今天吃什麼？」

最後還是只能撿螺貝和找椰子。

雖然與柏語笙搭檔抓魚失敗，但是有了柏語笙，兩人撿椰子的效率倒是有效提升，摘取椰子的範圍也擴大。柏語笙有雙大長腿，之前長在高處搆不著的椰子，有了她很快就摘下來了。

椰子的數量很多，但也要節制的摘取，畢竟不知道要在這待多久。

取了兩天份的椰子放回營地後，兩人又去檢查放在海邊的蒸餾器，確定裝置沒有漂走，便沿著海邊瞎撿貝類和螃蟹，再去補充柴薪，做完這些，太陽已經要下山了。

野外的生活就是這麼充實又無聊，光是找食物、取水和維持火源便占了八成的時間。

太陽快要下山時，兩人便不會再離開營地。如果走太遠，很可能錯估時間，困在伸手不見五指的漆黑中。所以她們謹慎注意太陽位置，在適當的時候返回。

吃完晚餐後，紀筱涵看著天色還沒全暗，便把旁邊的棕櫚葉砍下來，隨意編織起來。她一直很喜歡做手藝活。從挑選材料開始，讓作品在自己手中逐漸成形誕生，那樣的感覺很美好。平常下班，她最大的休閒就是上網觀看各種免費的手作教學影片，簡易的植物編織和雕刻都難不倒她。

這兒到處都是棕櫚樹，紀筱涵以前看過原住民山地嚮導用類似的樹葉編織草帽，把長梗葉撕開，葉片對折交疊編織，而棕櫚葉似乎也挺適用於這種編織法。

她們應該用這種葉子重新製作新的屋頂。畢竟用太空毯當遮蔽物只是權宜之計，之前因爲忙著尋找水源、食物，運氣也很好，沒遇到壞天氣，營地升級這事一直被延到後頭。

也許可以考慮撥點時間搭建更牢靠的小屋，至少得把屋頂弄得更能防風雨。

靠著微弱的火光，紀筱涵一邊繼續編織草帽，心裡一邊盤算著種種改建營地的想法，直至天色全黑，才與柏語笙一起躺下歇息。

夜裡，柏語笙突然驚聲尖叫。

「怎麼了！」紀筱涵馬上坐起來。

「有蟲！好大一隻，爬到我腿上！就在那兒！」

紀筱涵望過去，在月亮和火光的照耀下，依稀可以看到某樣生物緩緩移動。

「筱涵、筱涵，」柏語笙快崩潰了，「妳想想辦法！」

紀筱涵睡眼惺忪的爬起來，隨手拎起放在床頭的柴薪，把那生物往火堆的方向撥動，確定是隻毛茸茸的大蜘蛛，便又拿另一根木棍把蜘蛛夾走。

回到小棚子下，柏語笙還驚魂未定，有大蟲爬到身上似乎比其他事情還讓她崩潰。

「牠走了嗎？妳有把牠弄遠點嗎？不會再爬回來吧？」

「爬回來再弄走就好，只是蜘蛛而已……」紀筱涵迷迷糊糊道，翻身想繼續睡。

「只是蜘蛛？」柏語笙餘悸猶存，猛的拔高音量，「牠整整有兩個手掌那麼大吧？老天！」

紀筱涵真心想睡，敷衍道：「我明天再編個厚一點的大草蓆，這樣身體就不會接觸到地面了。蟲應該會少一點。」

「可是就算有草蓆蜘蛛還是爬得上來，牠的腿好長——」

「那再搭一個竹臺子，把地板墊高睡覺，蜘蛛就爬不上……」

「可是我們本來不是說明天要先去抓魚，這樣還有時間弄竹臺嗎？還是妳想……等一下！妳是不是敷衍我？別騙我，真的會做嗎？」

「會啊、會……」紀筱涵幾乎要睡著了。

柏語笙等著下文，卻聽到輕微的呼吸聲。

「……筱涵？紀筱涵？」

她竟然睡著了。

柏語笙被剛剛那麼一驚擾，徹底睡不著了。她本來就淺眠，臥房絕對要完全隔音，上好的寢具、薰香、舒眠音樂樣樣備齊，睡前像舉辦複雜的宗教儀式，要花上不少功夫才能好好入眠。霍辛格開玩笑說過她是豌豆公主，確實是啊。

現在豌豆公主躺在又硬又扎人的骯髒地上。她真的很討厭抱怨，也討厭過度自憐，但她覺得自己真的好可憐。白天的採集已經比得上她一年的運動量，她這麼努力了，卻連好好睡覺都無法辦到。

柏語笙怔怔的看著月亮，眼淚無預警掉下來。

她覺得很沮喪，一隻蜘蛛也可以讓她突然就感到憂鬱。白天明明覺得一切剛上軌道，但是隨時又會出狀況，讓她感覺自己還是很無助，壓根沒半點安全感。

月色和火光這麼亮，海潮吵鬧喧譁，樹葉草叢窸窸窣窣，真不曉得紀筱涵怎麼睡得著。本來在荒郊野外睡覺就不怎麼舒服，現在滿腦子那討厭的蜘蛛觸感，更是徹底失眠。她翻來覆去，聽著身旁均勻的呼吸聲，真有些佩服紀筱涵的心大。

正當她望著海面發呆時，卻聽到紀筱涵的聲音。

「嗯……唔、不……」

「妳沒睡？」

沒人回覆，看來只是說夢話。

這下除了大自然噪音，還多了身旁同伴的夢中囈語阻止她入眠。

柏語笙懊惱的想，明天一定要自己做個耳塞，可能得把裙子一角剪出個兩條小布團。

然後她聽到紀筱涵輕喊。

「巧卉……」

做噩夢了？

柏語笙轉過身，剛巧看到紀筱涵在睡夢中無聲落淚。淚水溢出眼眶，緩緩流下。在黑暗中，淚水因為折射月光與營火而閃爍著細小的光芒。

「不要、不要……巧卉……」紀筱涵持續低聲哀求。

柏語笙扭頭，試圖裝作沒看見。

紀筱涵的呼吸聲與囈語都很低微，卻從柏語笙摀住耳朵的手穿透而至，擾得她心神不寧。

柏語笙幾經猶豫，最後輕輕嘆息，轉身靠過去。紀筱涵因為做噩夢而雙手緊握，柏語笙把手覆蓋上去，摸著她的手背，試探性的鬆開她的手指。

說也奇怪，也許是她手指清涼，也許是溫柔的撫慰生效，紀筱涵緊握的雙手漸漸鬆開。柏語笙看著紀筱涵臉上的兩道淚痕，內心竟生出一股衝動，抬手拭去她眼角的淚水。晶瑩剔透的淚珠從她手指上滑落。

睡得還眞熟，被人這麼碰觸也沒半點反應。

紀筱涵毫無防備的睡臉顯得特別稚態，讓人彷彿有股錯覺，可以對她為所欲為。柏語笙舔了下擦掉淚珠的手指，鹹的。

見紀筱涵不說夢話了，她想挪開身子，紀筱涵卻追著她的溫度，鑽到她的臂膀底下，小小的身體靠著她，好像找到了安心舒服的地方，陷入深眠。柏語笙一愣，還想動作，可是紀筱涵迷迷糊糊的把她誤認成紀巧卉，要她別亂動，她便不敢妄動了。

大概她以前都是跟妹妹一起睡的吧，柏語笙無奈的望著夜空。

身旁的女生軟綿綿的，觸感挺好，女孩子柔軟的肌膚觸感驅散了剛剛摸到蟲的噁心感。

她的手本來僵硬的伸直，以避免碰到紀筱涵的頭，但睡意逐漸湧上，她素來不喜歡勉強或虧待自己，於是理直氣壯的把手抬起來，這下紀筱涵完全在她懷裡，她乾脆有些惡趣味的摸了下紀筱涵的背，想看看她會不會驚慌失措的跳起來。

但紀筱涵只是拱了下背，似乎還想被摸。

現在的紀筱涵特別乖巧，身體全部交付給她，這個柔軟、白皙、棉花糖般的小個子女生被她抱在懷裡。就在柏語笙剛調整姿勢之際，對方又滾近肩窩，還在她耳畔滿足囈語幾聲，兩人的姿勢親暱而舒適。

柏語笙默默發現自己好像有點喜歡這個姿勢，內心有股因爲對方的溫馴配合而升起的古怪滿意感。

爲什麼呢？她應該不喜歡別人太親熱。

還是……太寂寞了？

柏語笙累了，無法思考太多，就著這姿勢也閉上眼睛，兩人一起睡著。

紀筱涵清晨醒來，發現自己居然躺在柏語笙懷裡。

家裡床很小，她總跟妹妹擠成一團睡覺，今日也不例外。正睡得迷糊，突然發現手感不太對。「巧卉，妳減肥啊？胸都小了。」

然後她猛然睜開眼睛，發現臉靠在柏語笙的左肩，整個人被對方抱在懷中。

柏語笙像隻章魚，把她當抱枕摟住。她悄悄從她懷裡抽身，對方的手還在空中抓了下，似乎有點不滿軟綿綿的抱枕被人拿走，一副快要甦醒的模樣。紀筱涵趕緊把放在床頭的羽絨外套塞到柏語笙懷裡，柏語笙又抱著外套滾到一旁。紀筱涵落荒而逃，跑到海邊洗漱。

等她回來時，柏語笙也醒了，滿臉迷茫，手摸著脖子呆坐原地。看到柏語笙不停搓揉肩膀，正是她早上躺得很香那側，紀筱涵心虛的坐到餘火前，假裝專心添柴。還好柏語笙除了不停揉肩膀，其他倒是表現如常，應該沒印象把自己抱在懷裡了。她也當作沒這回事，討論起今日行程。

「我想了下，今天要不要改用陷阱捕魚？」

經過昨天的徒勞無功，紀筱涵如此提議。

「陷阱？可以試試，不過妳打算怎麼做？」

「我想先弄個只有單一出口的地形陷阱。我看那處淺灘就挺適合。」

昨天看到大魚在近處慢悠悠游泳，一時沖昏頭只拿簡陋工具就下水，結果鎩羽而歸。徹底了解依照兩人現在的水平，大概只能用陷阱抓魚。

誘捕裝置從既有資源回收再利用，將撿來的大寶特瓶在上半部三分之一處平切，切下來的寶特瓶頭反過來塞進原來的斷口，這樣就成了一個易進難出的簡易抓魚陷阱。

「光是這樣魚會乖乖進陷阱？」柏語笙問。

「還要魚餌。」紀筱涵刮下附在石頭上的貝類，把貝肉敲下來，丟入瓶底，希望可以引誘小魚上鉤。

足足做好六個誘捕裝置後，兩人選定一處珊瑚礁淺灘，用石頭圍出只有一個出入口的小漁場，於場內撒下貝肉，吸引魚隻游入，再將製作好的陷阱用石頭固定在入口處，之後便繼續沿著海灘撿海螺和椰子。

下午的時候下雨了。登島以來，幾乎都是好天氣，突如其來的大雨讓她們猝不及防。兩人加緊腳步回到營地，好不容易升起的火幾乎熄滅，紀筱涵趕緊張開雨傘保護火源，畢竟兩人現在還沒學會鑽木取火，如果連幾日都是陰雨天，她們就徹底沒火用了。

紀筱涵忙著保護火種時，柏語笙也趕緊把空水壺放到外頭。

因爲雨下得突然，除了水壺以外的盛水容器不多，只有之前撿的小寶特瓶可用。紀筱涵眼看裝水容器不夠用，便淋雨跑去岸邊抱著好幾個大蚌殼回來。柏語笙也如法炮製，跟在她身後一起撿貝殼，撿回後擺在地上裝水。

兩人來來回回忙了好一會，直跑到地上擺了數十個可以裝水的貝殼，後來柏語笙開始打噴嚏，紀筱涵不想她感冒又變嚴重，便一起躲回小棚子。

雖然貝殼很淺，但能裝多少是多少，這麼多淡水根本是世界上最珍貴的寶物，紀筱涵捧著臉蹲在地上，看著貝殼裡面慢慢接滿水，內心滿足。

「沒想到會下雨。」

「可惜我們沒準備更多的集雨工具，不然好幾天都不用爲水源發愁。」柏語笙頗爲懊惱。

「火也是差點就滅了……以後得做個遮雨棚保護火種。」

兩人齊聲嘆息。

「也是學到一個教訓。以後見到還可以用的寶特瓶或任何工具都帶回來吧。」

每天都會遇到不同的狀況，每天都是新的挑戰。還有很多、很多事情要做。

那天，整個下午都下著雨，收集到不少乾淨的淡水，兩人也趁機盡情喝水，總是乾渴的喉嚨，難得感受到滋潤。雨下到最後，反而讓她們開始擔心火種沒法撐下去。還好，這陣雨到了傍晚便停了，水收集到了，火種也保住。

天色快暗下前，紀筱涵去回收捕魚陷阱。

柏語笙負責照顧火種，她懶洋洋的往火堆放柴薪，遠遠就看到紀筱涵抱著捕魚陷阱，圓臉浮出淺淺的兩個酒窩，滿臉興奮。

「柏語笙，妳看！」

她得意洋洋的舉起滿載漁獲的瓶子，柏語笙也被她的快樂感染，微笑道：「撈到多少魚啊？」

「不知道，待會再數，反正我們可以加餐了！」

這次收穫豐盛，六個陷阱中一個沒固定好，蓋子鬆脫魚跑光了，剩下幾瓶皆是滿載而歸，瓶底黑溜溜一片，至少六、七條小魚擠成一團。

「這幾瓶給妳處理，魚鱗要刮掉喔。」

紀筱涵把一半的瓶子分給柏語笙，正興沖沖要處理魚隻，卻見到柏語笙還抱著瓶子發愣，似乎有些躊躇。

「妳沒殺過魚？」

「我會吃魚……」柏語笙臉一紅，「還是妳來殺吧。」

「我以前也沒殺過活魚，只有處理過市場買回來的鮮魚……這只是小魚，用石頭敲死就行了，然後用樹枝串起來烤。」

兩人大眼瞪小眼，最後還是紀筱涵一人處理全部的魚。

紀筱涵簡單用石頭刮掉魚鱗，內臟掏出，把清理過的魚串上削尖的樹枝圍著火堆燻烤。兩人靜靜坐在跳動的火堆旁，等待晚餐烤熟。

魚油掉入火中啪滋作響，空氣中隱隱約約聞到誘人的烤魚香味，這是多日以來第一次吃到熟透的魚肉。儘管肉只是單純烤熟，並沒有特殊調味，但咬下去的瞬間還是倍感幸福。

吃完飯後，太陽還未完全下山，紀筱涵抱著一顆椰子坐在樹根遙望海平面，雙腳愜意的來回搖動。柏語笙聽到紀筱涵輕聲唱歌，她忘了歌名，總之是首最近非常流行的菜市場歌，因爲太常聽到，輕易就能認出旋律。

她的聲音眞的跟小孩子差不多。柏語笙雖這麼想，卻也跟著一起哼唱起來，不會的地方聽紀筱涵唱。兩人一邊整理睡覺的區域，一邊聽著海浪拍打岩石的聲音，她們的歌聲飄飄忽忽傳到很遠、很遠的地方。

天色全黑前，柏語笙搜集許多大葉子，把葉子墊在遮蔽處下，蹲在地上慢慢排石頭。前一晚的大蜘蛛還讓她心有餘悸，所以亡羊補牢的簡單用石頭、樹幹和葉子把睡眠的區域隔離出來，至少讓昆蟲不會那麼容易爬過來。

但要眞正放心，恐怕還是得做個架離地面的床架。

紀筱涵不怕蜘蛛，但也覺得小蟲擾人，雖然生火以後狀況好上許多，還是無法完全杜絕，加上躺在地上常弄得身上都是泥沙，難以保持身體乾淨。兩人討論過後，決定每天固定撥出些時間製作架高臺，看看是不是能改善這樣的情況。

架高的方法很單純，找四根足夠長的漂流木，搭成長方形，四角綁緊作爲基本骨架。柏語笙現在不需要紀筱涵提點，也能打好基本的兩種繩結，工作速度明顯加快，兩人在吃完晚餐後不久，便完成主要架構。

明天還得搜集更多的樹皮和藤蔓，將它們平行綁到漂流木上，搭出基本的床面雛形，最後再多鋪上幾層厚重的大葉子便大功告成。當然舒適度也許還有改善空間，但至少先做出最基本的床架，以後有時間或許可以研究如何編織更舒服的草席。她看紀筱涵編了頂小草帽，那樣的工法應該也可以拿來製作草墊。

在二十四小時網拍訂購家具只要稍微動動手指，而現在僅僅一個結構簡單的小木架，便要花上兩天的時間製作。

但是心情卻有些愉快。

柏語笙想，也許是吃飽喝足，吹著清涼的海風，手裡還忙著能讓睡眠品質變好的活吧。今夜雖然只完成基本的骨架，但看著那有基本雛形的木架，柏語笙心中有股微小的期待，用自己的雙手，揮灑汗水，一步一腳印，將生活秩序重建起來，原來可以這樣快樂啊。

這是第一次，沒有累到昏睡；這也是第一次，她有餘裕思考，但想的不再是天降救援，不再是過往的美好回憶，不再是——或許明天就有人來救我了——類似這樣的僥倖心態。她要跟這座島打長期戰，要花時間把自己打理好，最好要盡量防範未來可能的災難，她要讓自己吃飽穿暖，食衣住行，一切的一切，都要更好。

柏語笙心中有很多的小小盤算，關於如何從一片狼藉的災難中重新恢復原有的生活品質。她向來不虧待自己，就算身處荒島，也絕對不例外。她要過得很好，好好活下去。

在跳動的火堆旁，柏語笙悄悄睡了，一夜無夢。

翌日，紀筱涵被窸窸窣窣的聲音吵醒。

她揉著眼起身，看到柏語笙背對自己擺弄東西。這幾天柏語笙總是比她晚入眠又比她晚起，今天這麼早起倒是有點不正常。

「妳在做什麼？」

「刷牙。」

柏語笙轉過臉來，滿嘴黑乎乎的，詭異的樣子讓她忍不住笑出聲來。

「哈哈哈，妳這樣好醜！」

「有什麼好笑的啊……」柏語笙把嘴裡的水呸掉，口齒不清的抱怨著，「爲什麼我沒帶牙刷！如果讓我重新選一個東西帶到荒島，一定是電動牙刷！」

「……那也要有插座才行。應該選水、食物或是衛星電話吧？」

「才不呢，牙齒多重要啊！」柏語笙一臉正經，「妳想想，萬一蛀牙了，怎麼辦？」

好問題，怎麼辦？難道要學古人，綁根繩子在牙根把牙齒拽下？或是用石頭敲爛，再拔下來？不管哪種方法都相當慘烈，她連試都不想試。

雖然覺得有點歪理。不過，紀筱涵也沾了些炭灰到指尖。

這法子比較原始，但確實是不錯的潔牙工具。她嘴上嫌棄，但暗自決定下回也要搜集點炭，以指當刷，清理牙齒。沒人希望在這種地方牙痛。

「用炭灰刷牙眞的會比較乾淨嗎？」

「當然。」柏語笙照鏡子，表情滿意，「妳自己看看，是不是很白。」

紀筱涵瞇眼，點點頭。其實也不太確定是不是剛剛牙齒太黑了，導致現在看起來特別白。

「稍微能看了。」柏語笙深深嘆氣，「我剛剛照鏡子簡直懷疑自己老了十歲，我的膚況從來沒這麼糟糕過。」柏語笙對著鏡子觀察自己的臉部，「太糟糕了，妳不覺得來這裡最討厭的就是不能保養嗎？」

保養？光找食物就累得夠嗆了。

「我本來就沒特別保養，而且找東西吃比較重要吧。」

「沒保養妳皮膚還這麼好？」柏語笙心有不甘捏著她的臉。

柏語笙眞是……讓人捉摸不定的女人，心情不好時冷若冰霜，心情好的時候，又讓妳感覺可以放肆靠近。當然，她清楚一切都只是這個女人給人的幻覺罷了。

紀筱涵默默承受她的魔爪攻擊，直到對方玩玩具似的把她肉乎乎的臉頰捏成包子，才拍開她的手。

「別鬧了。我肚子好餓，趁剛退潮先去找早餐吧。」

「等等，我頭髮還沒梳開。」柏語笙還在跟打結的髮尾奮鬥。

「再拖下去會很熱喔，我們今天要走滿多路的，應該趁太陽還沒出來早點出發。」

「好啦，但妳至少也把頭髮整理一下吧。」

「我梳過了。」

「在我眼裡沒有。來。」

柏語笙強制把她按在原地梳頭。紀筱涵無聊的玩著自己手指，看對方很用心在整理她的頭髮，眞不曉得在荒島打理外表有何意義。畢竟海風一吹馬上又分岔打結，但柏語笙興致盎然，她也就由著對方去。

柏語笙幫她編了兩條小辮子，綁太緊了，髮根被扯得有點痛。

找食物不行，殺魚辦不到，倒是鬼點子多。不過……紀筱涵趁柏語笙起身，把臉靠向鏡子。

其實還滿好看的。

「我們今天要去探險對吧？」

柏語笙走在前頭，紀筱涵注意到她不再像前幾天那樣畏縮，或者說這樣充滿信心的模樣才是她熟悉的柏語笙。

她們的探險，就是要沿著海岸，試著在一、兩天內走完全島。

上次紀筱涵獨自走到岩壁上，但那時還惦記著生病的柏語笙，也沒有準備好，因此並未繼續走下去。今天兩人吃完早上抓的海味湯，把椰子汁放入水壺和寶特瓶，帶上椰子、魚乾和獵刀，戴上紀筱涵編的大草帽出發了。

到了紀筱涵上次到過的岩壁上方，柏語笙蹲在地上喘氣，一副負荷過度隨時要暈倒的模樣。

「這根本就在爬山吧，淪落荒島上已經夠慘了，居然還要爬山。」

「妳好誇張……這一點也不陡吧。」紀筱涵傻眼，這麼點高度落差，柏語笙就喘得好像爬了三千公尺高山。

「不陡？嗯哼，很好，妳，果然是小野人。」柏語笙還在喘，「妳家真的不是在山上？」

「才不是。我只是比較常爬山而已。」

「騙人吧，隨身帶獵刀怎麼會是『比較常』爬山，妳根本就住山上吧！」

柏語笙話變多了，她巴不得多聊天把人拖住，以免紀筱涵又催她上路。

「妳是東部人？」

「花蓮。我外公常帶我去走步道，他喜歡山。」難得柏語笙閒話家常，紀筱涵也很主動拋出話題：「我老家就在青穗國小附近。」

「青穗？」柏語笙喃喃：「我好像聽過這個地名……」

紀筱涵盯著她的眼睛，柏語笙想了下，試探著問。

「那裡之前有舉辦過國際熱氣球比賽？好像有上過報？」

紀筱涵的肩膀垂下來。她微笑。

「大概吧，確實有過。」

柏語笙休息一會終於願意繼續走了，他們沿著峭壁走，沒多久路又接回海岸沙灘。每走過一處，兩人都很用心注意四周，說不定，再多走幾步就能看到漁船路過？或者，退一萬步，至少發現人類活動的蛛絲馬跡？她們懷抱著能得救的希望，沿著這座島走了一圈。

幻想被毫不留情的打破，這兒是遺世獨立的仙境，沒有任何人跡。

整座島比想像中大，回到原點時天色近乎全黑；島也比想像中小，大概花上一整天，沿著海岸走走停停，也差不多摸索出整座島的樣貌。

島的形狀狹長，地勢則有點特殊，呈現顛倒的F形。

紀筱涵她們所在的南方區域，是地勢較低處，有漂亮的沙灘、珊瑚礁和美麗的植被，適合居住和覓食。往北方走去會碰到稍高的岩壁，過了岩壁是一片綠色的叢林，最後地形逐漸爬升，北方就是崎嶇高聳的岩區，最高處有著白色的岩石和海鳥盤旋。

她們並沒有爬上北方礁岩區，主要是那處地勢太過崎嶇，遠遠看便寸草不生，大概除了飛鳥，不會有其他生物活動的痕跡。

回到營地後紀筱涵收穫一隻耍賴的柏語笙。

柏語笙一副力氣用盡的模樣，怎樣都不肯再起身。大約是眞的累得夠嗆，也或許是摸透她吃軟不吃硬的性子，才敢如此放肆。總之紀筱涵還是第一次見識到柏語笙無賴透頂的模樣。

「我眞的好累，今天走了整天路。好累，動不了。」

「可是我們還得撿海螺，還有回收陷阱跟蒸餾器。」

「反正不遠，妳去嘛。妳去——」柏語笙淚眼汪汪哀求。

紀筱涵這人，就是怕人軟軟的磨，連拒絕都找不到著力點。柏語笙有時候很成熟，有時候又很敢於撒嬌。如果是她，怎麼敢在這種情況下跟陌生人撒嬌，而且絲毫不害怕自己會被拒絕呢？

她抬頭看看天色，時間一點一滴在減少，她總不可能也跟柏語笙賭氣瞎耗時間。

紀筱涵搖搖頭，還是自己去回收淡水過濾器和撿海味。

往海邊走去的路上，中間又撿了兩隻夾腳拖，加上之前撿到的，共計三隻，統統都是右腳。這些衝浪客怎麼了？爲什麼都只有單腳鞋子被海浪偷走？遺落者應該都是外國人，鞋的尺寸特別大。外公的刀對付軟塑膠大材小用，她用瑞士刀順著自己的腳掌把形狀稍微修整一番，變成了合腳的新拖鞋。

之前怕腳被鋒利的珊瑚礁割破，所以在岸邊活動依然穿著鞋，但運動鞋不適合在海邊穿，沙子與海水總會滲入使鞋子悶臭。現在有了夾腳拖在潮間帶就方便多了。

再撿一隻給柏語笙做拖鞋好了。紀筱涵專心的在沙灘上找尋適合柏語笙穿的尺寸，柏語笙的呼喚被風送來。

「——筱涵。」

柏語笙滿臉興奮，向她揮手。

「快來，看我發現什麼好東西！」

紀筱涵走在崎嶇不平的珊瑚礁區，速度無法加快，她慢吞吞的模樣讓柏語笙有些不耐煩，於是換了稱呼喚她。

「——小野人！」

「都說了多少次，別那樣叫我。」

「快來啊，小野人，走快點！看我發現了什麼！」

紀筱涵氣急敗壞追上去，柏語笙卻一臉神祕兮兮的蹲在草叢後，作勢要她噤聲。

「妳不是累到不想動嗎？」

「是啊，就是坐在樹下休息，我才看到『那東西』在沙灘上移動。」

柏語笙拉著她的手，鬼鬼祟祟領在前頭，賊兮兮的舉動跟她的仙女形象大相徑庭，紀筱涵忍不住覺得有些好笑，傻笑著被柏語笙帶往前走。

「妳看。」柏語笙指向草叢另一端。

是海龜。一隻大海龜慢吞吞的在沙地上爬行，紀筱涵透過草叢可以清楚看到海龜額上的斑點和微微開闔的嘴巴。

兩人只想著一件事……肉、肉、肉、好多肉！有肉吃了。

「海龜可以吃吧？」

「應該可以……」越講越是眼睛發亮。

「我們從後面接近，把牠翻面。」

說做就做，兩人輕易的從後面擒住牠，將海龜翻面，再一人一邊把海龜扛回離營地較近的海岸料理。看著龜鰭在空中無助擺動的大海龜，難題來了。

「這次換妳殺了。」

「這、不要吧。我連小魚都不敢殺了……」

柏語笙還是堅持不想自己動手，眼看天色就要完全暗下來，紀筱涵只好退讓。

「好，我來殺……但是妳要在旁邊看著。」

柏語笙目露拒絕之意，紀筱涵搶在她之前開口。

「萬一我生病了呢？妳總有一天要做這些事的。」

柏語笙抿嘴，沒再說什麼。

紀筱涵忙完以後，回頭看到柏語笙有些心不在焉，她叫了幾聲，柏語笙才慢吞吞的走過來。兩人默默把切割下來的龜肉運回營地。

殺海龜很可怕。按在手下軀體劇烈掙扎，以及幾乎可以看出情緒的眼睛，都能清楚感覺到對方是一個有智慧的生靈。紀筱涵覺得自己並沒有想像中開心，甚至有點想哭，也感覺不那麼餓了。只是因爲這些肉必須要趕緊處理，才機械的把肉丟進鍋裡煮。

柏語笙也表情木然，沉默添加柴火，明明得到大量豐富的蛋白質，氣氛卻有些詭譎寂靜，安靜的氛圍直到把第一口龜肉送進嘴裡——人間美味。

「好好吃。」紀筱涵忍不住脫口而出。

「眞的……好吃。」柏語笙也搖晃著腦袋，滿足的露出微笑，不住點頭。心中的負面情緒被嘴裡的美味驅散了。

「如果有人在看我們，會不會覺得我們很殘忍。」紀筱涵摸著肚子。

「可能喔。」柏語笙晃著用來當作湯匙的木片。

「可是我們昨天也有吃魚跟螺肉，爲什麼不會覺得有罪惡感？」紀筱涵又咬了一口龜肉，「難道是因爲海龜比較可愛？」

柏語笙一本正經道：「但是海龜跟魚的生命價値不一樣嗎？爲什麼海龜比較可愛就不能吃牠？還是因爲海龜是保育動物不能吃？拜託，都快要餓死了哪管得了那麼多。」

「跟誰吵架啊妳？」紀筱涵被逗笑。

「幫妳吵啊。」

柏語笙坐直身體，看著她。

「妳內心很難受。」

紀筱涵點頭，「剛剛把牠殺掉時，我覺得很難過，爲什麼我要在這裡殺海龜？我根本不想殺牠。如果我沒這麼倒楣遇到海難，就不用這麼爲難了。」

「我原本也是挺不痛快的。」柏語笙坐在她對面撐著臉，點頭附和，「但是剛剛咬下去的瞬間，我突然感覺到我們跟牠一樣，處在食物鏈上很平等的位置，所以殺海龜吃很公平。」

「以前不一樣嗎？」

「不一樣。因爲現在我們沒有被文明保護，我們從文明的保護網中掉下來，落到島上的生態圈之一，變成牠們的一份子。」柏語笙歪著腦袋思索正確詞彙，「也許在魚的眼裡我們也只是毛髮比較少的猴子。」

「那魚會不會覺得我們是不同的種族，黑色猴子跟金色猴子。」

「有可能喔，魚肯定會覺得金色的猴子特別漂亮吧。」

「我看是特別臭美吧。」

柏語笙大笑幾聲，「所以可以更理直氣壯吃海龜，因爲我們也會被某種生物吃掉，每天都是處在吃與被吃的循環中，人人有獎，很公平。」

「妳講得好有道理，如果敢親自動手那更好。」

「我、嗯……我還是從魚開始練習吧。」柏語笙難得有點小心虛，「以前看電影，求生片不是常有那種主角感謝獵物賜給他食物，心懷感謝的吃下獵物這種情節嗎？說實話，以前我總覺得這種劇情特別矯情……」

「那現在？」

「我現在有點明白了。」

紀筱涵也覺得自己明白了。

她捧起龜肉湯，細細品嘗。如此豐盛美好的一餐，非常、非常感謝。因爲肚子餓而殺生，可能也是只有自己才能衡量價值，不需要別人寬恕的事情。只要還在荒島的一天，她跟柏語笙就還會繼續殺生。

爲了活下去，光明正大，堂堂正正，心無陰影的殺生。

就算再怎麼餓，胃的容量還是有限的，兩人吃飽後還剩下不少龜肉。

她們把吃不完的海龜肉掛在繩子上晾，希望可以晒成肉乾作爲儲備糧食。工作的時候柏語笙還不停嬉鬧，不停說胡話：說不定馬上就有船來接我們啦，不用晒吧之類云云。她還眞不曉得柏語笙這麼喜歡瞎扯淡。

不過她倒是不討厭柏語笙的胡言亂語，有心力開玩笑代表她們過得越來越愜意了，才能如此放鬆打趣。

糧食俱全，不缺淡水，紀筱涵有種她們的小日子過得越來越好的感覺。應和她想法似的，今天的螃蟹也特別多，兩人才走近，就看到許多在石頭縫隙間閃過的黑色影子。只要辛勤點，很快就可以搜集好今日份的糧食。

紀筱涵埋頭撿海螺跟螃蟹，努力好一會，她感覺腰痠背痛，便稍微挺直背脊休息。

「柏——」

她回頭叫喚柏語笙，才起個音，便看到幻想過無數次的鋼鐵身影。

船。

第九章

「有船！」

紀筱涵指向前方，尾聲顫抖。

柏語笙不自覺鬆開手，剛搜集的海螺散滿地。她順著紀筱涵的視線看過去，遙遠的天邊，有一艘輪船悠悠的劃過地平線往東方駛去。

「救命！看過來——拜託、救命！」

兩人奔向海邊，扯開嗓子，揮舞手臂，大喊呼救。然而距離過遠，船上的海員沒注意到她們。

「不行，他們沒看到！要用信號彈！」紀筱涵這時才猛然想起，兩人應該帶個能引起注意的東西，於是又拔腿跑回據點拿信號筒和信號槍。

這幾日在島上的生活已經漸入佳境，兩人才剛做好心理準備要在島上長期生活，誰都沒想到船突然就出現在視線範圍，自然一點準備也沒有。想當然爾，等紀筱涵氣喘吁吁跑回來時，船早跑了。

柏語笙垂頭喪氣，抱著腿坐在沙灘上望向海面。紀筱涵見狀，也清楚機會已逝，支撐她快速衝刺回來的體力瞬間消散無影，腳一軟，挫敗的跪坐在柏語笙旁邊。

兩人呆望著海平面許久，柏語笙突然有些崩潰，「爲什麼老是錯過？爲什麼老是沒被看到？我們早該弄個SOS的求救工具，我昨天說過要準備的，妳偏去弄那些海龜肉……」

紀筱涵聽她喋喋不休的抱怨，冷不防轉頭，「所以是我的錯？都是我忙著準備晚餐，打亂妳柏大小姐有遠見的計畫。」

柏語笙一愣，驚覺剛剛說話確實過於怨懟，話鋒稍緩：「我沒那個意思……我只是希望能建立一套制度，錯過救援我也很難受……」

紀筱涵語氣惡劣：「好啊，新制度，妳又有主意了？那妳說說看，是不是又要別人幫妳幹體力活的好差事？」

柏語笙皺眉，「妳能不能別那樣說話？」

「哪樣？」

「就是這樣，咄咄逼人，我又不欠妳。」

「妳沒欠我東西，妳只是很會偷懶而已。」

「我什麼時候偷懶！我承認妳體力比較好，有些事情我也確實不會，但現在我都有跟妳一起工作了。」

「妳眞以爲那樣就夠了？我只是沒有抱怨而已，永遠都是我做比較多，妳爲什麼不能主動點幫忙？我又不是妳家的僕人。」

「無理取鬧，可以不要擅自腦補嗎？覺得我沒幫忙就當場說啊？誰知道妳其實不滿意？到底幾歲啊，有事情都不能好好講？」

事情理不順、捋不清，兩人吵得臉都紅了。柏語笙更是氣得不輕，已經很多年沒有人這樣直白無禮的與她吵架。她轉頭就走，不想再理會紀筱涵。

當晚，兩人蹲在火堆旁，誰也不說話。

平常她們睡得挺近的，受限於目前庇護所還是用太空毯來當遮蔽風雨的屋頂，遮蔽面積有限，底下墊高的臺座和草席也做得不大，睡覺時肢體難免會稍微接觸到。然而今次雙方是徹底要擺臉色，都把身體縮小，用拒絕碰觸表達無聲的拒絕。

這頓悶氣延續到第二日，紀筱涵自己去找食物，柏語笙也不理她，兩人還是早起搜集食物，但各做各的。

屋漏偏逢連夜雨，前天的海龜肉風乾不成功徹底腐壞了。不知道哪個環節出問題，也許是太陽不夠大沒有晒乾肉中的水分，也許肉乾不能這樣製作，總之完全浪費掉大量肉食，儲備糧食徹底歸零，抓到海龜的喜悅頓時消散無影，一切又回到每天跟飢餓奮鬥的原點。

紀筱涵想，去抓魚好了。

用寶特瓶做抓魚陷阱她已經很熟練，沒有柏語笙幫忙也無所謂，更何況，柏語笙本來就沒幫過什麼忙。但荒島不是打開冰箱就有食物可以吃的現代社會，如果要吃魚，應該前晚或一大早就放陷阱，結果跟柏語笙一頓大吵，生活節奏全亂，沒法馬上有魚肉吃。

紀筱涵還是弄了個陷阱，午餐就先撿海味充飢。

當她拎著撿回來的海味回到營地時，看到沒有煙的篝火，頓時內心一涼。再往另一頭看過去，更是心中一把火。柏語笙抱著椰子，有點愜意的坐在向海的那側，似乎沒注意到火已經熄滅。

「妳怎麼沒顧火？火都熄了！」

「火熄了？」

柏語笙表情訝異，她見紀筱涵口氣不好，便也神色陰暗的回道：「為什麼我得顧火？我們剛吵過架，我怎麼知道妳會不會帶食物給我？」

紀筱涵先是錯愕，她從來沒想過要丟下柏語笙不顧她死活，而這人直到現在都沒完全信任她，之後是真正惱火。

「好啊！妳這麼想切割，那就分個徹底！」

甩下狠話她便走了，沿著海岸邊撿海味內心邊痛罵柏語笙。

壞心情也許會散發某種電波，紀筱涵憑著一股怒火外出採集，卻收穫不佳，半隻螃蟹都沒碰到，整個下午只多撿了點海螺，比早上收穫還差。放下的陷阱也沒撈到魚，試圖再點燃熄滅的篝火，但下午太陽不夠大，火點不起來，辛苦撿回來的海味她不敢生吃，最後只吃之前囤的椰子。

傍晚，當她挖著見底的椰肉時，柏語笙回來了。看柏語笙一副沒精打采的樣子，恐怕覓食狀況也不好。紀筱涵有點想破冰，但柏大小姐脾氣不小，看對方那愛理不理的模樣，便消了念頭，轉頭呼呼大睡。

柏語笙這個大混蛋！

從以前就是這樣，不是個好東西！

對她好權當理所當然，還會無緣無故反咬妳一口。

✦

「突擊檢查。」

路過自然科實驗教室時，有人從身後搶走紀筱涵的書包。他們把她的書包丟來丟去，讓她狼狽的來回打轉，她驚慌失措的樣子不僅沒人同情，還惹得眾人更加歡快。

「不要這樣！拜託還我！」

她拚命哀求，但那些人就是不放過她。書包裡面還有外婆親手做的早點跟營養午餐錢。

「投籃！」

書包在那群人手中耍猴似的傳來傳去。趁著她想搶回書包分心之際，用力推了她一把。

紀筱涵被推倒在地。見她跌倒了，有人惡意的坐在她背上，拿著書包的人則得意的把書包拋物線扔向垃圾桶，包包撞到垃圾桶邊緣，裡面的東西灑滿地板，她的錢包也順著撞擊力道往前滑……最後停在一雙擦得發亮的紅色淑女皮鞋前。

還在玩鬧的人群稍微安靜下來，壓在紀筱涵身上的人也不安的起立。帶頭的大孩子，滿臉青春痘，他們都叫他豆子。

豆子瞇眼問：「笙笙，也來投籃嗎？」

柏語笙彎腰拾起那個錢包，輕瞥過來，她搖搖手上的錢包，眼神對準豆子，投以甜美的笑容，然後輕飄飄的轉身離開現場，似乎既不參與也不會打小報告。

豆子愣了下，然後哈哈大笑幾聲，繼續吆喝叫喊。所有人放心下來，接續玩鬧。

「想要我們還妳書包就跑起來啊，大奶妹。」豆子擤了下鼻涕，把紙團揉成一團。

「這是什麼遊戲？」另一個人問，「跟昨天一樣嗎？」

「不太一樣。這次要丟垃圾，妳說對不對啊？垃、圾、桶？」豆子猛然轉頭看了過來，小小的眼睛竄著不懷好意的火苗。

「要丟了！大奶妹快點跑起來啊！不准漏接！」

「漏接要懲罰！」所有人興奮起鬨。

「懲罰！懲罰！懲罰！」

直到上課鐘響起他們才放過她。

紀筱涵回位子上時，老師已經在講課了。

這堂是數學課，不像嚴厲的國文老師，數學老師懶得點名，也不太在意學生晚到教室。

外婆幫她編好的小辮子已經亂到不行，衣服沾到飲料和水漬，落魄又邋遢。儘管她回教室時已稍微整理過，但看起來還是相當狼狽。

紀筱涵從抽屜攤出課本，怯怯的望向旁邊的柏語笙。柏語笙手支在下巴，金色的頭髮垂在額前專心寫筆記，好像沒注意到她回來了，儘管鄰座動靜那麼大。

紀筱涵想了下，打開鉛筆盒，唰唰唰的在筆記本上寫字，遞給柏語笙。

笙笙，可以還我錢包嗎？

柏語笙臉也沒抬，瞥眼看向紙條，好整以暇的寫下回覆。

在豆子那。

可是、可是豆子就是欺負我的人啊，笙笙……

紀筱涵在心中無聲吶喊，抬頭朝柏語笙望去，柏語笙的眼神好誠懇，並對自己合掌，似乎在表示歉意。是啊，應該就是在表示歉意沒錯，她如此解讀柏語笙的行為。

她知道柏語笙一定是不得已的，柏語笙也怕被欺負吧。沒關係，她不會怪柏語笙。因為她跟柏語笙是好朋友。

✦

啪！

紀筱涵驚醒過來，急遽喘息，驚魂未定，以為自己挨巴掌了，但並沒有，是雨，她被急促的雨水撞擊聲吵醒。四周宛如炮彈連番轟擊般咚咚作響，紀筱涵不安的坐起，柏語笙也醒了，就在她想起身出去查看時，突然聽到木頭斷裂的聲音。

「小心！」

雨水的重量壓在太空毯使梁柱斷裂，一半的屋頂垮了下來，太空毯也被撕裂，柏語笙驚呼一聲，把還在發呆的紀筱涵扯過來。

「妳還愣著做什麼！」

她念叨著，手護住紀筱涵差點被橫木打中的頭，雨從破洞處灌進來，兩人很快便渾身濕透，紀筱涵試圖修復破洞，但雨勢太過滂沱，兩人乾脆放棄修補屋頂，抱著重要物資，瑟縮在樹下躲雨。

入夜豪雨來得又快又急，且絲毫沒有停下的跡象。兩人靠近依偎，身體狼狽的縮成一團，靠著彼此的體溫度過冰涼濕透的夜晚。喧譁雨聲與打在身上的水珠使她們根本無法入眠，紀筱涵神情木然望著遠處漆黑的海面，那模樣特別茫然無助，柏語笙盯著她的側臉半晌，最後忍不住拉她的衣袖。

「進來一點，妳身體都濕了。」

紀筱涵機械式的點頭，卻沒打算移動，柏語笙看不下去她如此反應遲緩的模樣，用力把人拉近。雖然動作急躁，但關心的意味明顯。

紀筱涵看著柏語笙，跟記憶中有些相同又不完全相同的柏語笙。記憶中的她精緻、善社交、虛僞而冷酷，穿著她連牌子都不會念的漂亮衣服，永遠舉止優雅，明明是小孩子，卻被老師們小心翼翼對待，有著貴族般睥睨一切的氣質。

「筱涵？妳有聽到嗎？再過來一點，妳會感冒的。」柏語笙的臉靠了過來。

紀筱涵眨眨眼，目光聚焦在眼前的人身上。

眼前的柏語笙，除了那頭金髮和五官，其餘都不太像記憶中那個惡毒的漂亮小女孩。眼前的柏語笙累的時候會躺在地上耍賴撒嬌，常說些不著邊際的垃圾話，吃到難吃的東西臉會皺成一團。

她穿著髒兮兮的單薄洋裝，頭髮因風吹雨淋顯得凌亂不堪，目露關切，紀筱涵伸手接過柏語笙搭在頭上的太空毯，兩人默契的各執著毯子一邊，默默等雨停。

柏語笙，我能再信妳一次嗎？

雨勢雖然稍緩，不再是滂沱大雨，但還是斷斷續續下了大半夜。

坐得累了，紀筱涵不知不覺靠在柏語笙肩上，剛開始還不敢完全放鬆，後來不知道是雨聲太過助眠，還是柏語笙散發的成熟氣息給人很可靠的假象，她迷迷糊糊的小睡了一會。

接近凌晨，雨終於停了。

雨停時，紀筱涵還在夢裡。夢中她正在小廚房準備晚餐，忽然聽到電鈴聲響。她叫喚妹妹幫忙開門，妹妹卻不想走動，撒嬌著要她去。打開門，門外無人，她奇怪的左右張望。

「好奇怪啊，外面沒人……巧卉？」

轉頭跟妹妹說話，房間卻瞬間轉爲虛空，妹妹也消失無蹤，只留下她一個人……

紀筱涵遽然驚醒，雨停了，而自己竟被柏語笙的雙臂環在懷裡，柏語笙大半個身體都壓在她身上。

難怪睡夢中總有股喘不過氣的壓迫感。紀筱涵艱難的轉動脖子，左半邊身體僵硬麻木。

本想推醒柏語笙，但紀筱涵轉念一想，柏語笙不太容易入眠，昨晚處境艱辛，她肯定又是累到不行才昏睡過去。紀筱涵從柏語笙懷裡掙脫，輕手輕腳的站起來，轉動痠痛的脖子，開始整理一片狼藉的營地。

撿來的木柴都濕透了，經過昨天的豪雨，大概找不到可以引火的乾燥柴薪，今天恐怕只能吃冷食。唯一欣慰的是，除了破掉的太空毯，其他重要物資並沒有損失。營地泡過水後，遍地泥濘，腳底觸感很噁心。紀筱涵思忖著是不是該把地基墊更高，不然下次降下大雨，營地又會整個泡在爛泥中。

雨後的空氣特別清新，她深呼吸一口氣，覺得神清氣爽。不過衣服還濕漉漉的，穿在身上有點難受，她背對柏語笙，想脫下衣服擰乾。脫到一半，柏語笙剛巧轉醒，直接撞見她的脫衣秀。

紀筱涵尖叫，驚嚇之下，衣服更是卡在腋上，她窘迫不已，手忙腳亂拉下衣服，但白晃晃的雙乳還是一閃而過，柏語笙迅速挪開視線。

「抱歉！啊——」柏語笙轉頭動作過猛扭到脖子，疼得不住呻吟。

於是兩人一個脖子扭到疼到不行，一個狼狽異常的把濕透的衣服穿起來，場面一度有點亂。

慌亂過後，都把自己打理好，柏語笙才小聲埋怨。

「妳幹麼在這裡換衣服？」

紀筱涵漲紅了臉，「我沒想到妳這麼快醒來……而且爲什麼我不能在這裡換衣服，是妳自己反應太大吧！」

「確實，我是眞的嚇一跳。」柏語笙瞇起眼，不懷好意的往她胸前瞥，「誰曉得妳看起來跟小學生沒兩樣，居然身材滿好的。」

紀筱涵又羞又惱，下意識就抱起胸，狠狠瞪柏語笙一眼。明明知道對方刻意的視線只是調侃，她卻覺得臉更燒了。說起來她從小就常被人以胸部尺寸開玩笑，大奶妹、小隻馬，那些特別難聽的外號，都是圍繞著她明明個子嬌小，胸部卻特別雄偉的體態。

這大概是她全身上下最有女性特質的地方了，她實在很不喜歡被柏語笙取笑。

她咬了下脣，轉身跑走。見她又一副受刺激的模樣，柏語笙也收起笑容，面露懊惱。她看著紀筱涵離去的方向，追了過去。

「筱涵，妳別走那麼快，我開玩笑的。」

紀筱涵像隻落荒而逃的小倉鼠，沿著海岸快步走，柏語笙追在後頭。妳追我跑一段路後，紀筱涵也不惱了，還覺得這情況有點好笑。幹什麼呢，她們又不是情侶，搞得好像在玩妳來追我啊似的。

她停下腳步，看著跟在後頭的柏語笙，眼睛閃亮亮的問。

「我想弄個簡單的草棚，不然今晚沒法睡覺，妳要一起嗎？」

柏語笙愣了下，然後露出大大的微笑，欣然同意。

雨後樹林更顯翠綠，紀筱涵撥開樹叢，雨珠便撒了她滿身。她們找到了一種巨大的樹葉，葉片交叉可以編織出有一定遮蔽效果的頂蓋，兩人很快搜集好做屋頂的材料，找了塊空地著手編織屋頂。

這件事情她們很有默契了，一人整理樹葉，另一人編織，進度飛速，很快就整編出半塊草棚。工作的時候，柏語笙似乎心情很好，嘴裡哼著不知是哪國語言的歌。

紀筱涵抬頭，看著認眞編織草棚的柏語笙，在兩人的右側，是大半片幾乎完工的翠綠棚頂。晨曦如瀑灑在頂上，使柏語笙整個人都沐浴在暖光中，彷彿自身就是個發光體，淺色眼珠因爲陽光反射而金燦燦的。

畫面相當寧靜和諧，雖然這人說話常惹人生氣，但不講話時還是相當養眼。

柏語笙注意到紀筱涵的視線，「有話想說？」

「沒有。」紀筱涵收回目光。

「那我有話想說。」柏語笙放下手邊的樹葉。

「嗯？」

「說實在的，妳前天的話我還是有點在意。」

前天？紀筱涵這才回想起前天清晨的場景。

前天，她們看到船，卻錯失求救機會，兩人大吵一架，她還罵柏語笙從不幫忙，只等著享受。明明才剛發生的事，怎麼好像過了很久似的。

大概是每天都發生太多新事件，日子過得飛快，才過一天卻恍如隔世。

「我想跟妳說聲抱歉，錯過船我不應該遷怒妳。我也沒想到船突然就出現了，很懊惱自己又錯過機會，當下情緒沒控制好，讓妳掃到颱風尾。」

「本來就不是我的錯。」紀筱涵嘀咕。

「是，不是妳的錯。但讓我說完——」

紀筱涵抿嘴，壓下嘴邊的話，繼續聽她講下去。

「很多事情妳做得比我多，我知道。我很感謝妳，也很愧疚自己能力不足。我是想幫忙的，只是可能一開始會做得比較慢，給我點時間學。」

「妳明明就知道我做得比較多，還怪到我頭上。」紀筱涵還是很不滿這點，手指無意識的在地上亂戳。她孩子氣的舉動讓柏語笙失笑。

「幹麼笑？」紀筱涵氣呼呼。

「沒什麼，我發現妳笑起來也挺可愛的嘛。」

「……爲什麼突然說這個？」紀筱涵有些困窘。

臉皮眞薄啊，這個人並不習慣被稱讚。柏語笙覺得紀筱涵散發一股不懂人情世故的味道，明明求生處理事情挺冷靜，可是一遇到與人應對進退，情緒反應總是很大，像隻驚慌失措的兔子。眼睛剔透，一望到底，完全藏不住想法。這麼說有些不厚道，但捉弄她實在好玩。

被她長久打量，紀筱涵有些不自在，乾脆換個姿勢不理會對方，身後卻飄來柏語笙輕柔的聲音。

「我們別吵了。」她頓了下，繼續說：「我從來不想跟妳吵架。我會學。也許我之前讓妳有喜歡偷懶的印象，但我眞的願意參與。我有很多東西想跟妳學也想幫忙分工。」

紀筱涵摸著自己的手指，不曉得該如何應答。她好像從來沒有在衝突後跟對方這樣和平的討論，尤其對象還是柏語笙。

「那妳還殺魚嗎？」

柏語笙感到有點好笑，「妳怎麼老提殺魚？行吧，先讓我從小一點的魚試試看吧，一下就殺大魚，我嚇暈了怎麼辦？」

「那我幫妳安排每日功課。小中大魚都幫妳揀好，挨個殺，不准逃課。」她想了下柏語笙被迫站在一排魚前面的場景，莫名逗趣，自己笑出來。

看紀筱涵忽然又開心起來了，柏語笙感覺她的笑顏特別純稚，單純且易於原諒他人。

「妳眞的像個小女生。」

紀筱涵不滿，「妳爲什麼總把我說得很小似的，我跟妳同齡。」

「是嗎？」柏語笙吃驚，「妳幾年次的？」

「跟妳同年。」

「妳怎麼會知道我的年紀？」柏語笙表情狐疑。

紀筱涵不自在的摸摸鼻子，輕聲道：「我看過妳的採訪。《富豪家的祕密》有一集採訪過妳。」

「原來如此，是那次採訪啊……」柏語笙回想起採訪內容，頓時有些困窘，「那個節目其實我沒什麼興致，是有些人情要求才參加。」

想來也是。畢竟節目綜藝性質過高，主持人年紀不小，總講些不著邊際的冷笑話。柏語笙在節目中也流露出只接受採訪，不配合綜藝效果的高冷態度，導致那一期的鏡頭都擺在另一個妙語如珠的富二代身上。雖然她的顏值短暫勾起網友的興趣，但之後不再曝光，不經營任何對外公開的社交媒體，關於柏語笙的話題也就漸漸消散。

不過她就是把那一期看了許多遍，說不清是什麼微妙心態。可能是最廉價的隱密妄想：想見到以前瞧不起人的舊識，讓對方看看過得更好的自己，證明當初對自己的鄙夷是錯的。

可現實中她依然過得不怎麼樣，柏語笙卻一直往前走，她知道柏語笙是柏青集團董事長的獨生女，長大成人後更是比小時候還漂亮，有著光明美好讓人羨慕的未來。

「那麼，讓我們掌聲謝謝各位來賓！」

採訪節目的尾聲，鏡頭帶過所有來賓。她按下暫停鍵，畫面定格在故人臉上。柏語笙從沒變過，高高冷冷，誰也不討好，驕傲得毫不掩飾。那雙漂亮又冷漠的眼睛好像穿透時光、穿透螢幕望著她。被這雙眼盯著，就好像又回到多年前的座位上，這是她一輩子也忘不了的眼神。

「原來一樣大嗎……但妳有時候很孩子氣，有人這樣說過嗎？」

紀筱涵不滿咕噥：「我可不想被連殺魚都不會的人笑。」

「哈哈，幹麼那麼不情願，好像很不甘心喔？」柏語笙調笑。

笑聲漸歇，紀筱涵沒有接話，她沉默低頭，自顧自的不知道在想什麼，憋了很久才慢吞吞低聲道：「我知道妳有在進步，前天情緒上來就口不擇言，說話傷人。抱歉。」

柏語笙愣了下，露出微笑，眼神溫柔，看得紀筱涵有點不自在。

「妳應該覺得我是個拖油瓶。」

紀筱涵沒作聲，柏語笙自言自語，繼續輕聲說下去。

「剛來這兒時，我不是發燒了嗎？」

柏語笙手指把玩自己的髮尾，凝望海面，「其實我心底深處，很擔心妳會丟下我不管，所以努力撐著，腳痛或感冒發冷都不敢說。妳可能覺得這點體力活不算什麼，但那真的已經是我的極限了。我感覺妳很不耐，也許再更不耐煩一點，妳就不管我了。我連發燒都夢到妳放開手，把我丟下不管。其實我不是在怪妳，我只是覺得任何人那樣做都很理所當然……換作是我，我可能也會如此。」

她微笑，「然後我嚇醒了。醒來的時候，我摸摸頸下，發現妳不但沒扔下我，還幫我弄枕頭，身上暖暖的穿著妳的外套。我看到妳背對著我，很努力埋頭生火，弄得灰頭土臉，連我醒了都沒注意到。那個時候我突然明白了……妳不是那種會拋下別人不管的人，妳是個好人。」她頓了下，繼續說：「我也想當個好人，好好跟妳合作。我們一起活下去回家。」

「是個好人。」紀筱涵輕聲重複，「聽起來不太像稱讚。」

「那妳怎麼想呢？我想知道妳的想法。」柏語笙看著她，語氣柔和。

「……我只是，很怕一個人。」紀筱涵望著遙遠的海面，「如果妳死了，島上的活人就剩我了，所以我才照顧妳。我不知道自己是不是個好人，我只是恐懼孤獨而已。」

「筱涵，妳不用相信我是個好人。但妳要相信，我跟妳一樣害怕獨自留在島上，害怕徹徹底底孤身一人。」

徹徹底底孤身一人。紀筱涵在心底重複這句話，忍不住打了個哆嗦。

是的，這是她內心最深沉的恐懼。無人知曉，就這樣孤單的死於荒島上。

「我也很怕……剩我一個人。」

紀筱涵的聲音有些低靡，話語中蘊含的憂鬱好像順著尾音爬上柏語笙的心臟，搔得她心頭一癢。柏語笙忍不住輕輕牽起紀筱涵的手，紀筱涵顫了顫，但沒把手抽回。兩人維持這個姿勢看著海，沒人說話。過了一會，紀筱涵也回握住柏語笙的手。

這一刻，紀筱涵感受到她們連結在一起，有著相同的恐懼和渴望。害怕孤獨與死亡，渴望有尊嚴的活下去。

她們是生死與共、休戚相關的夥伴。

她們不要再吵了。

「妳還要喝水嗎？」柏語笙遞水壺給紀筱涵。

結果，兩人和好了，紀筱涵卻病倒了。

不確定哪裡出問題，也許是大前天的螃蟹沒煮熟，或是淋了一場雨。她上吐下瀉，頭痛欲裂，一瞬間便病得起不來。

明明同樣淋了一場雨，卻只有她生病，紀筱涵感到忿忿不平。她本來就只有體能比較好，怎麼能輸給那隻驕矜的金絲雀？實在丟臉。

「那我走嘍？」柏語笙說。

紀筱涵無精打采，沒回她。

柏語笙硬是重複一次，「我眞的要出發嘍，小野人？」

「去吧……天線寶寶。」

「天線寶寶？」柏語笙納悶。

紀筱涵一顆頭暈沉沉的，懶得理人，決定晚點再告訴她爲何叫她天線寶寶。

紀筱涵目送對方離去，看著瘦得像竹竿的柏語笙扛著後背包和獵刀，戴著她製作的草帽。金色長髮用藤蔓編的髮圈束成馬尾，隨著動作搖曳，一根不受控的小枝椏便會往天空翹起，遠遠看很像多了一根天線，樸素俏皮的模樣令她覺得好笑。

傻天線寶寶，頭上長草都沒發現。

好笑之餘，內心還有點擔憂，但身體狀況實在不允許她跟過去。只好忐忑的目送柏語笙獨自離去。

太陽從樹葉間的縫隙透了進來，影影綽綽的樹影在她臉上晃動。草葉屋頂昨天只做了一層，擋雨可能還不頂用，但已足夠遮陽。地板依然泥濘，還好之前有做床架，至少不用睡在泥巴中。紀筱涵躺著休息，數著天空掠過的海鳥。

她好像很久沒放鬆下來望著天空，登上島後，腦子裡也是每天轉著生存計畫，很久沒有放空的機會。

身體發冷，空氣悶燥，大熱天感冒眞是特別難受。

柏語笙，她沒問題吧……

懷著擔憂，紀筱涵不知不覺睡著了。

這一睡就是一整天，再睜眼時，她還有點迷茫，不知自己身在何處，迷迷糊糊的舉起雙手在空中亂抓。有人牽住她在空中胡亂摸索的手，冰涼柔軟的觸感刺激得她稍微清醒過來。

「醒了？」

紀筱涵有些懵，沒回話。

柏語笙見她還沒有完全清醒，便放開她的手，繼續回到篝火前工作。

紀筱涵眯著眼睛看向蹲在火堆前置放柴薪的柏語笙。即使落難至此，就算衣著骯髒無比，柏語笙的蹲姿依然很淑女，她腳邊的誘捕陷阱裡好幾隻魚擠成一團，看來收穫頗豐。

柏語笙將篝火燒旺後，便默默盯著裝魚的罐子，好像在做什麼心理準備。然後，她下定決心般倒出一條魚，拿起石頭左右瞄準半天才砸了下去，卻連魚尾巴都沒摸到，魚兒激烈的蹦跳，柏語笙自己倒是嚇得跳腳。

柏語笙見魚沒死成，苦著臉深吸一口氣，帶著從容赴義的神情慢慢走過去，小心翼翼的態度好像在靠近炸彈。她手忙腳亂的舉起石頭砸了又砸，總算成功殺了那條魚。

見她笨手笨腳完成任務，紀筱涵莞爾微笑。

柏語笙感覺到一股視線落在身後，轉身便看到紀筱涵圓圓的小臉，濕漉漉的眼睛因爲生病而流露出虛弱和依賴，顯得相當年幼。雖然紀筱涵說她們同年，但光看外表，她還是怎麼也不覺得紀筱涵是同齡人，尤其紀筱涵現在病了，特別羸弱，她便有種在照顧妹妹的感覺，語氣也不自覺放柔。

「待會就開飯了，要不要先喝點水？」

柏語笙遞水壺到她嘴邊，紀筱涵小口小口啜飲。喝完她正想誇獎柏語笙，便聽到那人說：「我剛剛殺了一條魚，今天的功課算是合格了吧？剩下的交給妳了。」

柏語笙淚眼汪汪哀求，「拜託，殺魚眞的好可怕，我需要時間平復心情。拜託。」

看在柏語笙小有進步的份上，紀筱涵決定不跟她計較，拖著不舒服的身體起身，親自處理剩餘的魚隻。殺完魚她又暈乎乎的躺回去，沒管柏語笙那邊的動靜。

沒過多久，空氣中瀰漫著誘人的香味，柏語笙拿著烤魚靠過來。

「沒胃口。」她病懨懨的縮著身體。

「多少吃點肉？我幫妳把皮剝掉……還是妳吃椰子？」

柏語笙吹涼魚肉，撥開硬皮，把魚肚靠向她嘴巴，她便小口咬著，用很慢的速度咀嚼。柏語笙撩起紀筱涵的頭髮，以免她吃到。

差不多是躺在床上讓柏語笙伺候她吃飯了，柏語笙也挺有耐心的照顧她。

「有刺。」紀筱涵皺了下眉頭，緩緩吐掉魚刺，「我不想吃了，這麼多刺。」

「有刺嗎？我沒注意到，妳小心點，別吞下去。」

也許是身體不舒服，多少會耍性子。她有點刁難，柏語笙也不生氣，還幫她擦了下嘴巴，讓她喝水解膩，感覺到涼意，又拿出羽絨外套蓋在她身上。直把她伺候完了，才回到火堆前烤自己的魚。

火焰因爲落入魚的油脂而跳動，紀筱涵看著柏語笙映照著橘紅色火光的身影，感覺到些許淚意，她似乎很久沒被人這樣細心照顧了。

不僅在島上，更小的時候也是，外公外婆過世後，她就沒有在如此脆弱無依的情況下被人照顧過。巧卉雖然待她很好，但巧卉比較像是她的精神支柱，生活上她大部分是照顧人的一方。

不管柏語笙照顧她是爲了什麼目的，她的心突然就柔軟起來。

雖是這麼想，但還是不想直接稱讚柏語笙。這人最近越來越有本性畢露的傾向，給點稱讚鼻子就能翹上天，還是點到爲止就好。

紀筱涵清清嗓子，想著多少還是要鼓勵努力幹活的柏語笙。

「今天抓到滿多魚耶。」

「大概是看到我太漂亮魚全跑出來了。才放一個陷阱就有八條喔，而且其中一條是大魚！」

「……看到妳這麼傻忍不住出來圍觀？」前言收回，柏語笙眞是欠吐槽。

「小野人，別忌妒我啦。我覺得我啊，說不定是抓魚天才。」柏語笙樂呵呵，沉浸在自己超會抓魚的幻想中，愉快的整理營地。風吹過樹林引起沙沙聲響。

不得不說，柏語笙確實有努力學習，而且進步十分神速，雖然還是不太敢殺魚，甚至要拉她這個病號起床殺魚。但至少別的部分，她可以獨立作業了。

沒有紀筱涵幫忙的情況下，柏語笙維持了整天的基本運作：椰子採摘、撿海味、設置抓魚陷阱、蒸餾水裝置的回收、撿柴薪、點燃火堆……然後徹底累癱。

「小野人我快死了。」整理完營地後，柏語笙趴在床板上呻吟，「腿都沒感覺了，我的腳一定斷了。妳幫我揉揉？」

真正的病號表示無言。紀筱涵覷一眼對方的大長腿，腳趾頭溜溜的動啊動，靈活得很，看來並不需要擔心。

柏語笙還在哀號，「快點好起來啊，小野人，只有我真的不行啊……妳再不快點好起來，我是不是又要一個人幹全部的活？天啊！我們不吃魚，啃樹皮好嗎？樹皮也挺香的不是嗎？」

柏語笙想到工作量，打心底愁眉苦臉。

「妳這不是做了一頓很不錯的海鮮湯嗎？以後就靠妳了，大廚。」紀筱涵涼涼的回應。

「我可以靜靜當個顏值取勝的花瓶美人就好嗎？」

「……哪來這麼不要臉的花瓶？還有，誰跟妳小野人，妳才星期三咧！」紀筱涵邊咳嗽邊抗議。

「不是星期五嗎？」

「是星期三，倒退兩個Level拖油瓶版本的星期五。」

「哈哈，好啊，星期三挺好的。我喜歡星期三。」

柏語笙欣然接受了星期三的綽號。人如果不要臉，那就天下無敵了。

柏．星期三．語笙好像也覺得自己今天實在太棒了，睡前興奮的跟她誇耀整天的行程，午後沒事幹，還跑去樹林中小冒險之類云云。紀筱涵想睡，聽她眉飛色舞的講話內心走神，分心注意到柏語笙明明就長手長腳，卻小媳婦似的整個人縮在一旁，似乎刻意想讓生病的自己好好躺平。

「柏語笙。」

「嗯？」

紀筱涵扯了下她的衣服，「妳過來。」

柏語笙聽話的靠過去。紀筱涵往中間挪動身體，將一半的外套蓋到柏語笙身上。柏語笙側躺在她旁邊，兩人手貼著手，親密無間。柏語笙突然摟住她的右手，頭靠著她肩膀，把她當抱枕，一副姿勢調整完畢，準備去睡的模樣。紀筱涵手抽回又被抓住，往來幾次便懶得動了，任她擺布。

兩人安靜下來，準備睡覺。

就在幾乎快睡著的寧靜中，紀筱涵突然幽幽開口：「今天躺了整天，動彈不了，我又開始幻想了。」

她的語氣虛弱而堅定。

「我希望生病只要打個電話就可以預約看醫生，我好想趕快回家。所以……」

柏語笙睜開眼睛，盯著她。

「我們不能再錯過任何一艘船。」

「我也這樣覺得。」黑暗中，柏語笙也慎重的點頭。

「我想做個烽火臺。這樣至少發現船隻時，不會亂成一團。妳覺得怎麼樣？」

所謂的烽火臺，是指隨時可以燃起濃煙，通知遠方信息的高臺。兩人都不曉得正確的國際SOS信號打法，但是如果使用鏡子向船隻不斷閃動，再配合冒煙的烽火臺，也許對方能發現這裡需要救援。

之後她們選了幾處適合的地點，試著弄出濃煙。剛開始還在苦惱要定期補充大量柴薪，恐怕要費不少功夫。後來發現塑膠類的東西，只要一點點就可以燒出又臭又濃的黑煙。

「咳、咳！快滅火！」

「啊！笨蛋！妳潑到我了！」

雖然弄得灰頭土臉，但實驗結果讓人滿意，在火堆中添加塑膠製品可以加速燒出筆直的黑煙。兩人約定好每日輪班，把照顧烽火臺放入例行工作。每天都去最高處，確保兩個烽火臺處於隨時可以點燃的狀態。

紀筱涵攤開雙手，看著手上破皮流血後凝結的痂。

人眞的好脆弱啊，只要活著就得不斷經歷各種風險，只是活在現代社會，無論如何都有一張救生網接住她們。

發生火災了，有消防車處理。肚子餓了，處處有餐廳。生病了，去醫院看病。

不過說到底，如今她們已經失去接住自己的救生網，只能在這小小的島嶼上，一點一點把破網補齊。注意船、去哪裡點火、求救信號如何送出，把所有流程演練一遍。

除此之外兩人也盡量隨身攜帶能反射太陽光的物品，以防萬一外出採集時看到船隻。她們一個帶鏡子，一個帶著已經開不了的雜牌手機，銀色背殼在太陽底下也是相當棒的反射物。

這樣反覆練習，把看到船隻的應急對策烙印在大腦裡，變成反射動作，如此一來，便可以避免因爲過度慌亂再次錯失良機。明明身後沒有鬧鐘催促、沒有人監督、沒有薪水驅動，生活卻充實而忙碌，每分每秒都爲了一個單純目的行動——活著回家。

「我覺得吵架好浪費生命喔。」紀筱涵望著大海忽然有感。

「贊成。」柏語笙用力點頭，「吵架就沒魚吃了，上次跟妳吵架我都快餓死了。」

對她們而言，浪費生命是字面上的意思。吵架眞的會浪費存活資源和時間。

「所以啊，以後如果吵架，要各退一次。」柏語笙綁緊捆著柴薪的繩子。

「妳覺得在氣頭上，有人會遵守這種約定嗎？」

「我會啊，妳不會嗎？」柏語笙挑挑眉，得意的小表情有些欠打。

「……那這次算誰先退讓？」

「當然是我，我主動找妳講話喔。所以下次換妳讓我了，嘻。」

「明明是我先讓吧！」

「不，是我——」

如果生活在一起算是同居的話，那她們眞是以島爲家的同居夥伴了。毫不相識的人同居總有摩擦，但是經過那次吵架以後，兩人逐漸取得生活的共識。

第十章

憑良心講，與柏語笙一起生活其實是件愉快的事情。

她的驕矜脾性不出現時，倒是挺好講話，也越來越有自立自強的自覺。她是貨真價實的千金小姐，但緊急狀況時，也能調整自己的心態。紀筱涵很佩服她的韌性，如果自己曾經錦衣玉食過，不知道能不能調整這種巨大的生活落差。

只是，這種綳緊的生存覺悟似乎也維持不久，糧食問題稍有緩解後，柏語笙便開始分心在某些紀筱涵覺得不重要的事情上。比如說，記錄時間。

「我們在島上過了多久？」

某天，搬完漂流木後，柏語笙氣喘吁吁的靠著木頭休息，冷不防提問。

「三個月？還是兩個月？」紀筱涵不確定的看著她，「妳記得嗎？」

「我想應該是兩個月左右。但實際天數不太記得了……」

柏語笙不知爲何好像有點沮喪，她愣愣看著蔚藍的天空，突然坐直身體。

「我想要一個月曆。」

「好啊。」

紀筱涵以爲她在開玩笑，隨口附和。誰知道第二天，柏語笙馬上著手準備記錄時間的工具。

「這種東西有什麼意義?」紀筱涵忍不住問，「我們這兩天都沒抓到魚，晚餐都快沒著落了。」

「我會做完分配的事情啦，不影響工作的。」柏語笙放軟聲調，哀求道。

「……隨便妳吧。」

每次柏語笙放低姿態，用跟以往完全不同的態度跟她說話，紀筱涵都很難拒絕。不曉得是因爲自己本來就吃軟不吃硬，還是她的行爲跟記憶中不同，讓人不知如何應對。

柏語笙信守承諾，沒拖到原本的工作，紀筱涵也就由著她去了。

柏語笙找了塊很大的黑石板，撿幾顆易於畫出白線的灰色軟石當筆，有模有樣的寫上：○○一，登島元年第一日，就這樣開始記起日子。

她通常會在晚餐結束，太陽尚未下山的空檔開始寫日誌。石頭就放在營地旁，柏語笙還特地給它蓋了個遮雨小棚，以免下雨把字弄糊。她蹲在地上，擦掉前一天的登島日，將登島日加一，然後簡單記錄當天的天氣、心情或比較特殊的事情。當然不可能詳實寫全，大部分都是用簡單的字或符號來示意。

儘管紀筱涵不太看好，但是當初兩人談好，只要不耽誤排定的工作，不干涉對方做任何事情，便也搖搖頭，不再管柏語笙。

今天，她們很早就把當日份的食物備齊，兩人便自個兒放風去了。

紀筱涵待在營地燒泥甕。她最近已經可以用泥土和火燒出餐具，她跟柏語笙都有了專用的碗盤和湯匙，正想做更大的器皿，就聽到哨聲嗶嗶響。

是求生哨的聲音。紀筱涵緊張的放下手邊東西，立刻往聲音來源跑去。才跑沒多久，就看到柏語笙好端端的蹲在林地大坑。因爲前晚下大雨，林中滿是泥地，柏語笙摔在坑底，雖然髒得要死，但似乎沒有受傷。

「筱涵，妳來幫幫我嘛。」

「妳……在幹麼？」柏語笙把自己弄得像泥人，整張臉都是黑的。

「我想把這塊石頭推出去，結果跌到坑裡了。哈。」

看不下去柏語笙傻兮兮的模樣，紀筱涵還是捲起袖子幫忙。她找了幾根棍子放在石頭底下當滾筒，兩人一個在後頭推，另一個把後面的木頭移動到前方，就這樣慢慢運石頭回營地。

「妳要這石頭做什麼?」

「當月曆啊。」柏語笙拍拍石板，「這就是我的新月曆。」

又是月曆，紀筱涵有點無語。早知道是做月曆，她才懶得幫忙呢。

「妳不是已經有那塊記心情和天氣的石板了。」

「之前撿的石板太小了，頂多只能記七天。我要能記一個月的。」

這就是柏語笙的寶貝月曆了。

當然眞正的時間已經完全不可得知，她們出門遇海難時是五月，柏語笙私自推敲應該過了兩個月，便將登島第一日當作七月一號，往後推算時間，就這樣成了完全屬於她們的島曆。

大石板被劃分出三十一個區塊記錄每日歷程，遺留下的小石板也有了別的用途。紀筱涵逐漸發現石板有其妙用，畢竟她們每天要做的事情實在太多，光靠腦袋記憶很容易遺漏，所以小石板可以記錄這些待辦事項。

小石板面積有限，當然無法鉅細靡遺全部寫上。撿柴薪、找食物這類每天必做的例行事務就不用特別記錄，只簡單記上想做但還沒空去做的事情：一朵火焰，代表還得再嘗試鑽木取火、水這個字代表要思考如何製作蒸餾器、頂字代表草棚還是會漏水，有時間得再鋪一層頂蓋……

每天早上梳洗完畢，兩人就隨意坐在石板前討論當日行程。柏語笙戲稱這是開晨會。除了日常採集，她們決定每天撥出一些時間，研究並不緊急但重要的事務。比如，如何在沒有太陽的情況下成功鑽木取火、長期儲存魚肉的辦法、探勘島嶼沒去過的地方等等。

總之，盡量拓展更多元的資源獲取方式，盡可能多了解這座島嶼。

這些事情做起來並不那麼愉快，可能一整天下來什麼成果也沒有。剛開始時，的確有種浪費寶貴時間的焦慮感，但生活品質的改善始於不起眼的小細節堆砌，持續堅持兩週後，事情有了顯著的變化：她們的庇護所變得更結實了，下大雨也能安心睡覺；沒有太陽也能弄出火，還挖了能排水的水溝，就算下雨也不再積滿泥水。生活更有品質，也有了節奏感。

記錄時間的同時，某種失落的齒輪又「喀」一聲推回軌道上。雖然這個軌道頻率與以前不太一樣，沒有準時的三餐飯點，沒有上下班打卡，但某種明確的韻律感緩緩誕生在每天的紀錄中。

最後石板空白的地方，柏語笙會隨心情寫點勵志小語，被紀筱涵戲稱「每日柏思語」。今天的柏思語是：保持心情愉快，就會漁獲多多。

沒頭沒腦，也沒押韻的純粹樂觀句式。

「妳好像很開心？」

紀筱涵發現每次柏語笙寫日誌時，心情好像都特別好，小聲哼歌，腳動來動去，情緒外顯。

「嗯，因爲是我自己安排的時間嘛。」柏語笙得意洋洋，眼睛瞇成彎月。

以前她每天睜眼便有緊鑼密鼓的安排：爸爸塞給她的、家族塞給她的、未來婆家塞給她的、社會壓力期待她做的。她本是很習慣壓縮式的生活，偶爾在夾縫下偷得一點空，做點想做的事情便覺得足夠滿足。

畢竟只要符合種種期待，便可以得到豐碩富裕的家庭物質生活。她身邊的交友圈，每個人也都是這麼過來的，她從沒想過其他生活方式。

她的身體裡面好像有座他人擺放的鐘：成長、入學、畢業、工作、找伴、結婚、生子——它決定人生的所有時刻，她也從未思索它的合理性，渾渾噩噩，照表操課，順從的按照既有體制規律過日子。

現在，這場災難毀滅一切，包含體內的時鐘，統統歸零。她這才發現原來時間其實是空白的，可以隨她恣意塗抹，甚至連時間的單位和度量都可以由她自己決定。

柏語笙突然感受到一種久違的自由。連自己都遺忘的鐐銬，因爲脫離文明社會消失了。

爲什麼我會忘記掌控時間的快樂呢？她思索了下，沒想明白究竟什麼時候就失去了自主權。

她下定決心，再也不要丟掉這份自由。

記錄時間後，日子逐漸過得穩當有序。

太陽還未升起，紀筱涵便睜開眼睛，她坐直身子的時候，柏語笙也醒了。剛起床，柏語笙一臉迷糊，不過對焦在紀筱涵身上後，她立刻瞇眼，露出微笑。

「早啊。」

「早。」

兩人海邊洗漱後，便帶上水壺和刀，身上各背兩個用繩子和大型寶特瓶製作，可以側背也能手拿的採集用提桶，往西部海岸邁進。

「我昨天做了個夢。」

「夢到什麼？」

「不記得了，但總歸是個好夢，早上還笑著醒來。我想應該是個好彩頭。」

「哦？」柏語笙開心答腔，「看來等等會撿到好東西。」

今天她們要去小寶庫。

說來這個小寶庫，還是因爲柏語笙迷路而發現的。

那天柏語笙到了晚上還沒回來，紀筱涵意識到不對勁後便出去找她，但直到天色全暗下來都沒見到人影，只好先回營地。她整夜惴惴不安，天稍亮便背著糧水又去找人，才終於尋回柏語笙。

此事雖然讓兩人嚇破膽，但驚嚇情緒退去後，倒是意外尋獲寶地。

柏語笙迷路的地方有處與營地很像的小草坡，往下走會碰到峭壁，岩石被海水劈成兩半，形成一條又長又深的海蝕溝洞。漲潮的時候，海蝕溝洞會埋入海水中，清晨到中午是退潮期，洞中留下許多漂流物和擱淺的海洋生物。

她們才剛踏入海蝕溝洞，便撿到兩張結實的漁網。有隻紅色海星被困在網裡，緩慢的在兜網中掙扎。紀筱涵心情頗好的繼續撿垃圾。

今天也是大豐收，感謝粗心大意的漁夫，感謝潮水，這裡簡直是寶窟。

兩人一右一左搜尋整條通道，撿拾可用的東西和海味。柏語笙搜索得比較快，在紀筱涵前方彎腰撿拾，光線隱約從上方縫隙照下，從後方看過去，光影打在柏語笙的後背，好像曙光色的刺青。

海水在岩壁留下深色水漬，紀筱涵就著水痕的高度比劃。這裡的潮水，滿潮時居然能淹到她額頭的位置，看起來像個致命的陷阱，但只要在安全時段來，就能海水盡退，安全無比，大自然的玄妙眞讓人讚歎。

見她向著岩壁比手畫腳，柏語笙也好奇的靠過來。

「妳撿完了？」

「還行，早餐找得差不多了。」

「不只早餐吧。看妳的表情就知道撿到好東西，給我瞧瞧。」

紀筱涵亮出戰利品：兩顆大海螺、數十顆小螺貝、三隻小螃蟹、兩張結實的漁網。還有一個幾乎沒有損毀，稍微清洗就能使用的塑膠臉盆。

「這個臉盆不錯。」柏語笙也很滿意，「以後打水方便多了，看來今天是妳收穫比較多。」

「找到妳的鑄鐵鍋了沒？」

「沒啊，妳還不幫忙找？還有鏟子跟勺子，一套的。」

柏語笙嘻嘻哈哈打趣，沒留神腳下，冷不防踢到東西，整個人撲倒在地上。

「沒事吧。」

「好痛……」柏語笙哭喪著臉，滿臉委屈。

紀筱涵把她扶了起來，還好著陸時手腳有撐住，就是膝蓋磨破皮，受了點皮肉傷。

「水下怎麼有那麼大塊的石頭啦。」

柏語笙氣呼呼的，一拐一拐走回剛剛踢到腳的地方。

紀筱涵眼尖，注意到水底反光，她彎腰拿起水底物體。是一個銀色的防水盒。

盒子不大，封得密不透風，似乎是海上活動特製的防水盒，搖晃時還可以聽到箱子裡面有物體碰撞聲，水應該沒有滲入太多。兩人費了一番功夫用石頭撬開，先看到幾張發皺的紙張，上頭本來有寫字，但因爲長期受潮已經糊掉。發皺的幾頁手寫紙底下，有一包A4大小的大型塑膠夾鏈袋，裡頭放了厚厚一疊文件。

紀筱涵翻動文件，密密麻麻寫著她看不懂的英文，中間夾了幾張照片。

「這是盒子主人的照片嗎？」柏語笙好奇的盯著看。

照片主角是一名褐髮外國男性，看起來高大挺拔，戴著海員帽。第二張則是三人合照，第三張照片又恢復成單人照。

「大概吧，他還挺帥的。」紀筱涵繼續翻文件。

「妳喜歡這種類型？」柏語笙調笑，紀筱涵搖頭。

紀筱涵從來沒想過跟誰談戀愛、交往，甚至結婚。她有欣賞的男明星，也有過在意的男同事，但僅止於此。原本她對未來的想像很單純，沒有愛人只有親人，跟妹妹一起爲生活打拚，努力存錢買套房。如果妹妹結婚了，她會住在妹妹家附近，姊妹倆平常可以走動，相互有個照應，如果沒結婚，那就繼續一起住。

不過說起戀愛對象，身爲柏語笙，該不會也跟電影裡的富家千金一樣，有個門當戶對的高富帥未婚夫？她扭頭望向正在整理盒子的柏語笙，自然的脫口詢問：

「妳有未婚夫嗎？」

「有啊。」

還眞有。

「是怎樣的人啊？」

柏語笙懶洋洋睨她一眼，放下手邊東西，玩起自己頭髮，語氣漫不經心。

「勉強還過得去的人。」

意識到柏語笙似乎不想多談，但紀筱涵還是繼續追問：「對方年長妳很多歲？」

「沒，大三歲而已。」柏語笙慵懶的伸了個懶腰，「對象是我爸決定的，我覺得他人還行。反正不管怎樣都得結婚，總要挑一個。」

「長得怎樣？好看嗎？」

「我連他的臉都想不太起來了……反正就是個不醜的男人吧。」

不醜的男人……柏語笙的說法實在太隨便了，紀筱涵覺得有必要確認一下柏語笙的審美標準。

「那妳覺得我怎樣？」

「妳啊，也是不醜的女人。」柏語笙答得很快，幾乎沒思考似的。

有夠隨便的評分標準。紀筱涵現在比較明白柏語笙的脾性，她因爲骨子裡的驕傲，有時候直率到無法想像。聽她這麼說，也不覺得冒犯，畢竟是自己主動問的，反而還有點好奇。

「那除了不醜，妳還分幾種等級啊。」

「我覺得大概就是很美、很醜跟不醜三種吧。我本人當然歸類到很美的那級，大部分人在不醜這個區間，人跟人之間的差異沒很大，其實都差不多。男人只要是不醜，外貌就過關了，但很醜的就不行了，不可能交往。」

「大致瞭解妳的審美觀了……除了『我本人當然歸類到很美的那級』這句讓人想劃個叉。」

「我實話實說嘛。」柏語笙咯咯笑著，表情頑皮，「那妳喜歡怎樣的人啊，小野人，回去我幫妳物色下。」

「白、高、個性好的金髮帥哥。」紀筱涵隨便扯個她喜歡的男明星。

「胃口不小。」柏語笙抱臂思索，「皮膚白個性好的金髮高個子——那不就只有我了嗎？」

「柏姊姊，要點臉。」

紀筱涵已經很習慣柏語笙往自己臉上貼金了，她也反駁得非常自然。

「啊，不過妳要的是男人，可惜了本小姐完全符合妳的擇偶標準。」柏語笙甩動頭髮，對她眨眼，「還是妳要改變胃口，女人也試試看呢？就差一個轉念，小野人，真命天子就在妳眼前。」

「嗯嗯嗯，還委屈柏姊姊您娶我嘍——這是航海圖耶！」

紀筱涵漫不經心聽柏語笙鬼扯，突然興奮的高舉新發現。

那是一張很精緻的區域航海圖，整齊的折起來，擺在防水盒最底下。整張地圖都是用特殊印刷方式轉印在防水材質上，所以沒有受潮，印上的文字也相當清晰，連經緯度都標示得很清楚。

柏語笙湊過來觀看，嘖嘖稱奇。

「這是太平洋、還有美國西岸……這些顏色不同的線應該是遠洋航道路線？而且這張航海圖很新，是二〇一五年的地圖。」柏語笙指了指地圖右下角的繪製日期，「上面的資訊應該還沒過時。」

「是沒錯啦，不過我們連這座島的方位都搞不清楚，光有航海圖也沒用。」紀筱涵語氣惋惜。

「沒關係，反正很漂亮，拿來貼在牆上也不錯啊，當裝飾看著也開心。」

「柏小姐，妳為什麼滿腦子都是裝飾和變漂亮這種花俏的念頭。」

「紀小姐，因為女人對生活要有點追求，就算流落荒島也要過得滋潤。」

開玩笑的同時，天空飄起了小雨。兩人趕緊收拾東西，在雨勢變大前，小跑步回營地。

她們的草棚現在變得相當結實，不再用單薄的太空毯，而是扎扎實實的用木枝與樹藤搭建出厚實屋頂。地板不僅用木頭架高，還鋪上一層草蓆，睡起來相當舒服。

整個營地也往旁擴建，除了晚上睡覺的主棚以外，左側小廣場還有兩個小棚放柏語笙的大石板和晒魚架。右邊是延伸出避雨棚活動區、儲物處和柴薪區，避雨棚底下挖了坑放炭火，這樣就算下雨也能在火堆旁活動。

因為這裡天氣變化多端，常有驟雨，棚頂會使雨水累積在營地內，淤積的泥水會淹到腳踝，兩人便在屋棚底下挖了可以排水的溝壑。順著棚頂落下的雨水便可以往低窪處排出，不至於淤積在營地中。

整個營地在這樣的規畫下，已經安然度過好幾次豪雨。

紀筱涵把今天撿回的物資卸下，見雨有點大，先不急著處理海鮮，而是走到晒魚架前拿魚乾。

現在糧食的取得已經不成問題。她們逐漸摸熟附近幾個適合捕魚的區域，島上每一處海灘都有不同特性，有的地方小魚多，適合使用陷阱；有的地方大魚多，得用更結實的網捕獲；有些地方則有鯊魚出沒。

她們學會避開危險，針對區域特性用不同的方法捉魚。

紀筱涵使用結實木棍加漁網做成捕撈網，搭配餌食，也逐漸可以直接抓取在岸邊游動的海魚。隨著她們捕魚技巧越來越熟練，幾乎餐餐都能吃到魚肉。除了魚，其他海味也越來越容易獲取。晚上她們在海邊踩到好幾次大螃蟹，意識到許多海洋生物是夜行性的，紀筱涵靈機一動，在沙灘上挖了好幾個坑洞，裡頭放著撿回來的容器，清晨再去常常看到氣急敗壞的大螃蟹在裡頭抓扒，不費功夫便獲得一頓早餐。

食物儲存方式也有了長足進步。

上次海龜肉沒晒成功，大概是龜肉太大塊，加上天氣不佳導致。她們記取教訓不斷改良，終於成功風乾魚肉，祕訣是小魚直接剖半，大魚要削薄片，並在掛起來之前，先用乾淨的葉片包住魚肉，用石頭擠壓，盡可能壓出水分。之後才把魚肉掛在通風處進行風乾，只要不要碰到連日大雨，風乾成功率目前已提升至七成。

紀筱涵悠哉的躺在遮雨棚下，這張吊床是前幾日偷空做的。迎著涼風嚼魚乾，看著外頭細雨濛濛的雨中海景，內心愜意。柏語笙坐在她旁邊，正在串剛撿回來的貝殼。她最近迷上製作貝殼飾品，老念叨著回去以後要開家只用海洋自然材料做珠寶的公司，還逼紀筱涵幫她想不知猴年馬月才開得成的公司名稱。

「美麗海洋？」

「俗。」

「靜謐海？」

「拗口。」

「珠寶加海洋……寶藍之海？」

「不夠好。海洋的意象應該可以更隱喻點。」

「柏姊姊，意見這麼多，不如妳自己想吧。」

柏語笙某次炫耀自己代表家族去孤兒院做慈善活動，孩子們都圍繞著她喊柏姊姊，表示自己相當有孩子緣，此後紀筱涵便三不五時也如此戲稱。

「沒關係啊，救難人員來之前，妳還有很長的時間慢慢思考。我不急。」

柏語笙笑著戴上項鍊，在鏡子前左看右看。

「漂亮嗎？」她問紀筱涵。

「不漂亮。」紀筱涵不想誇她，因爲柏語笙會得寸進尺。儘管她覺得這條貝殼項鍊挺好看的。

「不漂亮？至少不是很醜。有講到漂亮兩個字，四捨五入就算漂亮了吧。」

果然。柏・得寸進尺・語笙，永遠有辦法曲解她的話自得其樂。

「別玩了，妳都不餓嗎？來點魚乾？」紀筱涵把魚片遞過去，柏語笙搖搖頭。

「我想吃熱食。」

「那來煮螺肉和螃蟹？」

「好。」

午餐煮開後，紀筱涵去拿碗。

也就柏語笙毛病多，明明生活已經夠侷促了，還非要餐具齊全才肯吃飯。不過有碗盤吃熱食確實比較方便，不會燙著手，紀筱涵也就從善如流了。

紀筱涵走到儲物處。這兒搭了個小架子，底下是裝滿備用水的泥甕和瓶瓶罐罐。第二格就放著她跟柏語笙的專用食具。她們在東部的林地發現竹子。雖然那竹子因為生長在熱帶島嶼，與她在山上看到的有些不同，竹節不明顯，竹身較矮，根部集中，但一樣內裡中空，可以拿來製作叉子、湯匙和餐盤。

至於碗，之前曾經燒出幾個，但碗太厚，拿起來有點沉。加上表面不平，觸感不太討喜，老被柏語笙開玩笑說是拿水桶吃飯。她不服氣一試再試，好不容易才做出比較漂亮的成品。

她在燒新碗時，柏語笙還說，每天吃的東西就是要漂漂亮亮、賞心悅目，逼她不斷打磨外型，於是鑲著紫色貝殼的是柏語笙的碗，她的則在碗緣有一排白色心型小貝殼。

看著整整齊齊並列的兩個碗，紀筱涵內心輕輕觸動。這兒已經不是簡陋的庇護所，儼然是個有些舒適的小窩。她們的小窩。現在就算沒有救難人員來，她們也有信心可以靠自己度過很長的日子。

紀筱涵捧起碗盤，往柏語笙走去。

只是她們都沒想到，幾個月的安穩小日子，很快就到頭了。

災難總有預兆，此次也不意外。事情到來的前一天特別熱，太陽好像要把最後一點水分榨乾般炙熱，天空萬里無雲，風平浪靜，連海鳥都幾乎不見蹤跡。

翌日，風浪明顯增強。

紀筱涵去收昨晚放下的捕魚陷阱時，發現浪特別高，淹沒了平常可以踩踏的石臺，無法靠近珊瑚礁區，只得悻悻然放棄回收陷阱。她望著波濤洶湧的海面，心想：今天的風眞大。

才這麼想，就聽到柏語笙驚呼，驟然颳起的強風捲走她的草帽。高高揚起的草帽在空中無助飄動，被強風來回撕扯，最後落入海中。

望著沉沒入海的草帽，柏語笙輕道：「今天的風，有點強。」

紀筱涵嗯了一聲，望著遠方地平線。

「妳看那雲……」整個天空都被厚重的雲層遮蓋住，時不時有怪風無預警颳過，將海水捲向天空。海岸邊的棕櫚樹被風吹得沙沙作響，空中沒有半隻飛鳥，浪一波比一波還高。

「是不是有颱風啊？」柏語笙說出了她內心的擔憂。

紀筱涵雖然對颱風不陌生，但以前都是在堅固的鋼筋水泥下安然度過。颱風來時關心的是颱風假，吃著早就備好的存糧，上網查看各地災情，如果風雨比想像中小，只要當時打工不是服務業，還能用多出來的假期看部電影。

對於住在都市的她們來說，颱風不算什麼。但現在，她們即將在沒有萬全保護的情況下，面對熱帶氣旋。

風吹得更烈了，遠處的烏雲像虎視眈眈的野獸。

她們意識到颱風即將靠近後，便馬不停蹄的進行防颱準備。變天的速度很快，傍晚的時候不再只是間歇性颳風，風力不斷增強，待在草棚裡都可以聽到遠處海浪拍打岩岸的巨大撞擊聲。

紀筱涵把所有的物品依序整理好，重要物品放進包裡，背包再套上垃圾袋防止雨水滲入。兩根手持式火焰信號筒太長塞不進包裡，她便捆上好幾圈塑膠袋以防泡水。泥甕、小木棚等無法攜帶的器具除了用繩索加強結構，還綁上石頭增加重量，又用手頭上所有藤繩和漁網加強草棚，再找幾根粗壯的樹木擋在入口。做好這些時天色已完全暗下，她盡可能把能做的都做了。

柏語笙把外頭忙忙碌碌的紀筱涵喊進草棚裡面，等她們歇下時，風又吹得更厲害了。強風不停拍打草棚，呼嘯的風雨讓紀筱涵不太放心。

「害怕嗎？」

「不怕，颱風而已。」紀筱涵勉強一笑。

「我倒是很怕颱風。」柏語笙靜靜躺在她身邊，外頭的風雨喧囂，吹得棚頂嘎吱作響，「從以前就怕。」

她邊說邊靠向紀筱涵，好像回憶起童年時的恐懼。

「我小時候住的家很大……有些空曠，平常傭人多還好一點，每次颱風來的時候，整間屋子就只有幾名常駐警衛和保母，感覺更恐怖。窗外樹木被風吹得晃動，好像有鬼在外面招手，隨時要闖進來。我每次都嚇得不敢自己睡，直到小學畢業前，颱風夜都要人陪著才能睡著。」

「怕鬼的小公主啊。」

小學畢業前都如此，那不是她們初認識時都還需要人陪睡嗎？國小的柏語笙非常傲氣，沒想到也怕鬼。紀筱涵莞爾，小公主般的柏語笙，被颱風嚇得抱住棉被，那模樣肯定很可愛。

「妳還笑。」柏語笙瞪她一眼，「對小孩子來說很可怕耶。」

「那現在小公主還要人陪睡嗎？」

「不然妳以爲？現在不就正有人陪睡嗎？快來幫我暖床——」

兩人斷斷續續聊著，睡前聊天成功轉移注意力，紀筱涵迷迷糊糊的睡著了。

深夜，睡夢中她輾轉反側，睡得非常不安穩，某種冰冷的東西碰到腳，她縮起雙腳，那東西卻得寸進尺，貼著小腿肚一路漫上來，紀筱涵被凍得直打哆嗦，驚醒過來。

草棚裡到處都是水。

「怎麼可能？海水居然淹到這裡了！」

她趕緊搖醒柏語笙。

她們的小窩雖然看得到海，但離海岸是有段距離的。之前不管漲潮多凶猛，潮線都在很遠的地方。這次颱風居然可以讓大海越過好幾公尺的沙灘和岩礁，直接淹到營地裡，紀筱涵和柏語笙嚇得立刻抱起手邊東西往外跑。

才離開草棚，兩人便被狂風吹得踉蹌，海水就像黑色惡魔的手，慢慢推倒她們花了許多時間建立起的基地。兩人全身發抖，不知是冷還是怕，黑暗中路也看不太清，只能摸索著往高處走去。

「妳看！」

「我們的屋頂……」

才離開木棚沒多久，支架就垮了，整個屋頂被風粗暴掀起，捲入狂亂的風中。兩人渾身濕透，像飄搖的小船在漩渦中打轉，踉踉蹌蹌艱難移動，一直有飛揚的小樹枝撞到身上。

天色完全暗下，呼嘯的風聲宛如巨獸吼動，她們互相攙扶，往地勢更高的地方走去。

「快！去山壁那兒躲！」

山壁承受住狂風，但是相對的，風雨沿著山壁形成了由上往下吹，強烈到幾乎把所有草木都推倒的勁風。好不容易抵達山壁，比腰還粗的樹竟被狂風連根拔起，失根的粗木往下滾落，馬上就要撞向她們。

危機之際，紀筱涵眼尖發現右手邊黑黝黝的小洞，不管三七二十一，抓著柏語笙的手便往洞裡衝。沒想到她的身體居然順利的全縮進小洞裡，甚至可以感覺到背後還有空間，她可以把柏語笙拉進來。但某樣東西扯住柏語笙，就像死神抓住她的手一樣，柏語笙半邊身子怎麼也進不去。紀筱涵眼睜睜看著被風推倒的粗大滾木就要撞了過來，忍不住尖叫。

「柏語笙！」

可怕的撞擊即將到來，她拚命想將柏語笙拉進來，突然，柏語笙掙脫開她的手，把她往裡面推——不要！紀筱涵的心臟都要跳出胸口了。

下一秒，柏語笙迅速卸掉身上包袱。原來剛剛卡住柏語笙的是裝滿物資的後背包。柏語笙果斷的丟掉身後負擔，肩膀一鬆，背包落地，紀筱涵趕忙把她拉進來。

砰！

遺落在外頭的背包被巨木輾個正著。

紀筱涵這一拉，徹底把柏語笙扯進洞裡。

也是她們命大，硬擠進來以後，洞穴居然開闊起來，是個入口閉鎖，內裡開闊的小空間。

這兒與其說是山洞，倒不如說是縫隙，正好可以塞下兩名女性，高度也就到柏語笙的下巴，柏語笙沒辦法站得很舒服，必須縮著肩膀，微微蹲著才有辦法更往裡頭些，導致她整個人的重心都壓在前方的紀筱涵身上。

兩人以正面互相擁抱的姿勢，縮在山壁上小小的縫隙裡，聽著外面不停撞擊的聲音。

因爲耳朵就貼在石頭上，甚至可以聽到從遠處傳來巨大的轟隆聲響。她們好像就在暴風雨中心，雨水時不時從隙縫入口灌進洞裡，耳邊只有風的咆哮和物體被拋起的撞擊聲。

黑暗似乎永無止盡，狂風驟雨似乎永不停止。

紀筱涵的頭就擱在柏語笙肩上，她輕輕的問：「我們是不是要死了……」

柏語笙看不到紀筱涵的表情，她試圖低下頭但空間太狹窄，無法移動，只好安撫的摸著她的背，冷靜回道：「或許吧。」

「那我告訴妳一個祕密。」沒等柏語笙回話，紀筱涵兀自說下去：「我爬山總會帶著那把刀。但那刀，一開始是爲了妳而帶的。」

外頭實在太喧鬧，她墊起腳尖，靠近柏語笙輕聲低語。柔軟的唇瓣幾乎親上柏語笙，聲音稚嫩柔軟，卻說著恐怖的話。

「我那時，有好多話想問妳，所以才帶了那把刀到學校——」

她的聲音，隨著颱風猛烈的撞擊和咆哮，一起送入柏語笙的耳中。

第十一章

紀筱涵很喜歡外公家的庭院。

方形的前庭栽種了兩棵老榕樹，上頭掛著破舊的鞦韆。老樹與圍牆幾乎融在一塊，矮小圍牆圈起的小空間，四季都瀰漫著安寧祥和，與牆外世界截然不同。妹妹紀巧卉七歲後才送回外公家，當時還在北部與媽媽一起生活，所以小學時，紀筱涵的生活非常無聊，沒有半個玩伴。

小鎮上唯一的聯外公車兩小時才一班。從公車站牌走過長長的稻田，路過鎮上最熱鬧的商店街，經過學校，拐過三個街角，直走到巷子最底端，幾乎要接近後山入口處，會看到一戶人家孤零零的在郊野路旁。

那屋子的牆壁因爲過於老舊蒙上一層灰土，原本的磚紅幾乎都已褪色，屋頂爬滿青苔和藤蔓，幾乎化爲山林的一部分。門口放著一臺破舊的藍色推車，還堆積著從各處撿回來的回收垃圾，變成一個隔絕外界的小山包。

這就是紀筱涵長大的地方。

她從小跟外公、外婆相依爲命，矮牆圍起來的保護殼就是她的全世界，對外頭的事情懵懵懂懂，直到第一次上小學才初探殼外。

上學那天，外婆給她紮漂亮的小辮子，紀筱涵穿著新制服，坐在小凳子上，因爲期待上學不安分的扭來扭去，這是她生平第一次穿新衣。會與許多同齡孩子處在一塊讓她感到很興奮，此時，一切都是嶄新發亮的。

入學沒幾天，她被身旁同學嫌棄有臭味，她以為同學說的是外婆衣櫥的樟腦味。外婆的大衣櫥放了好幾年，木頭做的，加上家裡靠山，常有蟲出沒，外婆便放了樟腦丸在衣櫃裡驅蟲，衣服也因此沾上樟腦味。紀筱涵聞得挺習慣，覺得這就是外婆的味道，但同學說很臭。

之後外婆洗好制服，她便不想放進大衣櫃裡面。但每到週三是便服日，只要不穿制服，那些舊衣服還是泛著濃重的樟腦味。

小女孩不想被同學排擠，她第一次跟外婆鬧脾氣，不想穿沾上衣櫥味道的衣服。外公回家看到哭鼻子的小孫女，哈哈大笑幾聲，不知去哪弄來一個舊的小櫃子，修改一番，成了她自己獨立的小衣櫥。

外婆幫她把衣服放到新櫃子，本以為這件事便這樣罷了，幾天後，一套新衣服出現在紀筱涵床頭。

那件小洋裝是鵝黃色的，裙襬繡著白色蕾絲邊，後方的繫帶可以打蝴蝶結，唯一的小缺點是左邊腋下似乎有明顯的縫補痕跡，但外婆說是新衣服，她便相信了。

她這輩子從沒穿過這麼漂亮的衣服，班上好幾個同學在便服日都打扮得漂漂亮亮，大部分同學雖然穿著舊衣服，但至少是小孩尺寸的合身衣服。只有她的衣服，是用大人舊衣服修改過的，顯得特別寒酸。

每到便服日她便覺得有些自卑，早就希望能有漂亮的衣服穿了。

「謝謝外婆！」紀筱涵親了外婆一口。

那天晚上她興奮的睡不著，經常醒來偷看擺在床頭的新衣服，早上鬧鐘一響她便興沖沖穿去學校，想著這樣同學就不會嫌棄自己了。

「你們看！」她才踏進門，那群女生就看了過來，表情驚訝。

她們注意到自己了，這給了紀筱涵勇氣。她走到她們前面，剛要發話，便被懟得說不出口。

「妳好噁喔，穿別人丟掉的衣服幹麼？這是張品文的衣服欸，妳是小偷嗎？」

紀筱涵大吃一驚，趕緊否認：「我沒有偷，這是我外婆買給我的。」

「騙鬼喔。那件衣服我姑姑送的，我會認不出來？」

「這是新衣服……」她囁嚅著堅持。

「還是妳阿嬤去撿的啊？」

她們恍然大悟般附和。

「對啦，是她外婆去撿的吧。那衣服有破洞我不想穿，我媽就拿去丟了。」

「所以每次都跟在垃圾車後面偷垃圾的阿婆，是紀筱涵她外婆啊？」

「妳是不是也睡在垃圾上啊？喂，紀筱涵——」

她在那些討論中狼狽的逃出教室。

這時候她才明白，原來他們口中所謂的有臭味，是指這個。

之後，紀筱涵便放棄了。放棄融入班上同學，學會把自己縮小，成爲一個毫無存在感的人。她旁邊的位子空出許久，沒有人願意去坐，儘管她身上已經沒有樟腦的味道。

紀筱涵不曉得要怎樣才能讓自己跟別人一樣，怎樣才能不招來異樣的眼光，只好努力不引起任何注意。

她討厭上學，上學壓抑又無趣，不過上學偶爾也會有好事。

今天的好事，是轉來一個好漂亮的轉學生，就坐她旁邊。

柏語笙對她露出甜美的笑容，待她和顏悅色，講話還特別溫柔，她覺得應該、應該是這樣的——柏語笙也喜歡跟自己講話。

剛開始她與柏語笙講話總會緊張口吃，但柏語笙都很有耐心的側耳傾聽，聽到認同的地方會輕輕點頭。柏語笙的眼睛好漂亮，金燦燦的，裡面好像有星光，專注的盯著自己，紀筱涵有一種被人珍視的感覺。

她好喜歡跟柏語笙講話。無聊的校園生活是黑白色，現在抹上了第一筆色彩。

「然後啊，我忘了帶橡皮擦，笙笙就把她的橡皮擦分我一半，她的橡皮擦還有香味，我說喜歡這個味道，笙笙她就送我了喔。」

外婆注意到她最近越來越主動去學校，聽她講起學校的生活，總是笑得眼睛都瞇起來，格外開心。

「涵涵跟她已經是好朋友了嗎？」外婆慈祥的摸著她的頭。

紀筱涵猶豫了一下，「嗯，我跟她是好朋友喔！」

紀筱涵第一次有了想跨出圈子，討好某人的想法。

她不太明白這些心思是什麼意思，她只是很想跟柏語笙當朋友而已。即使不太會聊天，也挖空心思想話題，上課時傳小紙條給對方。班上女生在瘋明星小卡，她省下午餐費買小卡給柏語笙，雖然柏語笙好像對明星沒什麼興趣，但不管她送什麼，柏語笙都會淡淡微笑著收下，不像其他人，說她髒嫌她臭，當面把她給的東西丟到垃圾桶。

她有點喜歡去學校了。

想看看那漂亮的同桌，即使沒有什麼互動，只是坐在旁邊便覺得多了一種小小的期待。

紀筱涵想到昨天她差點忘了帶雨傘回家，柏語笙喚住她提醒落下東西，便不自覺微笑起來，雙頰露出兩個小小酒窩。

然而注意到前方聚了一小群人，紀筱涵臉上的笑容慢慢融化，抿起嘴巴，越走越慢，想從旁邊繞過去。

那些人卻圍住她，有人拉住她的背帶，不讓她走。

「大奶妹，今天怎麼這麼早來？」

她發育得比同齡人快，很早就穿起胸罩，夏天的白色制服透光，可以輕易看到背後那兩條肩帶線，坐在後面的男生總喜歡拉她的肩帶取笑她。

她所在的鄉下學校，教師資源不足，健康教育是由五十好幾的公民老師代理，老師已年屆退休，把多帶的課當偷閒的差事辦，沒有好好引導孩子們認識自己的身體變化。小孩子處於對性好奇的年紀，卻又沒有適當的基礎教育，於是肆無忌憚的以此開玩笑。

紀筱涵總覺得讓自己太過女性化是很羞恥的事情，便把自己藏在寬寬大大、看不出曲線的衣服底下，走路總是駝背，想掩蓋自己越來越明顯的胸部。饒是如此，那些人還是不放過她。

大概覺得她驚慌失措的反應很有意思，豆子爲首的幾個人很喜歡鬧她，他們行徑有些不良，沒少做欺負弱小的事情，但是說話有趣，鬼點子多，是班上的風雲人物。

一開始只是有人會拉她肩帶而已，後來他們變本加厲，比賽誰可以把她的胸罩解開。

紀筱涵有些慌了，第一時間便告訴外公這件事情。

外公扛著鋤頭，氣沖沖跑去學校理論，老師找來雙方家長懇談，那幾人在師長的視線和外公怒視下說了幾句生硬的對不起，然後，第二日開始以更隱匿的方式復仇。

「幹！拉一下肩帶也要叫老師喔，這麼秋？妳以爲我們想碰妳？」

他們不會在她身上留下證據，但是紀筱涵的東西經常不翼而飛，最後在垃圾桶找回；椅子也曾灑滿油漆，整個裙子都毀了；分組活動更是永遠找不到伴。

紀筱涵的學校生活更顯艱難，被欺負得急了，情急之下便喊：「我叫我外公來打你。」

「叫啊、妳叫啊，怕妳喔！妳外公每天都醉醺醺的，一天能醒一分鐘就不錯啦。」他們齊聲大笑。

「醉鬼外公、撿破爛外婆。全家都垃圾！」

「敢再叫妳外公，就把妳書包扔到馬桶裡。反正本來就很臭！」

「不要碰我，我討厭你！你走開，你們都走開！」

她哭喊著推開那些人，掙脫開包圍，辮子被扯掉了也不管不顧的跑回家。她邊跑邊哭，清楚意識到外公和外婆雖是自己的天與地，但在同學的評價中，卻不是那麼好。

回到家裡，燈光昏暗，她打開電燈，看到外公又趴在桌上，一旁有好幾個空酒瓶。

其實她知道，他們說的都是真的。外公清醒時，會幫忙做點手工藝，會抱著她逗弄，陪她玩耍。但外公從來沒有工作過，也不會幫忙做家務，常常跑不見蹤跡，說是要去爬山或找朋友喝酒，有一次甚至醉倒在公車站牌下，全鎮的人都把他當成笑話。

外公就是老師說的，遊手好閒的人。

「妹仔，怎麼了？阿公在忙……把燈關掉。太、太亮了……」外公滿嘴酒味，口齒不清的說了幾句，又睡著了。

紀筱涵默默將外套披在外公背上。

晚上六點後爲了省電，家裡唯一的燈就是客廳的那盞燈泡，她靠著客廳的桌子，就著昏暗燈光慢慢寫作業。今天有垃圾回收車，外婆會去市區最熱鬧的街上，推著那臺小推車，跟在垃圾車後面撿可以賣錢的回收垃圾，很晚才會回家。

柏語笙知道她被欺負，但是並不排斥跟她講話，柏語笙也不知道她家裡狀況，這讓她升起了希望：也許笙笙願意跟我做朋友。

對紀筱涵來說，不排斥，本身就是巨大的善意了。

那些女生，聖誕節會互寫卡片，下課了一塊吃飯，結伴去廁所和福利社，每天都很開心。紀筱涵也想要有好朋友，也想要有這些微小的快樂。她靠著桌子，邊寫作業邊打盹，不小心在客廳的桌上睡著了。

夢中，她跟柏語笙無話不談，柏語笙還帶她回家。

柏語笙的家就像皇宮一樣漂亮，她穿著閃亮小洋裝，頭上戴的髮箍像公主的皇冠。紀筱涵忐忑於自己的穿著，但是柏語笙抬起尖細的下巴，站在臺階上指點，傭人們便簇擁上來，把她也打扮得跟柏語笙一樣，這下她們穿得一模一樣了。

「我穿這樣好奇怪。」她不安的扯著裙子。

「不會啊，很漂亮。」柏語笙上下審視，目帶讚賞。

紀筱涵害羞的低下頭，不好意思看柏語笙。

柏語笙又展露讓人心醉神迷的笑顏，她輕輕靠了過來，語氣慎重：「筱涵，我只帶妳一個人回我家喔。」

「妳爲什麼只帶我回來，我以爲妳跟張品文她們也很要好。」

「才沒有，我只是敷衍她們——」柏語笙露出甜美的微笑，牽起她的手。

「只有妳是我最好的朋友。」

睡夢中的紀筱涵輕輕勾起嘴角，這是她做過最好的美夢。

做過那個夢以後，她便有了一個願望：好想邀柏語笙來家裡玩，想跟她一起盪鞦韆。

鞦韆據說是媽媽小時候就搭好的，她出生以後，外公又把廢棄的鞦韆重新修葺給小孫女使用。她上小學以前，除了去後山撒野、逗弄蟋蟀，最大的樂趣就是盪鞦韆。

鞦韆可以盪得好高好高，盪到最高點，伴隨著讓心臟都要跳出來的刺激，可以看到青苔圍牆外的世界，看到在外面玩的小孩、看到熱鬧的商店街，看到讓她害怕又期待的外界。

紀筱涵第一次產生想讓外人了解自己的想法，想帶笙笙看榕樹，還有盪鞦韆，想跟她聊最近喜歡的明星，還有好多好多——

生日的時候，這個隱密的願望衝破束縛，她怯生生的把邀請卡遞給柏語笙。

憑一股奇妙的直覺，她感覺柏語笙家裡應該特別重視禮數，她不曉得邀請人來家裡過生日需要什麼儀式。絞盡腦汁，也只知道需要一張邀請卡。因爲灰姑娘被邀請去王子的城堡，就有拿到邀請卡。

她特別做了一張小卡片。因爲沒錢買全新的紙張，紙材是教室布置剩下，本來要拿去回收的紙做的。她趁放學時偷偷撿回，用下課後的空檔慢慢做好。

她把小卡壓在課本中，猶豫好幾天，總算鼓起勇氣送出去。

「這是？」

柏語笙的語氣冷淡，紀筱涵有些不安的戳著手指。她甚至覺得柏語笙好像在生氣？但，柏語笙勾起唇角，笑了。

「好啊。」她用兩根指頭夾起那張卡片，放到抽屜，沒馬上看，「去妳家看看。」

柏語笙露出近乎溫柔的微笑，紀筱涵也放鬆下來，羞怯的笑了。

「外婆外婆外婆！我朋友要來家裡玩！」

巨大的喜悅像馬達燃料，讓紀筱涵一路從學校小跑步回家，她歡快的告訴外婆朋友即將來訪，外婆聽了也很開心，念叨著要先準備食材，做好吃的紅龜粿還有涼茶。

紀筱涵擔心柏語笙會嫌家裡髒亂，抱著比自己還高的掃把，拚命打掃家裡。小小的身影四處忙碌，一會把放了多年沒人整理的櫃子全都擦了一遍，一會拿布把凌亂不堪的地方都蓋住。左看看右看看，又把自己房間的床頭布偶擺整齊，還央求外婆明天不要把回收垃圾放在前庭。

小女孩忙活老半天，勉強覺得可以見客，一切到位，就等著貴客來家裡玩。

「笙笙，我家就在前面，要走一點點路。我們可以走大路，或是走我很喜歡的祕密捷徑。還是妳要吃冰淇淋？今天阿北會在巷口賣冰淇淋，我們可以買回去吃。外婆有給我零用錢，妳想吃什麼口味都可以，我請客。」

她一個人在前面蹦蹦跳跳，柏語笙跟在後面聽她介紹，精緻漂亮的臉蛋面無表情，直走到接近學校大門口時，柏語笙停下腳步。

「我想上廁所。」

紀筱涵雀躍的步伐停頓下來，她回頭望向柏語笙。

「妳要忍一下嗎？我家……」

「不要。」柏語笙果斷拒絕。

紀筱涵想了下，便把柏語笙領到最靠近校門口的廁所。

「我不想在這裡上。」

「爲什麼……」

「我會上比較久一點，不想被同學看到。」柏語笙面露羞怯，好像有點不好意思。

「妳想上大號？」紀筱涵恍然大悟，「那，我們去莊敬大樓的廁所？那裡很少人經過。」

莊敬大樓是三十年前的舊校舍，因爲建築物老舊，幾乎已經塵封，平常只有一樓廁所和儲物間有人使用。

一樓廁所只有三間。柏語笙慢吞吞的跟在紀筱涵身後，到了以後便指著最裡邊那間廁所道：「妳去看那間廁所乾不乾淨。」

「下課前都有掃除，不髒的。」

「不管，妳先去幫我看看，我看到很髒的廁所會很不舒服。」柏語笙摸著手臂，好像上頭已經起雞皮疙瘩一樣。

柏語笙各種刁鑽毛病確實不少，比如從來不吃福利社的東西，午餐只吃家裡專人送過來的熱食，有次還在教室吃牛排，對比其他人的午餐實在過於華麗。她吃飯時班上不少人會偷偷看過來，紀筱涵坐在旁邊都感到不自在了，柏語笙卻能沒事般平靜的吃飯。

因此她對廁所有潔癖倒也能理解。紀筱涵沒多想，先上前推開門。

「很乾淨，可以上。」她扭頭跟柏語笙說，但站在門口的柏語笙沒半點移動的意思。

「我覺得有臭味，妳沒看仔細吧。妳去把馬桶刷一下。」

於是紀筱涵又乖乖走進去，整個身體都進了廁所裡面，才彎腰拿起馬桶刷——伴隨幾聲壓抑的笑聲，砰的重重一聲。門關上了。

「笙笙？」

沒人回應。

她不安的拉動門把。門鎖住了。

這棟大樓，不僅特別偏遠，還因爲是舊校舍，廁所設計非常簡陋原始，最邊間的廁所，原本是放掃除用具的儲藏室，後來廁所不敷使用才改建成廁所。所以，是可以從外面反鎖的。

「門關上了，幫我開……」

話還沒說完，一盆水當頭潑進來，外頭傳來哄堂大笑。

「咳、咳！怎麼回事？笙——」

「吵死了！」

外頭的人咚咚咚的用力搥門板。紀筱涵噤聲，額冒冷汗。門外是豆子的聲音。

「笙笙、笙笙——我聽得都要吐了，有沒有想過被妳叫的人覺得很噁心啊。」豆子略顯愉快的聲音悠悠傳來。

有東西落到頭上，那盆水裡面好像有放東西。她拿下來，是張皺巴巴的紙條。

她攤開紙張，發現是自己上課寫給柏語笙的小紙條。

「聽說妳上課一直在騷擾柏語笙，妳是變態嗎？」外頭的人繼續說。

「我看看都寫了什麼啊？笙笙，下課要一起去福利社嗎……有夠無聊，換這張……笙笙，我家有鍬鞭要一起來玩嗎，哈哈哈哈超白痴還邋鍬鞭咧。再來這張，笙笙，我昨天夢到在妳家玩，妳穿得跟公主一樣，我的天啊什麼鬼啦哈哈哈哈，再看看這個……」他們大聲朗誦紀筱涵寫的紙條，「拜託有點自知之明，妳跟柏語笙哪有那麼要好，人家是在忍受妳煩她！」

隨著幾乎震破屋頂的哄堂大笑，更多的紙片從門板上方空隙撒到她頭上，最後一個體積稍大的東西被豆子當飛鏢射過來，撞上她的頭，落在地上。

是她做給柏語笙的邀請卡。

她的腦袋一片空白，根本無法出聲。卡片是用西卡紙做的，有一定硬度。邀請卡撞上的額頭，難以言喻的疼痛不停擴散到全身，直抵心臟。

心好痛。

「她怎麼都沒聲音？」

「死了嗎？大奶妹？哈嘍，呼叫大奶妹，還活著嗎？講話啊。」

「她現在什麼表情？哭了嗎？」外頭有些歡快的討論。

「不知道誒，沒聽到哭聲，我上去看。」

上方有了動靜，豆子的頭從天花板與門的縫隙間探出來，不懷好意的雙眼笑咪咪望著她。

「現在戰地記者豆子正在前線報導，看到啦、看到啦——大奶妹現在用很蠢的臉看著我，全身都濕濕的，表情很智障——啊，她哭了！沒發出聲音就哭了，跟噴泉一樣！」

「哈哈，你學得好像喔。眞的好像記者實況轉播。」

「當然，我以後要去電視臺當記者。」豆子得意笑著，轉過頭高聲詢問：「笙笙，妳要看嗎？」

他的身體遠離門框，紀筱涵看不清他在幹麼，只聽到窸窸窣窣的摸索聲。

「你也準備太齊全了吧，豆子。」

「就說我是大記者啦。」

豆子又探頭出來，這回手上好像拿著東西。

是面鏡子。

透過鏡子的反射，紀筱涵看到了柏語笙。因爲角度的關係，並沒有看到正臉，只看到側臉。柏語笙抱著手臂，漫不經心的看著門外，玩著自己的金髮。似乎注意到鏡子那端的視線，她把臉扳正，面對紀筱涵，臉上沒有半點愧疚，甚至還對她笑了笑。

「好像狗。」

熟悉的聲音如此評價。

「對啊，好像落水狗。喂，笙笙，妳要去哪？要不要跟我們去玩彈珠啊？」

豆子從門跳下來，跟在熟悉的腳步聲後頭，其他人也鬧哄哄的散了。

紀筱涵被鎖在廁所許久。正値放學時間，人聲鼎沸，還有老師的廣播聲，沒人注意到學校角落的細小哭喊聲。直到天色幾乎昏暗，巡邏的校園警衛才注意到她的求救聲。

她沒敢馬上回家。

外婆聽到她邀請朋友來家裡玩時，還露出開懷的笑顏。她不想讓外婆看到自尊被放到地上蹂躪、被欺負成這樣的自己，她不想把這種不堪帶回家，讓關愛自己的人難過。

她身心都凌亂不堪，蹲在田地旁的草叢哭了很久，才整理好心情，慢慢踱回家裡。

當她回到家時，窗戶是暗的。

通常這時間外婆應該會點起客廳中央那盞燈泡，坐在底下藉著昏暗的燈光做點手工才對。紀筱涵感到有些奇怪，在黑暗中摸索打開燈泡，看到外婆倒在地上。

「外婆！」

外婆在她生日當天過世。

已經很難說清楚時間順序和因果。也許她不弄慶生會，不被關在廁所，準時放學回家就可以及時找人求救。也許就算她準時回家也爲時已晚。但她就是無法不去想那個可能性，那個她從來沒邀請柏語笙來家裡的可能性。

她的小腦袋瓜第一次見識到所謂的「惡意」和「背叛」。

不是沒有經歷過惡毒的語言。她知道自己爲什麼惹班上女生不快，也知道豆子爲什麼一直找麻煩，她也感覺得出來自己家在村裡不受歡迎。她知道原因。

這些不友善都是直接的，所以她可以預先武裝，也不期待能從這些人身上得到溫暖。

但是像這樣，用甜美溫柔的糖衣裹起惡念，靜靜蟄伏鋪陳，只等待拿針戳破泡泡的瞬間，用滿滿的毒液淹沒她，這般精心包裝的惡意眞沒見識過。她不知道爲什麼柏語笙要如此對待自己，精心玩弄，僞裝哄騙，只爲了讓她痛苦。

紀筱涵站了起來。

她想去找外公。

她小小的世界，唯一且最有力量的存在。

雖然喝醉了像泥一樣躺在那兒很難看。

雖然被村里的人看不起。但是，這是現在唯一能保護她的力量。

外公不在家。

但那把經常放在身上的大刀擱在沙發上。紀筱涵鬼使神差的走過去，抱起獵刀。

她還沒想好要怎麼用這把刀，但她想要一個「力量」，讓柏語笙好好看著她，她要問個明白，爲什麼要這樣對她，憑什麼這樣對她。

家裡一團亂，外婆過世後，好幾個自稱是親戚的人來了，說一些她聽不懂的話，向著她搖頭。

妳外公人呢？阿田仔那個沒路用的又不見了——可憐哪——女兒不孝，阿田仔也完全靠不住，這小孩以後要給誰照顧——

紀筱涵用棉被把自己包裹起來，抱著外公的刀沉沉的睡了。第二天清晨，她靠在校門口等待，等那輛黑色的私家車出現，直等到放學鐘響了，也沒等到柏語笙。

倒是等到了那群欺負她的人。

「大奶妹，妳這幾天怎麼都沒來學校？」

「關一下廁所就不用來學校喔？這麼好？」

她看著那群人，駭人的冰冷從心底深處傳來。

「怎麼，那什麼眼神啊？妳有什麼不滿？」

她抖開包著刀的布。

「幹、幹麼啊。」

幾個膽小的人卻步了，只有豆子挑釁的靠近她。

「神經病，拿刀想幹麼，我叫老師喔！」

「你叫啊，我先殺了你！殺了你！」

尾音的「殺了你」因為壓抑許久，被迸濺出的恨意濃縮成幾不成調的絕望尖叫，這樣的聲音，從一個小女孩嘴裡聽到，讓人感到格外恐怖，所有人都嚇得後退一步。

紀筱涵用力拔刀，獵刀很重，出鞘後立刻墜在地上。她吃力的雙手握刀，胡亂揮舞，外公的大獵刀根本不是她年幼的身體可以駕馭的，她幾乎被刀子的重量帶著跑。

饒是如此，不受控的大獵刀在空中劃來劃去，也讓那群孩子嚇得四處逃命。

「操，瘋子！殺人了——」整群人鳥獸散，豆子還因為跑太快絆到腳，跌倒在地摔個四腳朝天，又踉踉蹌蹌的逃竄，就怕她持刀砍過來。跟小時候她被欺負，外公趕來搭救時一樣的效果。

紀筱涵一個人留在原地，看著豆子那狼狽不堪的樣子笑了。笑著、笑著，一絲不甘心的眼淚又從眼角滑落。

她望著沒有任何車輛經過的路口，啜泣著擦掉眼淚，拖著大獵刀，慢慢走回家。

聞風趕來的大人們逮到她，從紀筱涵手中奪走獵刀。

關於她家的風評更差了——那小孩跟她外公一樣衝動，全家都有問題，還想砍我兒子。她外公怎麼會讓那麼小的孩子拿到刀呢，眞是——

現在她終於是這個破爛家庭理所當然的成員了，才幾歲就持刀想傷害同學，刑事紀錄沒有她，但是鄰里的人全都記著，在她身後指指點點，偷偷說著不希望小孩跟她同一個班。紀筱涵任憑別人去說，上課總是望著窗外發呆，比平常更加沉默寡言。

那群人徹底把紀筱涵當空氣，雖然時不時還有語言冷暴力，但不敢再欺負她，也沒人再對她動手動腳。也許是她拔刀的神情很可怕，好像眞要豁出性命似的；也許，柏語笙消失，讓那群男生失去試圖取悅的對象。反正，外公的刀再度幫了她。

從那時候起，紀筱涵的心中升起某種微妙的安全感，好像帶著外公的刀，也得到了同等的保護。

柏語笙再也沒出現過，她一方面覺得惆悵，一方面又覺得本該如此，柏語笙與這個鄉下地方格格不入，她是誤闖鄉間的精靈，隨時都會飛走，回去眞正屬於她的地方。

儘管柏語笙傷害了自己，但紀筱涵眞心覺得，柏語笙不應該出現在這兒。

她內心很多想問柏語笙的話，經過時間沖刷，質疑和怨懟逐漸腐爛在心中，凝固成類似石頭的東西，平常不會去碰觸，但回想起那些被人蔑視踐踏的記憶，心口還是隱隱作疼。

紀筱涵再沒有看過這位漂亮又有些壞心眼的同窗，直到多年後，在昏暗天色和洶湧浪潮下，她在救生筏上又看到那張臉。

✦

對紀筱涵來說，這是古怪的一夜。

狂風暴雨中，她縮在山壁的隙縫中，被柏語笙抱在懷裡，說出藏在心底許久的往事。柏語笙下巴靠在她肩膀上，默不作聲的聽著，不停調換姿勢，好像很不安似的。她可能有某些反應，但夜色太黑、山洞太窄，紀筱涵看不到，也不想看清柏語笙的表情。

如果柏語笙再勾起蔑視的笑容，她們就不可能再像這幾個月那樣友好相處，也許她真的會、真的會——

她斷斷續續說著，一會跳到慘澹童年，一會又被猛烈的碰撞聲拉回現實，時空不停交錯，宛若漂浮在迷離的夢中，細碎獨白在狹窄的岩洞裡迴盪，像夢中囈語。最後紀筱涵不再說了，靠著柏語笙安靜下來，疲憊的睡著了。外頭的風雨逐漸停歇，不知何時，沒有再聽到草木碰撞的聲響。

柏語笙撐起身子，碰醒搭在身上睡覺的紀筱涵。紀筱涵迷迷糊糊的睜開眼睛，看到柏語笙身後一束光透了進來。天亮了。

打一開始進入縫隙中，紀筱涵便感到右手背碰到某樣東西。那玩意有著冰涼光滑的觸感，剛開始她以為摸到蛇的鱗片，抱著必死的覺悟，將埋在心底的話都說了，卻發覺手邊那東西不是蛇，手感有點像玻璃。她緩緩摸索，最後發現是個瓶子，便握住瓶口，打算離開時順便帶走。

柏語笙奮力推開擋在入口的斷枝殘木，全身都沾上濕漉漉的水氣。因為傾盆大雨洗刷空氣特別清爽，太陽遠遠的在地平線上還未完全升起，隱隱約約透出光芒，蔚藍色的天空沒半片雲朵。

「不走嗎？」柏語笙見她還縮在洞穴裡，向她伸手。

紀筱涵盯著她的掌心，慢吞吞的牽了上去，好像一切沒發生過那樣。

柏語笙走在前面，紀筱涵不遠不近的跟著。她看到柏語笙手中有金屬色澤的閃光，是那塊放在手提包裡面的機芯。

不知道為何那麼重要，連逃命都緊抓不放。

她又看看從山壁中撈出來的玻璃瓶。非常厚實的玻璃瓶，不知道塞在裡頭多久了，因為長期置放於陰濕的地方，瓶身爬滿了綠苔，看不太出瓶子內裡。

紀筱涵好奇的搖了搖，裡面似乎還有東西。不管裝了什麼，光是瓶子本身就很不錯，可以拿來裝水。紀筱涵便一路抱著，打算帶回營地。

外頭真是亂得可怕。

彷彿有巨人在島上劇烈猛跳過，觸目所及無一物完好，所有的東西都被踩躪得不成樣子。大樹橫倒在地，巨石生生搬移到好幾公尺外，斷裂的草木和樹葉在地面上鋪成凌亂的五花地毯。紀筱涵愣愣看著眼前一片狼藉，還沒來得及發表感想，便聽到身旁的人突然輕輕的、有些小愉悅的笑了。

柏語笙轉過頭來，對上紀筱涵莫名其妙的臉，無辜叫了聲：「喵。」

「……幹麼？」

「我啊，覺得我是貓。」

「啊？」

「妳也是貓。」

「講人話！」

「我們都是九命怪貓。」柏語笙往前走，爬上七橫八豎的斷木堆，開懷喊道：「妳看這種暴風，太驚人了！這都殺不死我們，以後會更好的！」

紀筱涵呆看這位大小姐發表不知哪來的心得體悟。

「我們要不要再尋個更好的地點當基地？牆壁和屋頂也得做得更好，剛好有很多被吹斷的樹木，省掉砍樹的時間了，或用燒泥甕的方式做些泥磚——」

柏大小姐幹勁滿滿，不停發表劫後餘生的感言，還向她討要東西。

「筱涵，瑞士刀還在嗎？」

紀筱涵摸摸口袋，瑞士刀安然無恙的躺在後口袋。她遞給柏語笙。

柏語笙接過去，然後在她的視線下，悠悠哉哉的開始摧殘自己那頭漂亮的金髮。

「妳幹麼！」

「咦？」柏語笙一副何必大驚小怪的臉，「妳喜歡我留長髮？」什麼問題啊。

「不喜歡。」

「那我剪掉應該沒關係吧。」

「不是！好端端的，幹麼突然剪髮。」

「就是覺得……死裡逃生，心情到了，正適合嘛。」

好吧，她是徹底無語了。

眼看柏語笙毫不手軟、大手大腳的把頭髮割斷，她看著都有些心疼。這麼漂亮的長髮……

早知道剛剛對柏語笙說喜歡長髮就好了。但柏語笙會在乎嗎？會因此就不剪掉頭髮嗎？算了。

柏語笙樂呵呵的繼續剪，她摸了下清爽的後頸。

「我爸看到肯定抓狂，他覺得女人頭髮剪太短沒個樣。」她看著手中的髮絲，突然燦笑，把頭髮用力撒向空中，「不過呢——管他的。」

柏語笙的頭髮在空中飛舞，好像天使散落的金色羽毛。

「好看嗎？」她對紀筱涵微笑，展示新髮型。

柏語笙可真捨得，一下手就把長到腰部的長髮剪到耳下。不過她的長相非常柔美，即使頭髮剪得很短，也不失女人味，還顯得有些俏麗。若再穿個套裝，就有點幹練菁英上班族的味道。

被柏語笙瘋瘋癲癲的打岔，她的憂慮和忐忑全消失了。

這人眞是越來越怪了……

紀筱涵跟在柏語笙身後掩嘴偷笑，見那人悠哉的在廢墟中漫步，心情也放鬆下來。她也比較喜歡這樣的柏語笙。

是的，這樣就好。

預期外的傾訴，是一種短暫且不合時宜的衝動，對生存毫無幫助的情緒宣洩。

她才踏出山壁便開始後悔，剛剛幹麼說那些呢。畢竟，她都多大了，其實已經好久、好久沒想起小柏語笙和年幼的自己。

把欺負自己的惡毒小女孩當作其他人，再將眼前的柏語笙當成另一個，她不討厭……甚至還有點喜歡的夥伴。她這幾個月來便是這樣處理心理衝突。

她永遠不原諒以前的她，但可以跟現在這個人相處。

便這樣吧。

她們費了一番功夫才找回營地所在之處。

這次可謂損失慘重，原本的營地被風暴徹底夷平，連一丁點原本的樣子都找不到，是靠著營地旁邊那棵望海的大樹才勉強辨識出位置。

雖然離營時有帶走最重要的物資包，但躲進石隙時背包落在外頭，整個泡在爛泥裡，信號槍盒子是受力的中心，徹底被壓爛了，放在裡頭的信號槍和信號彈再也無法使用。太陽能海水蒸餾器也不知道被吹到那兒去了，唯二的信號火矩也只剩一把。

外公的刀，倒是落在岩隙裡，除了刀鞘有點髒以外，奇蹟似的沒任何損壞。

兩人新選了一處視野良好的平臺，推開橫木落葉，勉強打掃出一塊空地當暫時居所。好幾棵椰子樹被連根拔起，滿地摔破的椰子。她們優先撿落在地上還能吃的部分，反正都落到地上了，不吃也會壞掉。搜集好後，兩人便分開行動，紀筱涵繼續收拾營地，整理出還可以用的東西。她在倒塌的樹木間撿到一顆滿大的鳥蛋，她把鳥蛋放在獵刀旁邊，心想如果待會柏語笙沒抓到魚，便可當晚餐。

不過柏語笙倒是收穫頗豐，颱風把大魚沖到淺灘，魚隻擠在水窪中特別好抓。當她帶著漁獲回來時，紀筱涵也搭好一個簡單的小草棚了。

兩人相視而笑。

這場災難帶著輾平萬物的氣勢橫掃而來，她們卻像頑強的雜草，雖然差點被吹得連根拔起，但等風暴離去後，又悠悠站挺，繼續走在原本的軌道上，沒有輕易被擊潰。

雖有滿地樹枝，但都太潮濕了，今天沒法升起篝火。不過這對她們倒不成問題，曾幾何時，嬌嫩的柏語笙已經敢在沒火的時候生吃魚肉了。她慢慢舔著手上的魚血，做得行雲流水，自然無比，像個生於荒島的野人。

傍晚，她倆帶上生魚片和椰子，把海灘打理出一小塊乾淨的地方，坐在夕陽下享用晚餐。

「比想像中還快就整理好了耶。」柏語笙開心的啃著晚餐。

「想得美，只是整理好暫時睡覺的地方。事情還多著呢。」

「哎呀，讓我做點美夢也不行？明天的事情，明天再煩惱就好了。」

柏語笙眉眼彎彎，毫不擔心的自信模樣，讓紀筱涵的內心也飛揚著劫後餘生的雀躍。她好像有點習慣了。突如其來的災厄莫名其妙就砸在頭上，像惡作劇的孩子，心血來潮便推倒她們好不容易建立起的生活秩序。不過，那又怎麼樣呢？她跟柏語笙總會找到自己的方式繼續生存下去，這是她們多次重新站起來所累積的奇妙信心。

接下來可有的忙了。

要好好規畫新家，能防颱防雨排水，平常要住得舒適，特殊時期則能度過類似這次強度的颱風；還得趕緊做出新的蒸餾器，雖然原本的海水蒸餾器丟了，但她們內心並不害怕，基本原理已經釐清，只要抓緊三大原則：加熱海水、隔離鹽分、搜集水蒸氣，柏語笙跟她一定可以想到辦法做出可用的成品；食物儲備統統歸零了，明天得多抓點魚。

是的、是的，這麼多要緊的事，哪有時間憂愁傷感呢。

還好柏語笙沒把那些話放在心上。

還好——

「不過啊……我以前真不曉得妳有個妹妹。妳從沒提過。」柏語笙說。

紀筱涵抬頭，看到輕鬆、嬉鬧和愜意從柏語笙臉上慢慢淡出，看似平靜的氛圍，卻透著點山雨欲來的意味。橘色夕照映照在柏語笙臉上，發出金紅光芒的半張臉，是她有點瘋有點傻的夥伴；而另一半的臉，則隱沒在陰影下，使得臉上表情晦澀難懂，更接近那個坐在她旁邊的轉學生。

第十二章

「她七歲才回老家住。」

紀筱涵摸了顆小石頭，往海的方向丟去。

「巧卉那時還跟我媽住在臺北。」

兩人語氣輕鬆，似乎只是普通的閒話家常。

「怎麼沒跟妳媽一塊走？」

「我媽不想。聽說我小時候很難帶，怕黑又愛哭，晚上還非要大人抱著才能睡。巧卉從小就討喜，幾乎不哭鬧，見人就笑，我媽就只帶了巧卉在身邊。後來她再婚，便又把巧卉送回外公家。我見到巧卉時，覺得她好像也沒被照顧好。」

紀筱涵淡淡微笑，好像想起了多年前與妹妹第一次相見的畫面。

「我比較慢熟，但跟巧卉第一次見面就感覺很親近，她總是憨憨笑笑的，特別可愛。我媽呢，沒什麼存在感，小時候我以爲媽媽這兩個字指的是我家的紅色電話筒，因爲外公總指著話筒說媽媽來了。」

「妳爸呢？」

「我爸媽還是高中生就生下我，他們也沒結婚，沒幾年就散了。後來聽說我爸跑去道上混，被仇家用刀劃破肚子，死於鬥毆。我媽很早就離家去大城市工作，她偶爾會打電話來要錢，外公外婆走後，我再也沒有她的消息。」

柏語笙安靜聽她說，紀筱涵從沒跟外人講過這些事，此時有個契機，便一股腦兒的傾倒。

「我常在想，她爲什麼要生下我跟妹妹，不會養的話，一個也就夠了，爲什麼還要生呢？但也還好有生，我跟巧卉感情很好，她是我……唯一的家人。」

「看得出來，妳們感情很好。」柏語笙點點頭，「妳講話好像有點口音，有原住民血統？」

「沒有。但我外公很喜歡原住民的生活方式，他總開玩笑說自己上輩子應該是個泰雅族的山豬獵人。那把獵刀是一個山地朋友送的，外公很寶貝，每次外出總會貼身帶著。外婆去世後，他更是每天喝得醉醺醺。有一天，他跟我說要上山走走，便再也沒有回來了。雖然動用全村的人一起搜山，但什麼也沒發現，直到有人爬上我老家那裡的老人岩峰頂，才在岩石上找到外公的獵刀。誰也不曉得最後他見到什麼，又發生了什麼事情。可能是因爲他沒有墳墓……我的意思是，外公雖然有一個空墳放在外婆旁邊，但我總覺得他眞正歸屬的地方是山上，只是還沒有回家罷了。我以前心情不好就會帶著外公的刀去爬山，那讓我覺得跟他很接近。」

向晚的潮水變高了，浪打在很近的地方有些許涼意，但兩人都沒有起身的意思。

「我家就是這樣子，沒什麼好說了。」

「妳家跟我家……很不一樣。」柏語笙輕聲細語。

「嗯。」紀筱涵有些嘲諷的勾起唇角，沒再多說什麼。

「其實從救生筏上看到妳，我就一直有種熟悉感。但我們很不一樣，我怎麼也不覺得自己見過妳，便沒有深想。」柏語笙把下巴擱在膝蓋上，「現在我知道了，是眼睛。只有妳會這樣看著我。」

「這樣是哪樣——」紀筱涵輕笑，「特別好笑，特別好騙嗎？」

她刺了幾下，又冷靜下來。

「算了，我不想談這些。」

「那妳最後帶那把刀找我，想做什麼？」

紀筱涵皺眉，看著柏語笙那壓根不怕捅馬蜂窩的死樣子，她突然不明白自己何必閃躲，關係壞了便壞了，破罐子破摔，也激起了對決的鬥志。

「其實我也不曉得我想幹麼，那天帶刀，只是想討個公道，要妳好好聽我說話，但是妳卻再也沒有出現過。也還好妳沒有出現，不然，我眞不曉得我會做出什麼事情來。」

「妳應該很想殺了我。」

「對，我可能會殺了妳。」

其實我現在也可能會殺了妳。如果妳再不住嘴，不停挑釁，勾起那些深層久遠的怨懟——

「筱涵。」柏語笙握住她的手。

她纖細冰冷的手凍得紀筱涵清醒過來，她甩掉柏語笙，拉開不自覺靠近的距離坐遠點。

柏語笙歪頭看著她，對方那縮起身子的戒備姿勢，跟她妹妹剛過世時的樣子很像，特別像隻豎刺的小動物。

「——筱涵。」柏語笙又柔柔的喚她。

「幹麼。」紀筱涵深鎖眉頭，語氣不耐。

「妳覺得，我長得像混血兒嗎？」

這問題有些突兀。紀筱涵轉過頭，細細打量。

「大概……不太像。」

柏語笙扯著唇角，輕笑幾聲，「我也這樣覺得。如果我不說中文，應該沒人注意到我有華裔血統吧。」

確實一點也不像。大部分歐亞混血兒，多少帶點亞裔的輪廓，但柏語笙滿頭閃亮金髮、白皙的肌膚、琥珀色的雙眸和特別洋化立體的五官，若不是本來就知道，還眞不會想到是歐亞混血。

「我也想跟妳講講我家的事。」柏語笙把頭髮勾到耳後，「從哪說起好……大概是我轉學到那間小學的三個月前。那個時候，『心』才剛要上市。」

「心？」

「是我媽媽設計的機械錶。講到柏青集團，大家總想到珠寶，但其實柏青曾試圖開啓其他產品線。我爸希望將機械錶結合珠寶，推出一個全新的高級精工錶品牌。他找上瑞士一個古老的鐘錶世家。那個家族曾經有很厚實的家底，卻因爲繼承者經營不善，日漸衰頹，但老派品牌名頭還是相當響亮，只是亟需品牌改造升級和新資金挹注……雙方一拍即合。爲表誠意，兩家族聯姻，由我爸迎娶最小的女兒……儘管我爸大我媽二十歲。」

「兩年後，我出生了。心的製作也進入軌道。」柏語笙攤開手，掌心躺著那塊機芯，「這個就是心，我媽媽的遺物。看到機芯的中心，有一塊心型鐵片嗎？這是我媽致敬珠寶傑作海洋之心，用海洋之心的鑰匙當基底，設計出的原型機芯。」

柏語笙疼愛的摸著鏽跡斑斑的機芯。

「舊了。我以前常保養的，現在沒有油，都鏽掉了。」她遞給紀筱涵。

紀筱涵小心翼翼接過來，左右翻看，又還給柏語笙。

「可惜沒法讓妳看心剛做出來的樣子。中央的心型機芯，用七顆藍寶石當作軸，每個零件都可以拿放大鏡看，是無數個貝殼狀的小零件構築出來的。錶面雕刻是逐日飛鳥和獨角獸，鑲著十二顆一百二十一切割面的D級純色白鑽，在陽光照耀下閃爍發光，就像神的產物。那是我畢生看過最漂亮的東西。我媽媽說，我是愛的結晶，心也是……」

柏語笙表情燦爛的講述往昔，說著、說著，笑容又漸漸褪下。

「產品開發很順利，發表日期底定，記者會媒體都找好了。但上市一個月前，我家來了輛大卡車。」

✦

卡車停在家門口時，柏語笙還躺在自己床上。

那天有些奇怪，保母沒來叫她起床，她倒是按照生理時鐘先醒了。見保母遲到，便繼續賴床。不一會，她聽到刺耳的剎車聲，似乎有人來訪——不只一人，管家好像在跟他們說話，樓下還傳來碰撞聲，小女孩好奇的睜開眼睛，躡手躡腳走下樓。

走廊前方人聲喧譁，透著一股吵鬧勁，是這座沉穩大宅從來沒有過的。柏語笙穿著睡裙，往聲音來源跑去，見到幾名面生的彪形大漢。他們穿著藍色搬運工制服，粗手粗腳的進出媽媽的房間，把漂亮整潔的房間弄得亂七八糟。

柏語笙小小年紀卻也不害怕，生氣大嚷：「你們是誰！走開、走開！不准進我媽媽的工作室！」

那些工人不理她，繼續埋頭苦幹。她急得跺腳，轉頭去找人幫忙，卻撞入一人懷裡。

爸爸臉色鐵青，神色嚴峻，手背在後頭，緊盯那工作室。柏語笙對自己的爸爸有股卻步的孺慕，因爲爸爸不太笑，不常待在家裡，看起來總是在生氣。保母跟媽媽都告訴她，爸爸有很多工作要做，爲了賺錢養她，所以很累很忙，要體諒爸爸，爸爸是愛她的。

其實柏語笙也這樣覺得，爸爸在忙時，所有人都不敢進他辦公室，只有她可以，她能在爸爸的大辦公室裡面玩玩偶，爸爸會偶爾看她一眼，眼神溫和，她則對爸爸害羞的笑，父女倆各自做自己的事。她認爲這種縱容就是愛的證明。

爸爸瞥了她一眼，近乎咬牙切齒，低聲道：「回房間去。」

「可是爹地——」

「別說了。」聞風而來的保母趕緊抱走她，柏語笙不滿的尖叫，用力掙脫懷抱，跑向爸爸。

「爹地，你快叫他們走開，他們把媽媽房間都弄髒了！」

她扯住爸爸的臂膀，試圖用哭鬧讓爸爸正視，殊不知自己點燃了潛藏已久的怒火。爸爸轉身抓住柏語笙的肩膀，連甩兩個響亮的巴掌。

「閉嘴！不准再叫那個賤人！那個蕩婦！」

他的五官扭曲，語氣陰森，雙眼噴火，就像看著仇人般充滿濃重的仇恨。

——前天下午四點。在距離柏家大宅不遠的一個小鎮。

幾個小孩在路旁小丘玩球，足球被踢得老高，順著下坡滾動，落入林子裡。

林中有臺深藍色的車，引擎輕輕震動，尙未熄火。

撿球的兩個男孩注意到外來者的車子，豎起食指，心照不宣的交換眼神，壓低音量，表情頑皮的慢慢接近轎車。這兒人口單純，位置偏遠，離鬧區有段距離，丘陵底下的林子又深又暗，隔著林子還可以眺望市區夜景，常有外人把車子開到林子裡面幽會。

兩個頑劣小童已經看到裡邊人的後腦杓，似乎睡著了。他們想嚇嚇睡得正香甜的男女，反正也不是第一次這麼幹了，只要跑快點便不會被抓到。

他們慢慢繞到前窗，大叫著跳起來，惡作劇完立刻飛快跑遠，躲在樹後想看那對男女驚慌失措的模樣。但與預期不符合，沒有聽到氣急敗壞的咒罵，裡面的人毫無動靜，男孩們不以爲意，認爲只是車內人睡得太沉。

「是不是死了啊？」其中一人開玩笑。

「哈，說不定喔，我們再來一次？」他的玩伴躍躍欲試。

兩人這回更加過分，不僅大吼大叫，還用力拍打車身。個子較高的男孩甚至整張臉貼上窗戶，但隨他看清車內景象，笑容逐漸凝固。車內的男人眼瞼微睜，眼珠動也不動，已經沒了生息。

消息靈通的地方小報記者，趕在警察拉上封鎖線前來到現場。他捏著鼻子，探頭一望。

車內躺著一男一女兩名外籍人士，女的伏趴在男性懷裡，兩人皆全身赤裸，衣物散落在後座，只披了件大外套在身上。

揣測死因，是在引擎處於怠速的汽車內睡覺，一氧化碳中毒而死。記者帶著材料回到報社後，一邊思索如何下標，一邊想著那外國女人。不知怎麼有點面熟，長得有點像柏青集團那鮮少露面的董事長夫人……

想什麼呢，外國人都長得像吧。是我臉盲了。

他聳聳肩，壓低腦袋繼續打字。

在他撰稿的同時，樓上總經理辦公室電話又急又猛的響起。

「喂？張董啊，最近那樁事有勞您了……啊？這、這樣嗎？是、是的，我明白。當然，沒問題，您放心、您請放心……」

之後，這則消息和相關材料，便靜悄悄的消失在碎紙機內，沒登上任何媒體。

「大小姐，我們到了。」

柏語笙抱著玩偶賴在後座，動也不動。司機又喊了一次，她才慢吞吞下車。

這個地方連柏油路都沒有鋪滿，腳踩上滿是坑疤的土地。雖然這幾天沒下雨，地面還算乾燥，不至於讓鞋子陷入泥濘，但柏語笙還是厭惡的皺緊眉頭。

她看著後面落魄的白色老宅，比她原本住的地方小多了。儘管宅前庭園看起來有人照顧，但是房子夾在田地之間，一出鐵門就是沒修好的鄉村小路，外頭景色也不怎樣，工廠煙囪冒著白煙，不像她原本的房間，可以眺望夕陽下整片橘紅色的美妙山景。

她不喜歡這股寒酸味。

不知道這棟老宅在這多久了，似乎很久以前繼承的，基本上沒什麼在打理的地方。至少柏語笙以前從沒到過這兒，現在自己卻得住進來。

而且她人都來了，老宅的管理員才匆匆忙忙採買，連房間的床都沒鋪好，根本就沒準備、也不歡迎她來。

柏語笙緊抱布偶，疏離的看著人來人往。保母也在人群中，時不時望過來，每每對上視線，便露出有些刻意的奇怪假笑。包含著同情、尷尬的討人厭笑容，見著就想生氣。委屈的眼淚差點便掉下來，她吸了下鼻子，揉揉眼睛，不想讓傭人看笑話。

媽咪呢？

柏語笙想，她這幾天都沒見到媽咪，媽咪每天睡前都會親她的額頭，講點話道晚安的。

媽咪是不是也生我氣了？爲什麼都沒見到她。爹地打我，好痛、好凶，爲什麼媽咪都不來安慰我——爲什麼爹地媽咪都不理我了？

柏語笙氣惱的盯著腳尖，想不分明爲何如此。很想坐在地上發脾氣，可是又想起爸爸前幾天大發雷霆的模樣，想著這群人是不是在監督她的表現，便又乖馴起來。

前幾天，被爸爸突然打了兩巴掌，柏語笙不可置信的放聲大哭。哭到一半，她的眼淚戛然而止，因爲她看到爸爸眼底忍耐到極致，嫌惡至極的眼神。好像自己是一團垃圾。

小女孩瞬間嚇得不敢再出聲。

「把這些東西都帶走！統統扔了！」

爸爸轉身斥責，揮揮手趕走試圖再勸說的管家。

再之後，柏語笙被塞到車子裡往遙遠的地方駛去，她才後知後覺的發現，原來爸爸所謂「統統扔了的東西」，包含自己。媽媽突然失蹤，爸爸忽然視自己如仇人，這對本來生活在萬般寵愛下的柏語笙來說，宛如世界毀滅。不知道緣由的災難，忽然就砸到她頭上。

「這是新來的同學，柏語笙——先別舉手，讓老師說完。語笙是混血兒，所以講中文就好……」

幾乎沒有任何說明，瞬間便被拋到遙遠而陌生的環境，親近的人都不在身邊，甚至還被安排就近入學，似乎有讓她長期待在這兒的打算。

宅子裡面的傭人都是新面孔，唯一看過的人是保母和跟著過來的臨時管家。那尖臉的管家是爸爸的二把手，專門幫爸爸處理私事。

柏語笙坐在學校位子上，腦袋放空，感覺怪異至極，好奇怪、好荒唐。完全不明白為何自己出現在這兒，這個處處讓人感到無聊的鄉下地方，同學更是蠢得讓人討厭。

而坐在旁邊的人……綁著兩個小辮子，有一雙烏黑清澈，顯得特別無辜的眼睛。總是偷看自己，有事沒事便寫紙條找話題。

她見慣了。

原本就讀的學校，同學大都是爸爸生意夥伴的小孩，他們也很喜歡找機會認識她。雖然不會這麼直接，但都是類似的態度。

柏語笙覺得有些煩。她根本沒心思認識這些人，只想回家，回去那個有爸爸媽媽的家，卻陷在這泥淖中出不去。她偷偷趁其他人不注意打電話，她很小的時候就把媽媽的電話號碼背得滾瓜爛熟，還被媽媽稱讚：「我的小女孩怎麼這麼聰明。」

她踮著腳尖，有些雀躍的玩著電話線，想著馬上就可以聽到媽媽的聲音。但是打過去卻無人接聽，手機關機。

儘管心中有無數不愉快，上課的時候、在宅子裡面的時候，她都努力表現良好，做個好學生，盡量友好待人。因為她覺得這也許是爸爸的一種考驗，只要通過考驗，表現良好就可以回家了。她努力證明自己是個乖孩子。

某日深夜，冷氣似乎出了問題，熱得口乾舌燥。柏語笙睡不著覺，自己下樓找水，突然聽到陽臺有講話聲。

「……你幫我問了沒啊？」

是保母的聲音，大概以爲她已經睡了，便在外頭休息。

「你早點去辦，去問問你姨婆還缺不缺保母。我看這份工作是不保了……就是啊，眞受不了這些有錢夫人，過得好好的，非要給老爺戴綠帽，還搞得這麼難看。大小姐恐怕也不是親生的，本來就長得一點也不像。不過說眞的，這男人也夠狠，好歹養了幾年，多少有些感情嘛。現在看這陣仗好像馬上就要扔掉……嗯，也是啦。好了、好了，先掛了。噯，這些可別說出去，不然麻煩可就大了。」

柏語笙年紀雖小，卻特別聰慧，加上從小處的社交環境比較複雜，懂得事情也不少。那麼一連串細碎的對話信息中，也是懵懵懂懂的知道了些事情。

她手腳冰冷的回到臥房，咬著手指，默默流淚，淚水沾濕了半個枕頭。她不想哭出聲響招來保母，不想聽到任何言不由衷的安慰，不想看到帶著憐憫的縱容，壓抑著自己的啜泣，像被拋棄的幼獸般哀鳴。

翌日，她繃著臉，準時起床準備上課。趕在保母進房前拚命用冷水洗臉，不想讓大人看出異狀，敏感的覺得這些傭人私底下在嘲笑自己。

隔壁座位的女孩又遞了紙條過來，問她喜不喜歡某位男明星。

她不喜歡。

不喜歡明星、不喜歡這間學校、不喜歡老師、不喜歡同學、不喜歡這個地方，不喜歡！統統不喜歡！也不喜歡妳。

她轉頭，第一次認眞打量坐在旁邊的女孩。

穿著寒磣，舉止總是小心翼翼，好像很怕旁人生氣，眼神忐忑，像小狗一樣肆無忌憚的散發天眞氣息，好像不停在討要什麼。也許是溫情，也許是友誼，但她現在什麼也給不了。

煩死了。

到底想從自己這兒祈求什麼，眼神讓人很火大。

那種無意識的純眞，戳破了她勉強僞裝起來的表層假面，心中無處釋放的毒液汩汩流出。她的心中瞬間升起了毀滅的慾望，很想讓這個笑得不知人心險惡的女孩，吃點苦頭，見識下災星當頭的感受。

✦

「轉學過去半年後，突然有一天，我爸又把我接回去。本以爲他調整好心情能面對我了，後來我才知道，爸爸在那段時間做了親子鑑定。畢竟，我長得一點都不像他，半年時間，差不多可以好好做幾次親子鑑定。」

海浪拍打在岩石上，掀起浪花。

「如果鑑定結果不如預期，也許我會直接被丟到孤兒院。妳知道小學旁邊……我忘記地名了。總之那附近……」

「有一間很大的孤兒育幼院。」紀筱涵接著把話說完。

柏語笙點頭，「那個死去的外國男人是我媽家族的機械錶技工，他們是青梅竹馬，因爲一些老套的理由沒有修成正果，卻一直私下有來往。後來我找到我媽小時候的保母，才得知她嫁給我爸之前就跟那個男人私奔過了。他們逃到很遠很偏僻的地方，但還是被家族派出的人抓回來。外公把我媽關在家中整整兩年，不知道用什麼方式讓我媽妥協，嫁給我爸。她每次設計手錶總是特別開心，現在想想，也許是趁著處理『心』的機會，跟那個男人幽會吧……『心』並不是兩家結合的盟約，而是私下偷情的情書。這事差點上社會新聞頭版，費了一番功夫才壓下來。那段時間我爸跟瘋了沒兩樣，大概這事太傷他的自尊了，脾氣特別壞，陰晴不定，別說傭人，連我都有些怕他。」柏語笙語氣輕描淡寫，「但親子鑑定結果，我確實是他女兒。敢說得這麼篤定，是因爲我後來也檢測過一次。」

紀筱涵問：「怕妳爸沒說眞話？」

「不得不啊，不然心底總埋著疑問。我爸和我不親近，有段時間我老疑神疑鬼，覺得隨時會被丟棄，以爲自己眞的是私生女，只是我爸爲了面子繼續養著。」

柏語笙把頭髮往後梳，露出光潔的額頭，眼色暗沉，看不出情緒。

「聽說曾有過黑人雙親卻生出白人小孩的罕見事件，只因爲雙方祖上都曾跟白人通婚過。我爸爸的曾祖母輩似乎也跟美國人通婚過，也許我就是那百萬分之一的機率，從父母雙方都得到了白人顯性基因吧。誰知道呢？總之基因這事，很玄的。我是那百萬分之一的小怪物。」

紀筱涵默不作聲聽著，想到了柏語笙手上的機芯。

「妳媽媽的東西都被扔了，那妳怎麼還保有這塊機芯？」

「這個嘛，我回家後發現工作室被封起來。當然這難不倒我，總有辦法溜進去。可能是搬運工人處理得太匆忙，一群人又踩來踩去，沒注意到落在地上的漏網之魚，我好不容易在木板縫隙裡找到了它。」

柏語笙把機芯舉高，透過零件縫隙看著遠方的夕照，「大概曾被人從桌面掃落到地上，摔壞了，整個錶盤都不見了，不過最中央的機芯還在。因為擔心被我爸發現，很長一段時間我都把它藏在我的布偶肚子裡。」

「所以『心』後來就停售了？」

「當然。我爸認為外公刻意隱瞞不光彩的私奔，導致他娶了個——照他原話講——賠錢貨。兩家的合作徹底破局，除了原型機芯被我藏起，其他的都被他融掉，賤價賣給廢鐵場。他後來有兩個私生子似乎就是那段時間搞出來的。」柏語笙歪著腦袋，掰指頭計算，「不過喔，大的那個年紀算一算，應該是我媽出事前就有了。只是後來有冠冕堂皇的理由帶到檯面上養。哎呀，我有個出軌的爹和外遇的媽，他們眞是天作之合。」

柏語笙大笑幾聲。

「他不准我接觸任何跟我媽有關的東西……憑什麼啊。出軌的男人可以繼續當我爸，那外遇的女人爲什麼不能繼續當我媽呢？」她放低聲量，語氣幽幽：「我是有點氣，但還是很想我媽，可我從沒夢過她。媽，妳爲什麼不來找妳的Sabina，不來看看妳的笙笙呢……」

海風徐徐吹送，推動雲朵前進。落日在雲層下方形成紫灰色的陰影，太陽的周遭則隱約透著火燒雲般的絢麗紅光，層層包裹相疊到天邊，將天空染成薄透的紅紫色。波光粼粼的海浪在霞光照耀下緩緩往陸地推進，飛鳥盤旋，昆蟲鳴叫。

太陽眞的要下山了。

「從那之後，我就知道隨時會有這種時刻。災厄突然出現，毫無道理，絕不憐憫，蠻橫的毀掉人生。妳只能全盤接受，然後想辦法適應不一樣的生活。這次遇到海難，我也不過是……又遭遇一次罷了。」柏語笙淡淡說道。

「妳跟我說這些，有什麼意思。」紀筱涵抱著腿，悶聲詢問。

「沒什麼意思，單純想說。」

「這樣啊。」紀筱涵輕笑幾聲，「嗯，那我們該去準備陷阱，明天的早餐——」

「不。其實有特別的意思。」柏語笙又說。

柏語笙突然站起來，坐到紀筱涵背後抱住她。突兀的行爲搞得紀筱涵有點懵。

「就這樣說下去吧。」

……搞什麼呢。

紀筱涵有點無語。

柏語笙舔著因爲緊張而乾澀的脣瓣，繼續說：「我只是想告訴妳，我知道小時候發生的事情，會影響一個人很長久的時間，甚至一生都無法擺脫。」

「妳知道？」柏語笙的語調平穩柔和，或許是想讓場面降溫，但那股不自覺透露出的篤定口吻讓紀筱涵咬牙切齒，「妳眞的知道？」

「我知道。」

紀筱涵緊緊握拳，覺得自己快要爆發。

「還有，我覺得不明原因的惡意對待會讓人痛苦很久……所以，我想讓妳知道這一切是怎麼發生的。」

觸動開關般，紀筱涵扭頭大罵。

「我確實很想問問妳這樣的人，欺負弱小很好玩嗎！爲什麼可以這麼惡毒，我眞想不透！」

「是啊，那時的我就是那麼惡毒，連我自己也匪夷所思的壞。我想傷害妳。」

紀筱涵紅著眼瞪她。

柏語笙小心翼翼看著她，乾澀的說：「我腦中那段時間的回憶，幾乎是空白的，因爲我很想忘掉那段難堪的記憶。我感覺自己是個遊戲玩家，被傳送到一個不存在地圖上的地方，我可以爲所欲爲，恣意破壞，發洩被拋棄的怨氣，然後便撒手離開，把所做的一切拋到腦後。我那時便是這樣惡毒又不負責任的態度。」

「妳眞會說啊！我可是人——我不——」

紀筱涵有些激動，柏語笙趕緊抱住她，等她順過氣後，才輕聲說：「妳接著說，我在聽。」

「我不是遊戲NPC。妳有想過被妳傷害的人會痛嗎！」

「抱歉……」

「我經常覺得自己是團破爛，不曉得什麼時候就會被人傷害。妳說那麼多家裡的事想幹麼呢？也許妳有妳的傷痕，然而那又與我何干？我爲什麼要接受這樣的理由？如果沒有在這兒見面，妳甚至完全忘了自己幹過的事，心安理得繼續過妳的生活。誰稀罕妳的道歉，太廉價！」

「筱涵……」

「別碰我！」

柏語笙還想抱住她，紀筱涵煩不勝煩，拂開她的手。

「我不喜歡這個姿勢。妳看得到我的表情，我卻看不到妳的。妳還可以隨便壓制住我，妳走開，不要靠近我。」

「……不要。」

「走開！」

「別趕我走嘛……我只是，很想抱抱妳。」

紀筱涵覺得內心有塊東西稍微鬆動，又聽到柏語笙說：「——然後我也怕被妳打。」

於是紀筱涵如她所願的轉身搥她胸口兩記。

「……好痛。」

「活該。」

柏語笙乾脆敞開雙手。

「好，那妳打吧，打到消氣爲止。只是別打臉，搥胸吧。胸給妳搥。」

那死樣子讓紀筱涵縮手了。

她默默轉過身去，不想配合柏語笙的玩笑，不管身後的人怎樣作妖。

「筱涵，別生氣了。抱歉嘛。」

「我永遠也不明白欺負別人有什麼樂趣。像你們這種人……」紀筱涵越說聲音越低，

「我永遠也不明白。」

「我那時是個惡魔。」

「別推給那時，我不曉得妳現在是不是還是。」

「不會的……」

「妳知道嗎，妳眞的很過分。」紀筱涵說起往事忍不住掉淚，「我只是、只是很想跟妳做朋友而已，我那時候眞的很期待跟妳說話。」

「我以後都跟妳說話。」

「誰稀罕！」

「只跟妳做朋友。」

「隨便。」

「……永遠對妳好。」

紀筱涵被她搞得沒心情難過了，「妳講話好油……好沒誠意。」

「真的啦，筱涵。」柏語笙急切的搖著她，「我知道聽起來沒誠意，但我真的很難過，很難過讓妳這麼痛苦、這麼傷心。我想——」

「別說了。我起雞皮疙瘩了。」紀筱涵無奈嘆息，揉揉有些紅腫的雙眼，「為什麼每次跟妳講話都會哭成這樣，我討厭這樣。」

「妳可以哭啊。」

「不想。」

柏語笙什麼時候變得這麼纏人的？紀筱涵不耐的甩開被拉住的手，柏語笙又依依不捨靠過來。

「我從來沒跟人道歉過。」

「關我什麼事。」

「我很努力在表達歉意。」

「反正也不是真心的。」

「我很抱歉，我那時候混亂又惡毒，看什麼都不順眼，什麼都想破壞。真的很抱歉。」她猶豫幾秒，然後挪動屁股更往前坐，整個人貼上紀筱涵的背，不管不顧的抱著她繼續說。

「我記得坐旁邊的那個女生，上課一直偷看我，眼睛亮晶晶的，好像有話要說。因爲充滿憧憬和希望，我突然就想把它毀掉，因爲我覺得……」柏語笙收緊手臂，「那雙乾淨的眼睛，很像我自己。很像還沒被拋棄、愚蠢的、什麼事情都不知道的我自己，我好想毀了那雙眼睛。」

「所以我就活該承受妳的怨氣嗎！」

「不是，筱涵妳聽我說——」

紀筱涵想站起身，柏語笙卻摟住她，不讓她走。

紀筱涵是信了柏語笙這輩子沒跟人道過歉了。本該是個特別會應付社交場合的千金大小姐，說要道歉卻只會黏糊糾纏，不曉得這人哪來的餿主意，只讓紀筱涵有種被禁錮的感覺，特別不爽，於是對準柏語笙肩膀發狠咬下去。

「啊！」

「放不放。」

「好痛喔。」聽她這麼喊，紀筱涵咬得更大力。

「眞的好疼。筱涵……很痛……」

剛開始聲音還有點不自然，但到後來，紀筱涵發現臉側濕濕的，柏語笙眞哭了。連哭也美，好像少女漫畫主角，剔透的水珠掛在眼角，凝聚的水珠不敵重力，慢慢劃過臉頰，像水晶墜落緩緩落下。柏語笙就這樣默默掉淚，不敢說什麼，疼得整張臉都皺起來。

……是不是咬太大力了？畢竟她眞的完全不留情。

紀筱涵默默瞥了一眼，眞咬出血了，深深的齒印烙在柏語笙白皙的肩頭上。她沒好氣的拱了下身體，要柏語笙放開自己，幫她查看傷口。

「看妳還敢不敢。別動來動去的，妳手來，先這樣壓住傷口。」

「妳還氣嗎？」這人牛頭不對馬嘴的繼續追問。

紀筱涵瞅她，見柏語笙眼帶淚花，痛得低聲啜泣。其實柏語笙平常就挺怕疼的，一點小傷口便要撒嬌耍賴，這次眞是趴在地上挨打了。

好像有點可憐，姑且，先放過她？

紀筱涵心有不甘，但看到柏語笙有點討好的跟在後面，很像一隻特別巴結的金毛黃金獵犬。

「——以後吵架，妳都得讓我。不輪流。」

「呃、好……」

「有意見？」

「沒。」這回柏語笙倒是應得很快，一副怕她又生氣的模樣。

紀筱涵有些滿意她這麼乖巧，也不想再耗下去，見天色暗下來，便逕自往海岸走去。看紀筱涵語氣稍緩，似乎有氣消的苗頭，柏語笙默默蹭過來。

「筱涵，我以後會對妳很好的。我發誓。」

「大騙子，去放陷阱了啦。」

去往海的方向時，柏語笙順手撿了兩個寶特瓶。紀筱涵捏著剛剛吃剩下的魚肉當作餌食，兩人合作，不到五分鐘便弄好兩個簡易的捕魚瓶，趕在天黑前放好陷阱。明天還有許多事要做，如果起床就能吃魚，會比較省時間。

走回營地時，柏語笙領在前，紀筱涵走在後。柏語笙的後肩，還看得到那圈帶著血痕的牙印。

在那一剎那，紀筱涵突然覺得，就算有一天她們要離開這座島，對紀筱涵而言柏語笙不再是遙不可及的人了。聽柏語笙講了越多的家庭往昔，便覺得回憶裡的她更加立體鮮明，已不能只用一個蒼白的詞彙去形容。

柏語笙到底是什麼樣的人？

是惡毒同窗、是暗夜裡哭泣的小孩、也是樂觀可愛的生存夥伴，讓紀筱涵又恨又憐又喜歡。

她本將現在的柏語笙當成另一個人，好維持孤島生活的平衡。現在，惡毒的小柏語笙化成碎片，融進眼前柏語笙的身影中，所有的罪愆與美好，都在同一人身上。

慶幸的是，面對遲來的審判，柏語笙沒有逃避，跪在地上受了下來。對於柏語笙的表現，紀筱涵不能說很滿意，但一切都比她想像中還好一點。包含柏語笙這個人。

她烙印在柏語笙後肩上的，是受到虧欠的證明。或許有一天，也會是她願意……和解的證明。

紀筱涵盯著柏語笙纖瘦的背影。不知為何，突然很想喊她。

「欸，柏語笙。」

「嗯？」

「其實我比較喜歡妳長髮。」

「噯，可是都剪了。」柏語笙摸著頸後的髮梢，「妳怎麼不早說？之後再留長吧。」

「爲了我嗎？」

「當然。」

不知怎的又開始閒話家常，似乎就這樣放過柏語笙了，但紀筱涵也不惱，心裡輕鬆許多。儘管不能說從此再也不在意曾被輕賤過的事實，但某種桎梏她多年的痛苦鎖鍊，終於被解開，沉甸甸的落在腳邊，只要她願意邁開腳步，便能用全然不同的輕盈心情，繼續走下去。

晚上她們是餓著肚子睡的。

「好餓……」

「沒吃飽……」

兩人睡前異口同聲抱怨。在天黑前本來還有不少空餘時間做事，結果整個傍晚都拿去商談人生，啥事都沒幹。

聽柏語笙不斷哀號，紀筱涵突然靈機一動。

「我下午有撿到一顆蛋。」

「在哪？」柏語笙坐起來，兩眼發光的看著她。

「跟獵刀放一塊。」

柏語笙馬上跳起來，就著月光去拿。

不一會，那人小心翼翼捧著某樣東西，小碎步跑回來。

「筱涵，妳看！」

柏語笙跪在她跟前，面露興奮，把手裡的東西遞過來。蛋殼上有裂痕，某樣東西努力的從裡面往外推。

兩人屏息看著裂痕慢慢擴大、碎裂。尖尖的嘴巴先探出，小腦袋慢慢擠出來，最後整顆頭都在蛋殼外，濕漉漉的身體不停扭動，剛孵化的雛鳥，仰頭張開嗷嗷待哺的嘴。

全新的生命，在她們眼前誕生。

未完待續

國家圖書館出版品預行編目資料

荒島七年／鹿潮作 . -- 初版 . -- 臺北市：城邦原創股份有限公司出版：英屬蓋曼群島商家庭傳媒股份有限公司城邦分公司發行 , 民 111.06
冊； 公分 . --（PO 小說；67-68）
ISBN 978-626-96192-0-7（上冊：平裝）. --
ISBN 978-626-96192-1-4（下冊：平裝）
863.57 111008543

PO 小說 67

荒島七年（上）

作　　者／鹿潮
企畫選書／楊馥蔓
責任編輯／林修貝、吳思佳
行銷業務／林政杰
版　　權／李婷雯

網站運營部總監／楊馥蔓
副總經理／陳靜芬
總 經 理／黃淑貞
發 行 人／何飛鵬
法律顧問／元禾法律事務所　王子文律師
出　　版／城邦原創 POPO 出版　城邦原創股份有限公司
臺北市中山區民生東路二段 141 號 6 樓
電話：(02) 2509-5506　傳真：(02) 2500-1933
POPO 原創市集網址：www.popo.tw　POPO 出版網址：publish.popo.tw
電子郵件信箱：pod_service@popo.tw
發　　行／英屬蓋曼群島商家庭傳媒股份有限公司城邦分公司
聯絡地址：臺北市中山區民生東路二段 141 號 11 樓
書虫客服服務專線：(02) 25007718．(02) 25007719
24 小時傳真服務：(02) 25001990．(02) 25001991
服務時間：週一至週五 09:30-12:00．13:30-17:00
郵撥帳號：19863813　戶名：書虫股份有限公司
讀者服務信箱 email：service@readingclub.com.tw
城邦讀書花園網址：www.cite.com.tw
香港發行所／城邦（香港）出版集團有限公司
地址：香港灣仔駱克道 193 號東超商業中心 1 樓
email：hkcite@biznetvigator.com
電話：(852) 25086231　傳真：(852) 25789337
馬新發行所／城邦（馬新）出版集團 Cité(M)Sdn. Bhd.
41, Jalan Radin Anum, Bandar Baru Sri Petaling,
57000 Kuala Lumpur, Malaysia.
電話：(603) 90578822　傳真：(603) 90576622
email：cite@cite.com.my

封面設計／ Gincy
電腦排版／游淑萍
印　　刷／漾格科技股份有限公司
經 銷 商／聯合發行股份有限公司
電話：(02) 2917-8022　傳真：(02) 2911-0053

□ 2022 年 (民 111) 6 月初版　Printed in Taiwan.

定價／ 340 元

 ISBN 978-626-96192-0-7